KNAUR

Über die Autoren:

Bissig und mit intelligentem Charme schafft Ingmar Stadelmann es, die Grenzen zwischen Kabarett und Comedy aufzulösen: So ist er nicht nur Moderator beim erfolgreichsten Radiosender in NRW 1LIVE, sondern auch gerngesehener Gast bei nahezu allen Comedy- und Satire-Formaten im TV. Stadelmanns eigene Shows, der »Fat Chicken Club« und die »LateLine«, haben bereits Kultstatus erreicht.
Juliane Stadelmann ist ausgebildete Schauspielerin und hat am Deutschen Literaturinstitut Leipzig studiert. Sie ist Gewinnerin des Hans-Gratzer-Stipendiums des Schauspielhauses Wien. Ihr Stück »Ingrid Ex Machina« wurde in der *Langen Nacht der neuen Dramatik* in den Münchner Kammerspielen gezeigt und ausgezeichnet, ihr zweites Stück »Noch ein Lied vom Tod« feierte am Schauspielhaus Wien Uraufführung. »Schon Zeit« erschien als Hörspiel beim WDR.

»Rübermachen« ist der erste gemeinsame Roman der Geschwister.

Ingmar Stadelmann
Juliane Stadelmann

RÜBER MACHEN

Ein Roman aus der
Vogelperspektive

KNAUR

Besuchen Sie uns im Internet:
www.knaur.de

Originalausgabe Mai 2017
Knaur Taschenbuch

Ein Imprint der Verlagsgruppe
Droemer Knaur GmbH & Co. KG, München

Redaktion: Nadine Lipp
Umschlaggestaltung: semper smile, München
Umschlagabbildung und Illustration des Vogels im Innenteil: semper smile unter Verwendung von Motiven von Shutterstock
Satz: Adobe InDesign im Verlag
Druck und Bindung: CPI books GmbH, Leck
ISBN 978-3-426-52052-9

2 4 5 3 1

Für unsere Ommel

Prolog

Sehen Sie, ich habe kein Problem damit, in einem Käfig zu sitzen. Lesen Sie Heinrich Bölls »Weggeflogen sind sie nicht«, und Sie wissen, was ich meine. Das ist es also nicht. Ich habe allerdings ein Problem damit, wenn dieser Junge, Hanno, mir zu nahe kommt und seinen dicken – ich meine verdammt dicken – Wurstfinger zwischen meine Gitterstäbe schiebt und versucht, meinen Schwanz zu berühren. Haben Sie schon einmal versucht, auf etwa einem halben Quadratmeter vor jemandem zu fliehen? Ich meine, vor jemandem, der Ihren Schwanz berühren will, sofern Sie einen haben? Gut, mittlerweile habe ich zumindest eine Voliere, aber auch Hanno Günthersen ist gewachsen, und seine Wurstfinger sind doppelt so dick.

Ich sage Ihnen, die Welt war nicht mehr die gleiche, und das lag nicht an der gefallenen Mauer, von der ich anfangs ja überhaupt nichts wusste! Diese Familie war wie ein eigener Staat, schlimmer als der Sozialismus, weil man sich hier noch nicht einmal darüber einig war, ob man die Dinge verteilen oder doch lieber alles sofort selbst aufessen wollte. Sie können sich nicht vorstellen, was los war, wenn die

Mutter aus der Kaufhalle kam. Ich hab einiges gesehen an Fütterungen, ich komme aus einer Großsittichzucht, aber so etwas ... ich weiß jetzt, dass sich ein Mensch einen kompletten Broiler in einem Stück in den Mund stecken kann. Genauer gesagt weiß ich, dass Hanno das kann. Und natürlich weiß ich, dass das mal ein Vogel war, der Broiler. Und dass er lebend viel größer ist als ich. Können Sie mir folgen?

Ich war mir durchaus bewusst darüber, dass die genauso, wie sie dieses fettgetränkte Geflügel verschlangen, auch jederzeit mich in Öl tunken konnten, um mich ungegart zu verzehren. Besonders dem Jungen hätte ich das zugetraut. Wobei ich mir lange gar nicht sicher war, ob es ein Junge war.

Ich habe Raubtiere gesehen, die gesitteter mit ihrer Beute umgegangen sind. Hanno hatte immer Hunger, und sein Kopf war ungefähr so groß wie der Mond! Genauso weiß war er übrigens auch! Ich war mir sicher, in einem besonders hungrigen Moment konnte er das komplette Universum verschlingen! Auf alle Fälle wäre ich für diesen Zwergen-Ceaușescu nicht mehr als der Begrüßungsjoghurt bei der ersten Fahrt in den Westen gewesen. Vorspeise plüschiger Vogel, Hauptgang Universum, dann satt ... bis Mittag. Das traute ich ihm jederzeit zu. Und wenn er mal wieder zu nah an den Käfig kam und versuchte, meine Krallen mit der Gabel »zu streicheln«, dann glaubte ich oft, es war so weit. Er nannte das wirklich streicheln! Und ich stellte irgendwann fest, dass es tatsächlich weniger mit Nahrungsaufnahme als mit Zärtlichkeit zu tun hatte. Er versuchte übrigens auch, die Füße seiner Schwester auf diese Art zu berühren. Die ist aber klein und dick und nicht so schnell wie ich. Ihre Füße waren dadurch immer gut durchblutet. So würde man es wahrscheinlich ausdrücken, als Mensch. Aber nun gut, ich bin ein Vogel, falls Sie es noch nicht gemerkt haben, und jetzt geht's los.

WINTER

1.

Weihnachten 89

Ich fange mal vorne an, was? Mir ist es ja wurscht, aber mittlerweile habe ich kapiert, dass Menschen Fans einer sogenannten Chronologie sind. Warum ich als Großsittich weiß, was das ist? Ich sag mal so, es hat was mit Intelligenz zu tun, alles andere ist Ihr Problem.

Also, die Menschen, von denen ich spreche, die nennen sich Günthersens und sind so etwas wie eine Art für sich. Eine Menschenhand namens Kalle hat mich zu ihnen gebracht. Quer über den Planeten, aufgebrochen im Sommer, angekommen im Winter 1989. Nein, nicht, weil die Reise ein halbes Jahr gedauert hätte. Ganz einfach, weil wir aus der südlichen Hemisphäre in die nördliche gereist sind.

Auf der Reise hatte ich mich eigentlich schon damit abgefunden, zu sterben. Aber immer kurz bevor es hätte vorbei sein können und Mangos und Margaritas mit Engelsflügeln vor meinen Augen tanzten, gab mir Kalle ein Körnchen. So überlebte ich in einem kleinen, zugedeckten Käfig, gerade mal so groß, dass ich mich nicht selber anschiss. Wie viel Zeit wirklich vergangen war in diesem zugedeckten Käfig, weiß ich nicht. Das hat aber nichts mit

Intelligenz zu tun, sondern eher mit Trauma. Wenn Sie aus Ostdeutschland kommen, brauch ich Ihnen das wahrscheinlich jetzt nicht weiter zu erklären. Zum Ende der Reise hin war ich nur noch ein bunter Schatten meiner selbst. Kalle hatte mich in irgendein Auto verfrachtet, und wir fuhren und fuhren. Kurz vor meinem ersten Auftritt bei den Günthersens hörte ich Gekrächze und viele verschiedene Rufe. Mir war, als wäre ich wieder in meiner Sittichzucht in Moondarra am Coopers Creek, zu Füßen des Mount Baw Baw. Es war ein süßer Traum, ich war dem erlösenden Schlaf so nahe! Aber dann: Zack, Vorhang auf! Es war wie Theater: Jemand zog die Decke vom Käfig, und plötzlich sah ich mich auf einer Bühne wieder. All lights on me. Das stumme Publikum vor mir. Erwartungsvolle Blicke aus fünf Augenpaaren. Und ich: das erste Mal im Licht seit einer gefühlten Ewigkeit, ausgemergelt und flach atmend, einen Gitterstab hatte ich in den Schnabel genommen, damit ich nicht von der Stange fiel. In meinem Gefieder hing noch die Kotze. Ich war so reisekrank! Und da ich nicht einsah, mich vor dem Tod noch mal zu putzen, ließ ich es einfach so, wie es war. Konnte ja keiner ahnen, dass ich noch einen Auftritt haben würde. Scheiße, die glotzten die ganze Zeit! Wie war noch mal der Text jetzt?

»Piep« – das ging ja immer.

»Was zur Hölle ist das?«, fragte ein etwas angegrautes, dickes Weibchen aus der Ecke.

»Ein Vogel«, stellte ein großes Männchen fest, das ein sehr dichtes Gefieder in der Brust- und Bauchregion aufwies. Ich vermutete, dass er damit, so wie ich auch, fliegen konnte.

Um Ihnen den Überblick etwas zu erleichtern, stelle ich das Publikum kurz vor: Da war also das nackte, stark befiederte Familienoberhaupt Rainer, gleich daneben sein Frauchen, Hedda, das ich anfangs aufgrund ihrer Frisur für ein geil gewordenes Männchen hielt, und direkt vor meiner Bühne hatten wir die beiden fetten Küken: Hanno und Jana. Das eine klein, fett, männlich. Das andere noch kleiner, noch fetter, weiblich und blond. Und last but not least saß hinten in der Ecke unter einer Lampe ein graugefiedertes, ebenfalls sehr rundes Weibchen, das ungefähr den Charme von Erich Honeckers Bürotapete versprühte. Nur wusste ich zu diesem Zeitpunkt weder, wer sie, noch, was der Unterschied zwischen dem Erich und seiner Tapete war. Gott, was war ich naiv. Das graue Weibchen hieß Trudi und starrte mich fassungslos an. Von Kalle, der Hand, die mich am Leben gehalten hatte, keine Spur.

»Den Käfig hat Kalle mir gerade beim Tschüss-Sagen in die Hand gedrückt.«

»Wenn es nicht atmen würde, hätt ich gesagt, es ist ein faltbarer Dederonbeutel! Guck doch mal, wie bunt und hässlich!«, tönte es aus der grauen Ecke.

»Hast du … Rainer, hast du Kalle so verabschiedet?«, fragte Hedda. Ihr wisst schon, das ist das größere Exemplar aus dem Publikum mit einer Frisur wie ein geil gewordener Artgenosse.

»Wie verabschiedet?«

»Na, nackt!?«

»Ich hab doch einen Schlüpfer an, Hedda! Jetzt übertreib mal nicht.«

»Du hast Kalle gerade im Schlüpfer verabschiedet? Gott, Rainer, Mensch, es ist Heiligabend!!«, regte sich jetzt das Exemplar mit der aufgegeilten Frisur auf.

»Mensch, regt euch ab, der war auf Weltreise, der hat sicherlich Schlimmeres gesehen als meine Brustbehaarung!«

»Aber die Nachbarn!«

»Nackig zur Bescherung … jetzt geht's wohl langsam mit dir durch!«, blökte wieder das graue Viech aus der Ecke.

»Wir sind doch jetzt ein freies Land, Mutter! Klassenlos und nackt in den Kapitalismus, wie Gott mich schuf! Was kann ich dem Markt denn anderes entgegensetzen als mein Fleisch?«

»Rainer … keine politischen Reden zu Weihnachten. Du hast es mir versprochen«, gab Hedda zurück.

»Fiep, fiep, fiep«, simulierte eines der beiden fetten Küken aus dem Publikum einen anscheinend legasthenischen Artgenossen von mir und steckte seine kleinen Wurstfinger in meinen Käfig.

»Ich pik dich tot!«, sagte es.

Arschloch! Ich zerhack dich!, dachte ich und hackte wild um mich. Hack, hack, hack!

»Auaaaaa!«, zwitscherte das fette Küken grell und haute mit der Faust auf meinen Käfig, dass es schepperte.

Woraufhin ich wild wurde und meine Flügelmaschine anschmiss, um einen Tsunami aus Wut und Wahnsinn zu erzeugen. Das ist meine Bühne! Ihr seid mein Publikum! Der ganze Käfig wackelte, und ich fühlte meine Brust schwellen, und mein Schwanz wurde ganz steif und zeigte anklagend auf die genadelte Palme hinter mir, aber das kleinere, noch fettere Küken mit den langen, blonden Kopffedern sagte nur: »Guck mal, Mutti, es tanzt!«

»Ich geh mir mal was überziehen«, sagte der große Vogel und verschwand.

Das aufgegeilte Mutti-Exemplar kam jetzt näher und streichelte über den Käfig. »Ganz ruhig, meine kleine Kreatur«, sagte sie. Sie beugte sich herunter, und ich roch etwas, das mich erst mal so eine Art Giftgasanschlag vermuten ließ. Ich hatte davon gehört. Im Mittleren Osten war das wohl in den Achtzigern gang und gäbe. Da mir noch nicht ganz klar war, wo ich denn nun überhaupt gelandet war, hielt ich meine Theorie für schlüssig.

Etwas später stellte sich dann raus, es waren geschätzte drei Tonnen Haarspray. Mit dem Gesicht kam sie ganz dicht an meinen Käfig heran. Ich hechelte noch ein bisschen. Die wilde Demonstration meiner körperlichen Überlegenheit hatte mich fix und fertig gemacht.

»Hallo, du Kleiner«, sprach sie leise durch die Gitterstäbe, »willkommen in der freien Welt.«

Warum hatte Kalle mich nicht einfach sterben lassen?

»Ob der Nährstangen verträgt?«, fragte das graue Weibchen aus der Ecke.

»Nein, nein!«, tönte der große Vogel, der jetzt in einem gestreiften Frottee-Gefieder zurück in den Raum kam.

»Kalle meinte vorhin, nur frisches Gemüse, Früchte und Körner! Von Teig und Schokolade bekommt er Durchfall.«

»Wie heißt du denn?«, fragte mich das blonde, fette Küken.

»Piep«, machte ich, weil es sich verpissen sollte.

»Gute Frage, Jana. Wie soll er denn heißen?«

»Er soll Oma Trudi heißen! Oma Trudi!«, schrie das andere Küken, dem ich den Finger zerhackt hatte.

»Aber, Hanno, so heiß ich doch schon!«, dröhnte es aus der Ecke, wo sich die Alte jetzt eine schokoladenüberzogene Stange in den Schnabel schob.

»Vielleicht was Internationales ... der ist ja anscheinend nicht von hier.«

Und jetzt kam der, den sie Rainer nannten, bedrohlich dicht an mich heran.

»Könnt ihr euch das vorstellen? Der ist wahrscheinlich aus einem östlicheren Osten als die ganze UdSSR!«

»Wenn du immer Richtung Osten fährst, biste am Ende auch im Westen!«, blökte das graue Huhn.

Jetzt meldete sich Mutti: »Ich bin für was Deutsches … jetzt, wo wir ein Land sind.«

»Das weißt du doch noch gar nicht! Das ist doch noch gar nicht raus. Staatsgrenze ist Staatsgrenze, hat der Grenzpolizist doch gesagt, als wir da waren!«, regte sich der Frotteemann auf.

»Wer hat eigentlich das Lametta gebügelt dieses Jahr? Das sieht richtig scheiße aus!«, donnerte die graue Ecke, alias Oma Trudi.

»BRD-Bert!«, schrie das eine dicke Küken.

»Nee, Hanno, das hört sich blöd an!«, sagte das blonde etwas nachdenklich.

»Wie wär's mit Gorbi?«, sagte Hanno.

»Hä, wieso das denn?«, fragte Oma Trudi.

»Na, wegen der roten Flecken!«, antwortete Hanno, sichtlich überzeugt von seiner Argumentation. Rainer verdrehte die Augen.

»Einheits-Erich!«, kam es von irgendwoher.

»Nein! Auf keinen Fall!«, schrie der Frotteemann.

Und Trudi: »Ich bin für was Schlichtes: Günter Schabowski.« Sie probierte es sofort an mir aus: »Na, mein kleiner Schabernackbowski? Piep, piep!«

»Ja, so eine Art Wortspiel …«, überlegte Rainer.

»Bernd – da sind alle neuen Buchstaben drin!«, sagte das kleine, blonde Küken.

»Neue Buchstaben?«, fragte Trudi.

»Na, vom neuen Staat! Mensch, B – R – D! Mutti! Stell dich doch nicht so an!«, schimpfte der Frottee-Vogel.

»Seit wann kannst du denn buchstabieren, Jana?«, fragte Hedda etwas besorgt.

»Hmmm ... nicht schlecht, ja ...«, gab irgendwer zu.

»Rainer, Jana kann buchstabieren!«

»Didi Air!«, kam es von Hanno.

»Auf keinen Fall ... viel zu rückwärtsgewandt!«, sagte Rainer.

»Jana, wer hat dir das beigebracht?«

»Beee Errrr Deeeee ...«, überlegte die graue Ecke.

»BöRDie!«, schrie Hedda.

»Ja!!«

Wer war das jetzt?

»Alles drin, alles dran, bisschen Dialekt im Affekt. Bisschen Vogel, bisschen Staat, und in seiner Heimat würde man ihn auch verstehen. Wo auch immer die ist! Es ist international! Gefällt mir gut, Schatz!«, sagte das Frottee-Tier und schnäbelte seine Gefährtin mit der aufgegeilten Frisur.

War denn schon Paarungszeit? Ja, was war hier eigentlich los? BöRDie?!

Als sich alle etwas beruhigt hatten, kam ich dazu, einen genaueren Blick auf meine neue Umgebung zu wagen. Ohne meinen Körper zu bewegen, scannte ich mit einer dezenten Dreihundertsechzig-Grad-Drehung meines Kopfes die Weihnachtsstube.

»Guck mal, Mutti, er schraubt seinen Kopf ab!«, schrie das kleine blonde Küken namens Jana.

»Mach's mit, mach's nach, mach's besser! Dann schicken sie dich direkt zur Spartakiade, Kleines«, bemerkte Oma Trudi.

Jana begann sofort sehr ehrgeizig, ihren Kopf so weit wie möglich zu verdrehen. Sie fiel dabei mit dem Gesicht in ihren bunten Teller. Hedda hob sie vom Boden auf. »Jana ... lass das. Der schraubt nur mal ein Auge, was es hier so zu sehen gibt.«

Schön war anders. Beige Wände, dunkelbraune Rattan-Möbel mit beigen Polstern, eingerahmte Postkarten aus aller Welt an der Wand, die allesamt so schief hingen, dass mir schwindlig wurde. Und eine Schrankwand, die seltsam braun vor sich hin glänzte, darin Kristallschalen und -gläser, dass es in den Augen stach. Wenn Sie mich fragen: Völlig klar, warum man um diese Geschmacklosigkeiten eine Mauer gebaut hatte! Aber immerhin: die Farbe, das Rattan – gut, damit konnte man arbeiten. Rattan, da könnte ich gut drauf aussehen, das hatte etwas Exotisches, vielleicht um ein kleines Balztänzchen aufzuführen, wenn sich denn die Gelegenheit bot, vor einer netten Genossin. Und bei den bunten Gläsern konnten wir uns ungestört paaren, da war ich perfekt getarnt. Aber diese Nadelpalme mitten im Raum. Hässlich und behangen wie die Züchter aus Moondarra zum Jagdfest. Was hatte das alles zu bedeuten? Mittlerweile hatten sie mir eine Möhre quer zwischen die Käfigstangen gedonnert, und Frottee-Vater Rainer stand mit einem Buch vor mir.

»Rosellasittich! Platycercus eximius. Englisch: Eastern Rosella! Habt ihr das gehört? Sag ich ja: Der is auch ausm Osten! Der Platycercus eximius kommt am häufigsten in seinem natürlichen Lebensraum in Südost-Australien vor und wurde vor wenigen Jahren auch in Neuseeland eingeführt, wo er sich schnell vermehrt hat. Er gehört zu der Gruppe der …«

»Papa«, unterbrach Hanno. »Was ist eigentlich das da?«

Die Köpfe der Familie drehten sich etwas gespenstisch, nämlich ohne dass sich ihre Körper mitbewegten, dem kleinen Ding zu, das neben meinem Käfig auf dem Boden lag. Und während ich noch darüber nachdachte, wie viel

Vogel in diesen Kreaturen steckte, kam schon Jana und hob das Ding auf.

»Ein Baum?«, fragte sie.

Unter uns: Es war eine Artischocke, und ich kann Ihnen sagen, sie war so artischockig, wie ein rosa Elefant eben rosa war.

»Was ist das?«, fragte Hedda ihren Gatten.

»'ne Pflanze, schätz ich … irgendwas Exotisches …«

Bravo! Gar nicht mal so schlecht, du Holzkopf.

»Was hat denn Kalle gesagt, was es ist?«

»Wie, was hat Kalle gesagt?«

»Na, er muss doch was gesagt haben, als er dir den Vogel und das Ding hier überreicht hat!«

»Keine Ahnung … doch … warte … ich glaub, so was wie: Guten Appetit!«

Ich kann Ihnen das unangenehme Gefühl kaum beschreiben, das einen beschleicht, wenn sich auf einmal fünf Augenpaare auf Sie richten und Sie das Bratfett bereits meinen riechen zu können. Mein Leben, das bis jetzt eigentlich zum größten Teil aus Dunkelheit bestand, zog an mir vorbei: Ich sah meine Mutter, ich sah einen Mann mit Hut, ich sah Freunde, ich sah ein lustiges Känguru, das sich in unserer Wasserschale wusch. Ich sah schwarz und schwarz und schwarz und die fünf Augenpaare. Zack, das war mein Leben, und gleich war es vorbei, denn sie hatten verstanden: Ah! Der ist gar nicht zum Streicheln gedacht! In ihren Augen sah ich mich: eine Rosine im Schnabel, wurde ich am Spieß über der Flamme eines Feuerchens gebraten. Da auf dem Tisch brannten auch schon vier Kerzen. Gleich würden sie den ganzen Kranz anstecken und lustig drumherum tanzen, bis ich gar war. Während Mutti den Dip vorbereitete.

Innerlich schrie ich: *die Artischocke,* ihr Idioten! Nicht mich!

»Piep, piep, piep!«

Scheiße.

»Den Vogel?«, fragte die Kleine und schmiss ihre dicken Haare über die Schultern.

Nein, du blöde Kuh! Die Artischocke, die *Artischocke!*

»An dem ist doch gar nix dran. Da brauchen wir aber noch eine Sättigungsbeilage!«, sagte der Vater.

»Egal!«, schrie der Sohn.

Natürlich war es ihm egal. Er hatte ja mittlerweile sogar schon den Pappteller seines bunten Tellers aufgefressen. Da kam Hedda eine Idee: »Rainer, vielleicht ... vielleicht ist es eine Art Südfrucht.«

Hey! Hedda war gar nicht so blöde, wie ihre Frisur vermuten ließ. Was hatte die eigentlich auf ihren Schultern, unter ihrem Kleid? Zwei tote Artgenossen? Merkwürdig. Aus der Ecke, wo die Alte ein paar Zottel vom Lametta bügelte und dabei schon wieder eine Nährstange im Mundwinkel hatte, wie die Wilderer in meiner Heimat ihre Kippen, kam, ohne aufzusehen: »Nein, Schatz. Das ist definitiv ein Vogel.«

»Mensch, Rainer: Anschneiden!«

Um Himmels willen! *Mich?*

»Anschneiden!«, schrie der dicke Junge und spuckte dabei, weil ihm schon wieder das Wasser im Mund zusammenlief.

Und Rainer ging los und holte eines dieser großen stumpfen Messer, die absolut alles konnten, außer schneiden.

»Für Frieden und Sozialismus!«, schrie er und haute das Ding in die Artischocke.

»Das kann doch nicht sein ... jetzt ruf mal Kalle an!«

»Wir werden vielleicht immer noch abgehört ...«

»Das ist doch scheißegal!«

»Du, Hedda, wir müssen ein bisschen vorsichtig sein. Nur weil Halligalli am Todesstreifen ist, heißt das noch lange nicht, dass wir machen können, was wir wollen. Der Schulz ausm Intershop hat erzählt, vielleicht ist es nur eine Art Testlauf. Und wenn sie merken, dass zu viele Arbeitskräfte rübermachen, machen sie überall wieder dicht. Und dass man dann mit seinem Visum für drüben nicht wieder zurückkommt. Stell dir das doch mal vor!«

»Rainer. Das ist eine Südfrucht und kein Westvisum. Deshalb werden sie dich schon nicht nach Bautzen II verfrachten.« Gott, diese Frau wurde mir immer sympathischer! Was auch immer das für ein Batzen war, von dem sie da sprach. Und so riefen sie Kalle an. Ich machte einen hohen Ton, als ich Kalles Stimme am Telefon hörte, um ihn freundlich zu grüßen. »Halt die Fresse«, sagte der kleine dicke Hanno und boxte wieder auf meinen Käfig.

»Das ist eine Artischocke«, wiederholte Rainer, was Kalle am Telefon sagte.

Ein Raunen ging durch den Raum.

»Wie isst man die denn?«

Gespannte Stille.

»Okay, super, Kalle! Das ist ja großartig!«

Der Vater legte auf und sagte zur Mutter: »Man muss sie im heißen Wasser abkochen und mit Zitrone beträufeln, damit sie nicht braun wird!«

»Wir haben nur Instant-Zitronentee.«

»Na, dann rein da mit dem Ding«

»Und was isst man dazu?«

»Keine Ahnung, Ketchup?«

Oh Gott, das war ja nicht zu ertragen. Ich habe ja ein sehr feines Gehör, und ich meinte damals, sehr leise nur, aber doch hörbar, die Artischocke weinte, als man sie schließlich verspeiste. Aber nicht vor Schmerz! Sondern aus purer Geschmacklosigkeit! Ich meine, wenn man schon gegessen wird, dann will man doch wenigstens gut schmecken.

»Schmeckt irgendwie nur nach Ketchup.«

Ach nee! Aber ich beschwerte mich nicht. Ich war ja froh, dass ich nicht in Böseltee gebadet und mit Ketchup übergossen worden war. Dass ich lebte! Auch wenn es hieß, in dieser Familie zu leben. Fragte sich nur, für wie lange. Denn für mich stand fest: Hier würde ich es nicht lange aushalten. Sollte ich es nicht hier rausschaffen, ich war mir sicher, ich wäre die nächste Südfrucht zwischen den Kiefern des dicken Jungen oder würde wahrscheinlich unterm Kleid auf Muttis Schultern enden.

Wissen Sie, ich war ja ahnungslos. Ich hörte die Familie vom »Osten« sprechen und war mir sicher, dass sie über meine Heimat sprachen. Denn wenn mein inneres Lot richtig gefällt war, dann war ich im Bauch des großen Vogels sehr weit in den Westen getragen worden. Erst viel später verstand ich, dass ich zwar in den Westen geflogen, aber im tiefsten Osten gelandet war. Dass ich nicht bleiben wollte, stand für mich spätestens fest, als Hanno an diesem, dem Heiligen Abend, das erste Mal einen Tortenheber durch die Gitterstäbe schob und mich damit fast guillotinierte. Dabei furzte er, wobei ich damals noch dachte, das wäre so eine Art Sprache. War es im Prinzip auch, denn er kommunizierte so seiner Umwelt eine gewisse Ausgelassenheit. Wenn Hanno dabei war, sich zu amüsieren, ließ er den Schließmuskel locker. Somit war es irgendwie doch eine Art Sprache. Leider konnte ich noch nicht darauf antworten. Meine Winde brachten keine Geräusche vor. Ich konnte nur circa fünfundzwanzig Laute, die den Günthersens bereits von Anfang an auf die Nerven gingen. Deshalb war ich doppelt gefangen. In meinem Käfig und in meinem Kopf und zusätzlich in der ehemaligen DDR. Denn nur weil die Grenze offiziell auf war, hieß das noch lange nicht, dass »rübermachen« einfach war. Schon gar nicht für einen Vogel! Und wenn »drüben« nicht in Duisburg, sondern in Down Under lag.

2.
Stille Nacht

Nun, ich überlebte also irgendwie den ersten Abend bei den Günthersens. Trotz des Terrors, der mir bevorstand, schlief ich einigermaßen befriedigt ein, nicht nur, weil ich nicht in Bröseltee gekocht worden war, sondern vor allem, weil ich mich kräftig an den Käfigstangen gerieben hatte mit der Vorstellung, es sei ein unterkühltes, sehr schlankes Weibchen. Fantasy makes you fly. In der Nacht wachte ich auf. Ich sah auf die leere Bundesstraße, die draußen vor dem Fenster zu sehen war. Sie lag da wie erschossen. Kein Auto kam vorbei. Die Straßenlaternen beleuchteten die tote Straße. Und dann – erst dachte ich, ich hätte Schleim auf den Augen – erkannte ich etwas im Licht der Laterne, etwas flimmerte, etwas, das im ersten Moment aussah wie Reste von dem Kalkstein, der in meinem Käfig hing. Aber in Flocken. Und leise. Es fiel so leise, dass ich glaubte, es mir einzubilden, denn als Vogel gebe ich nicht so viel auf Äußerlichkeiten. Die Dinge existieren für mich vor allem, weil ich sie höre. Sehen ist schön, aber nicht zwingend notwendig. Auf einmal stand Jana wie ein Gespenst vor der Nadelpalme und glotzte mich an. Ich erschrak so heftig, dass ich instinktiv die Flucht ergriff und vergaß, dass ich in einem Käfig saß. Ich rammelte gegen die Gitterstäbe wie ein Idiot. »Na, kannste auch nicht schlafen?«, fiepste sie mir unschuldig entgegen.

»Schön, ne? Der Schnee …«

Der was?

»Kennst du die Geschichte von Hirsch Heinrich, kleiner Bördie?«

Von wem?

»Hirsch Heinrich ist ein Hirsch aus China, der bei uns in einen Zoo kommt. Er hat ganz schlimmes Heimweh. Aber weil alle lieb zu ihm sind, überwindet er es schnell. Zu Weihnachten aber kommt keiner zu Besuch, und da beschließt er, auszubüchsen und nach China zurückzugehen. Weit kommt er aber nicht. Es ist ein langer Weg und er hat schrecklichen Hunger, und ganz allein hat er keine Chance zu überleben. Er gibt auf und kommt zurück in den Zoo, wo ihn die Kinder der Stadt schon erwarten.«

Was wollte die von mir? Wollte sie mich ideologisieren? Warum erzählte mir dieses kleine gruselige Mädchen mitten in der Nacht so eine Propaganda-Scheiße? Woher kannte ich dieses Wort? Was war hier los? Und wer zur Hölle war dieser Heinrich?

»Bördie, bleibst du bei uns?«

»Piep.« Das hieß *vielleicht,* aber es war scheißegal, weil sie mich sowieso nicht verstand.

»Ich wollte nur mal kurz vorbeikommen, damit du kein Heimweh haben musst.«

Das war ja irgendwie fast … nett.

»Und um auf Nummer sicher zu gehen, klebe ich dich an der Stange fest!«

Was??

Das kleine miese Gespenst zog eine Tube Duosan Rapid hervor, drehte sie auf und zerdrückte alles über meinen Käfig. Das war nicht nur sicher, das war todsicher.

»Bleib immer bei uns, kleiner Bördie!« Damit verschwand sie.

Binnen weniger Sekunden verklebten meine Krallen mit dem Plastikboden des Käfigs. Sie können sich nicht vorstellen, was das für ein Gefühl war. Eine Zeitlang saß ich nur so da, wie im Wachsfigurenkabinett. Zum Glück hatte die kleine Terrorkröte meinen Schnabel verfehlt, so dass ich begann, hohe Laute von mir zu geben, in der Hoffnung, irgendwer würde mich befreien kommen. Als die Frequenz meiner Laute so hoch war, dass schon die Nadeln an der Palme zitterten, kam endlich Hedda in die Stube: »Um Gottes willen, Bördie! Was ist denn mit dir?«

Ihre Haare erinnerten mich jetzt an eine seltene australische Schafsart. Vielleicht legte sie sich nachts eins auf den Kopf? Vielleicht war sie aber auch einfach Opfer des Kleberterrors, und jemand hatte ihr etwas auf den Kopf getan.

»Du bist ja festgeklebt!«, stellte sie fest.

»Piep«, machte ich, was jetzt so viel wie *korrekt* hieß.

»Wer war das denn? Hanno, dieser Schlawiner!«

Eigentlich ja nicht, aber irgendwie war es mir egal, wer dafür letztendlich bestraft werden würde. Mit einer Nagelfeile fing sie an, am Kleber herumzustochern. »Duosan Rapid – Unbesiegt«, murmelte sie und meißelte mich langsam wieder heraus.

Anfangs hackte ich nach ihrer Hand. Einfach so, weil ich es so gewohnt war, wenn mir wer zu nahe kam. Dann begriff ich, dass es nur noch länger und schmerzhafter für mich sein würde, und ich hielt still. Keifte sie nur an, wenn sie mir weh tat.

»Ist ja gut, du kleine Schlange … wie du zischen kannst! Zzzzz, zzzzzz! Kann ich auch! Jetzt bin ich fast fertig … warte, ich nehm dir noch das Plaste raus.«

Damit meinte sie die Kunststoffschale, auf der der Käfig befestigt war. Sie verschwand und kam mit dem »Plaste«

wieder, legte Zeitungen darin aus und setzte den Käfig, in dem ich geduldig gewartet hatte, wieder drauf. Das mit der Zeitung war mir ein Rätsel. Ging sie etwa tatsächlich davon aus, dass ich lesen konnte? Wollte sie mir so die Langeweile vertreiben? Ich meine, warum sonst sollte sie täglich ein neues Blatt hineinlegen? In der Zwischenzeit hatte ich den Dielenboden vollgeschissen, auf dem der Käfig ohne Schale gestanden hatte.

»Ach Scheiße, du Vogel … du machst ja wirklich einen ursten Dreck.«

Ich wollte sagen: Ey, Olle, ich versuche runterzukommen! Ich versuche mich einigermaßen zu entspannen, nachdem ich heute Abend fast zweimal Opfer eines Mordanschlags geworden wäre, und da gehört kacken für mich einfach dazu! Ist so ein emotionales Ding. Aber noch verstand sie mich nicht. Mir kam erstmals die Frage in den Sinn, ob es wohl möglich wäre, die Sprache dieser Kreaturen zu erlernen.

3.
Soli

Die Tage vergingen, ohne dass ich als Sättigungsbeilage auf dem Teller des dicken Jungen landete. Aber das war nur ein gefräßiges Paar Augen, das mich jeden Morgen verschlang. Das andere lauerte auf der gegenüberliegenden Straßenseite. Seit ein paar Tagen stand ich bei den Günthersens auf der Wohnzimmerfensterbank, die zur Bundesstraße hinausging. Das klingt jetzt erst mal schrecklich für Sie, aber die Bundesstraße durch Sandelshausen hatte ungefähr so viel Verkehr wie der Vatikan. Und ebenso beschaulich ging es deshalb auf meiner Fensterbank zu.

Ich hatte es mir in der Grausamkeit ganz nett zurechtgemacht. Jana hatte sogar echte Äste vom Hof geholt und zwischen die Gitterstäbe gesteckt. Dass sie den Klebstoff-Anschlag zu verantworten hatte, war nie herausgekommen. Als wäre nie etwas gewesen, summte Jana, während sie mir den Käfig mit Echtholz ausbaute. Die guten Holzstangen schiss ich von oben bis unten zu. So, dass es am Ende auch egal war, ob Holz oder Plaste. Und von drüben starrte dieses Augenpaar. Von der anderen Straßenseite. Es war ein Tier. Und ich kannte das Tier. Da, wo ich herkam, nannte man so was Tasmanischen Teufel! Aber in meiner Heimat war es etwas größer und fetter und hatte rote Ohren, wenn es aufgeregt war. Und es war gefährlich. Und irgendwie auch schön. Das da drüben war eine Art Tasmanisches Teufelchen. So klein und grau und hässlich, als hätte sich der liebe Gott einen Scherz erlaubt. Doch ich witterte den knurrenden Magen des Teufelchens bis hoch zu meiner Fensterbank. Wenn das Fenster kurz auf war, wehte mit der kühlen Luft ein lächerliches Brüllen zu mir hoch. Armseliger Teufel. Und dann war er plötzlich weg. Und Jana stand mit ihm auf dem Arm vor meinem Käfig.

»Guck mal, Bördie! Das könnte doch dein Freund werden!«

Scheiße. Was geht in diesen sogenannten Menschen vor?

Das Teufelchen lächelte. »Miau, miau, miau«, machte es, aber ich verstand genau, was es sagte!

Miau Nummer 1: »Ich hack dir die Augen aus!«

Miau Nummer 2: »Ich fress dich auf, du buntes Huhn!«

Miau Nummer 3: »Ich mach aus deinen Überresten Eintopf für die Krippenkinder!«

»Piep«, sagte ich, was so viel bedeutete wie *Ich möchte das nicht.*

»Dass ich nicht lache!«, schnurrte das Teufelchen. Siehe da, es verstand mein Sittich-Deutsch!

»Na, Mensch, ihr unterhaltet euch ja richtig gut! Dann spielt mal schön!«, sprach Jana und verschwand. Sie hatte netterweise die Käfigtür verschlossen gelassen. Doch das Teufelchen schien das nicht weiter zu stören. Es boxte den Käfig mit der Schnauze, und es vergingen keine zwei Minuten, da lag ich samt Käfig auf dem Boden. Zum Glück hatte das Eisen hier Qualität. Das Gitter hielt. Das Teufelchen kam nicht an mich ran. Es brüllte: »Komm raus, du hässliches Ding!«

»Warum sollte ich?«

»Weil ich Huuuuuuunger hab.«

»Tja, wenn man zu blöd ist, auf Jagd zu gehen.«

»Ich bin ein domestiziertes, deutsches, demokratisches Haustier. Ich hab das Jagen längst verlernt, denn hier wird alles gerecht verteilt!«

»Dass ich nicht lache! Warum willst du mich dann fressen? Ich glaube kaum, dass ich dir zugeteilt wurde!«

»Weil du hier nicht hergehörst! Und weil sie mir immer nur Goldi geben!«

»Goldi?«

»Durch den Wolf gedrehte Artgenossen mit Soljanka.«

»Versuch's doch mal mit Möhren«, sagte ich und hackte in den Möhrenrest, der noch zwischen meinen Gitterstäben hing. Das Teufelchen überlegte kurz und kam dann mit seiner zuckenden feuchten Nase nah an die Möhre.

»Riecht nach Kotze!«

»*Du* riechst nach Kotze! Wie heißt du überhaupt?«

»Soli.«

»Soli? So wie von Sonne?«

»Nein, so wie Solidarität.«

»Soso ... na, dann zeig dich doch mal solidarisch und mach aus mir kein Goldi.«

»Was bekomme ich dafür?«

»Ich bring dir Fliegen bei!«

»Fliegen?«

»Ja! Und dann kannst du rübermachen, kleiner Teufel.«

Dieses Wort hatte ich gelernt! Das hatte ich schon mitbekommen, dass das alle wollten! Vor allem Hedda, die in den paar Tagen, die ich jetzt hier war, mit Rainer immer wieder drüber sprach: »Lass uns doch endlich die Koffer packen und rübermachen«, sagte sie, wenn sie auf den flimmernden Kasten guckte, wo Menschenmassen sich mit Werkzeugen und bloßen Händen an einer hohen Mauer zu schaffen machten.

»Wie denn?«, fragte Rainer dann und: »Was passiert dann dort mit uns? Wir können doch nicht einfach wie ein paar Zugvögel rüberfliegen!«

Natürlich konnten sie das nicht, sie hatten ja keine Flügel! Ha! Und das Teufelchen auch nicht. Aber ich würde das können. Ich musste nur die ersten Tage hier überleben, bis ich einen Überblick bekommen hatte. Und dafür musste ich diesen intelligenzgeminderten Teufel loswerden.

»Ich bin eine Katze.«

»Na und?«

»Katzen können nicht fliegen.«

»Du bist ja wahnsinnig pessimistisch.«

»Das ist nicht pessimistisch, das ist ein Naturgesetz.«

»Nein, du Arschloch, Gravitation ist ein Naturgesetz. Dass man nicht fliegen kann, ist pure Einbildung!«

»Wie soll ich fliegen, wenn ich keine Flügel hab?«

»Flügel wachsen. Ich hatte am Anfang auch keine. Ich sah aus wie du, nur schöner.«

»Du lügst!«

»Ach ja? Schon mal darüber nachgedacht, warum wir miteinander sprechen können?«

»Nein. Warum?«

»Keine Ahnung, du Stinktier! Aber warum sollte dann fliegen nicht auch gehen?«

»Und wenn du nur sprechen kannst, um zu lügen?«

»Gott, bist du depressiv! Ich weiß ja auch nicht, ob du mich nicht doch frisst? Deutsches demokratisches Haustier hin oder her. Deine Zähne sind jedenfalls noch scharf!«

»Na gut, was soll ich tun?«

»So einfach ist das nicht! Es braucht Übung!«

»Okay, sag!«

»Du musst mich am Leben lassen dafür – das ist dir klar, oder?«

»Ja.«

»Ja?«

»Ja!«

»Okay, die erste Übung ist: Finde deinen Schwanz!«

Soli guckte mich schief an. Dann begann er sich umzusehen, anscheinend auf der Suche nach seinem Schwanz.

Wissen Sie, ich hatte meinen Schwanz nie gesehen, aber ich war mir bewusst darüber, wo er war. Und das genügte. Denn mit ihm konnte ich beim Fliegen meine Richtung bestimmen. Ein paar von Ihnen wissen sicher, was es bedeutet, sich bewusst über seinen Schwanz zu sein, ohne ihn zu sehen. Es ist ein Bewusstsein, das grenzen- und zeitlos ist. »Finde deinen Schwanz« war deshalb als Übung eher metaphorisch gemeint, aber ich bemerkte spätestens jetzt, dass diese sogenannte Katze so metaphernreich war wie die Verfassung der DDR. Soli versuchte ungefähr eine Stunde lang, sich in den Schwanz zu beißen.

4.
Gitte

Hedda kam von der Arbeit und schmiss ihn endlich raus. Im Schlepptau hatte sie ein großes, schlankes Weibchen mit pechschwarzem Gefieder und Ringen in den Ohren. Welcher Zucht war die denn entkommen? Bei der Anzahl an Ringen war an der auf jeden Fall schon 'ne Weile herumgezüchtet worden.

»Jana, hast du die dicke Katze ins Haus geholt? Ich möchte das nicht«, herrschte Hedda das Küken an.

»Aber so alleine dort draußen kann Soli doch nicht bleiben.«

»Schätzchen«, sprach der schwarze Vogel, »niemand ist hier allein, nicht mal eine Straßenkatze.«

Jana runzelte die Stirn. Das hätte ich ebenso getan, wenn ich das gekonnt hätte, so lief mir einfach nur ein riesiger Schiss aus der Kloake. Was meinte das Frauchen damit?

»Mama, was meint Gitte?«

»Vergiss es, mein Schatz. Tu mir einen Gefallen, und hol mal einen kleinen Eimer Kohlen mit Gitte hoch, ja? Die Küche ist kalt.«

Und Gitte und Jana verließen das Wohnzimmer. Da erntete ich einen bemitleidenswerten Blick von Hedda. »Du erfrierst ja hier alleine im Wohnzimmer. Aber wehe, du kackst mir die Küche voll! Dann geht's sofort zurück!« Und sie packte meinen Käfig und trug mich in die Küche.

Die Küche war genauso beige wie das Wohnzimmer, nur dass es ein Muster auf dem Boden gab, eines, das einen, sobald man es direkt ansah, auf der Stelle erblinden ließ. Da kamen Gitte und Jana wieder mit einem vollen Eimer Kohlen. Sie heizten an.

»Gitte, ich hab noch einen Rest Stollen, willst du?«

»Klar, will ich!« Und sie setzten sich an den Tisch und schoben sich bunte Brotstücke in den Schnabel.

Ich saß im Käfig auf der Brotschneidemaschine, etwas provisorisch abgestellt, und versuchte, den Blick auf den Boden zu vermeiden.

»Hier, kleiner Bördie! Stolle!«, sagte Jana mampfend und schob mir ein Stück davon zwischen die Gitterstäbe. Ich näherte mich langsam und pickte dann probehalber ein paar Rosinen heraus. Die waren gar nicht so schlecht.

Gitte und Hedda schienen sich schon lange zu kennen. Den Schnabel voller Rosinen, beobachtete ich die Neue aufmerksam. Irgendwas an ihr war anders, widerstandsfähiger als bei den Menschen, die ich bis jetzt gesehen hatte. Sie war ein bisschen mehr wie Kalle. Sie schien zu keinem Schwarm zu gehören. Während Jana am Tisch mit ihren Stiften mehr in ihrem Gesicht als in ihrem Buch malte, tauschten die beiden Weibchen neueste Neuigkeiten aus.

»Und? Wie sieht's aus? Bleibt ihr?«

Lange Pause. Hedda antwortete nicht. Gitte verdrehte die Augen und fragte dann sehr genau sprechend: »Wirst du denn was … *kochen?*«

»Gitte«, sagte Hedda langsam, »ich denke schon, ja. Ich werde was *kochen.*«

»Verstehe. Und willst du die Sauce *mit* Edelpilz machen oder *ohne?*«

Hä? Worüber redeten die denn jetzt?

»Gerne *mit* Edelpilz«, antwortete Hedda.

»Und wenn der Edelpilz ... noch nicht reif ist?«, fragte Gitte und trank einen Schluck Kaffee.

»Dann muss es erst mal mit den Möhrchen klappen«, sagte Hedda, deutete auf Jana und nickte mit dem Kopf in Richtung Hannos Platz, der im Moment unbesetzt war.

Was ging hier vor sich? Hanno und Jana waren Möhrchen? Fingen sie jetzt an, sich gegenseitig zu verspeisen? Gewundert hätte es mich nicht.

Oder ging es um einen Ausflug zur nächsten Kaufhalle? Warum zerdrückte Hedda dann so nervös Rosinen auf ihrem Teller?

»Ja, aber ... du liebst doch den Edelpilz an sich ...«, stellte Gitte fest.

»Natürlich liebe ich den Edelpilz an sich, aber ich sag mal, Würze ist alles. Und wenn die fehlt, Gitte, dann tut es auch ein stinknormaler Champignon. Weißte? Und mir ist eigentlich das Wichtigste, dass es nicht an den Möhrchen fehlt. Denn das würde mir das Herz brechen ...«

Gitte nickte verständnisvoll. »Natürlich, natürlich.«

Schweigend tranken sie weiter ihren Kaffee.

»Der schmeckt richtig scheiße«, stellte Gitte fest. »Weißt du, mal ganz frei raus: Wir haben einfach was Besseres verdient.«

Hedda presste ihren Finger auf die Lippen und machte große Augen.

»Ist doch so! Nur weil wir vielleicht bald regelmäßig Apfelsinen bekommen, macht uns das noch nicht zu Faschisten, Hedda! Ach, ich hab die Schnauze voll!«

Ich piepste zweimal. Denn ich hatte den Schnabel nicht mehr voll! Ich wollte Aufmerksamkeit. Und mehr Stolle!

Und ich stand immer noch ungefähr zehn Zentimeter von einem riesigen Sägeblatt entfernt.

»Und ganz ehrlich, das ist doch albern hier! Horch und Guck ist vorbei, Hedda ... wir brauchen keine Geheimsprache mehr.«

»Rainer hat eine Wanze in der Steckdose gefunden!«

»Weil Kalle rübergemacht hat und ihr davon wusstet! Ihm sogar geholfen habt! Aber das ist fünf Jahre her! Hedda, wir können alles machen, was wir wollen. Geh doch rüber, wenn du willst!«

Und Hedda zog wieder mahnend die Augenbrauen in die Höhe und guckte zu Jana, die friedlich den Tisch anmalte.

»Bin ja schon still ...«, flapste Gitte.

»Jetzt erzähl mir mal von deinem neuen Vogel«, Gittes Blick wanderte zu meinem Käfig.

»Das ist Bördie. Unser Begrüßungs-Hunni von Kalle.«

»Meinst du, wenn man den mit Charlie kreuzt, gibt das schöne Babys?«

»Du, Gitte, ich weiß es nicht, ich weiß ja nicht mal, ob er Sex haben kann ... Mich beschäftigen eigentlich gerade ganz andere Sachen.«

Bitte was? Natürlich konnte ich Sex haben! Bis jetzt zwar nur mit dem Kalkstein in meinem Käfig, aber ich war höchst potent. Wer ist Charlie?

»Dann bring ich sie mal mit, oder?«

Sie ist schon mal gut.

»Vielleicht züchten wir die erste freie deutsche Sittichart der Geschichte. Schwarz-rot-goldenes Gefieder und scheißt nur Devisen!«

»Auf einen Versuch käme es an ...«, sagte Hedda, und jetzt lachte sie wieder.

»Du, ich geh eben rüber und hol sie!«

»Nimm das Klappfahrrad, geht schneller …«

»Ist gut, mach ich.«

Und weg war sie, aufgebrochen, mir meine erste Vögelei klarzumachen. Diese Gitte schien sehr nett zu sein.

5.

Balz, balz, Baby

Wussten Sie, dass jeder zehnte Deutsche sexuelle Fantasien mit Tieren hat? Nein? Ist aber so. Und ich sage Ihnen, im Osten waren es garantiert noch mehr, denn wer Sex mit Tieren hatte, konnte sich sicher sein, dass Wuffi danach nicht mit der Stasi spricht. Das ist meine Theorie. Jeder Zehnte hat sexuelle Fantasien mit Tieren. Das heißt, wenn dreißigtausend Menschen dieses Buch lesen, dann sind dreitausend darunter, die zu mir und meiner Geschichte *ganz andere* Bilder im Kopf haben. Aber wirklich ganz andere Bilder! Diesen Menschen sei gesagt: Ich bin ein Rosellasittich und keine bunte Thermoskanne voller Hack. Und überhaupt: Sittiche soll man nicht nehmen, die platzen so schnell. Und nein: Ich sitze nie nackt im Käfig. Nicht mal zur Mauser. Diese Fantasie können Sie also direkt aus ihrem notgeilen Hirn streichen. Aber zugegeben: Auch ich habe meine Fantasien und freute mich sehr auf Charlie.

Charlie war nur leider im Prinzip so rau und trocken wie mein Kalkstein, aber sie hatte Augen wie ein paar Weihnachtsstollen-Rosinen und Federn, so zart wie der Badevorleger aus Frottee, den ich entdeckte, als Hanno mich die Toilette hinunterspülen wollte, um zu sehen ob ich schwimmen konnte. Charlie war Gittes Wellensittich und wurde mir an besagtem Tag, an dem Gitte sie mit dem Klappfahrrad holen fuhr, einfach in den Käfig gesetzt. Ich fühlte mich natürlich erst mal territorial bedroht und ging auf Charlie los wie ein russischer Panzer auf das Neue Forum (theoretisch). Als sie zerfetzt und leicht eingeschüchtert auf dem Käfigboden saß, kam Rainer in die Küche. »Hedda, was macht ihr denn da?«

»Wir züchten«, antwortete Gitte für Hedda.

»Aber doch nicht so!«

Warum ich sie so zugerichtet hatte? Nun, ich möchte Ihnen ein bisschen mehr über mich und meine Art verraten. Dass ich was Besonderes bin, das haben Sie sicherlich schon bemerkt. Aber ich glaube, Sie haben noch keine Vorstellung davon, wie besonders ich bin. Wir Rosellasittiche sind Distanztiere. Selbst zu unseren Partnern halten wir immer einen gewissen Abstand ein. Nur das gegenseitige Füttern drückt unsere Zuneigung aus. Manchmal brauchen wir dafür nicht mal Futter. Dann reiben wir einfach lustig unsere Schnäbel aneinander.

Dasselbe habe ich bei den Günthersens beobachtet. Obwohl sie ihr Essen eigentlich aus dem kalten kleinen Schrank beziehen, der in der Küche steht. Das ist sehr merkwürdig, denn daran reiben sie ihren Mund eigentlich nie. Nur manchmal verschwinden ihre Köpfe da drin. Vielleicht sitzt dort drin ein kleiner Mensch, der ihnen das Essen zuschnäbelt? Ich hätte ja nachgeschaut, aber die Wahrscheinlichkeit, dass jemand hinter mir die Tür zuschmiss, war relativ hoch. Und dann wäre ich im kalten Schrank gefangen. Und bei der Serie an Mordanschlagsversuchen auf mich wäre ein Erfrierungstod nicht verwunderlich. Wahrscheinlich würde mich dieser dicke Hanno-Junge danach schockgefroren als Eis am Stil vernaschen. Deswegen: So spannend dieser kalte Kasten auch zu sein schien, ich hielt Abstand. Manche Dinge sind es nicht wert! Kann man sich übrigens mal generell merken. Und da gab es nicht mal einen Kalkstein.

Als Charlie in meinen Käfig gesetzt wurde, drang sie in mein Revier ein. Tja, und da ich auf Genossen und Genossinnen, die in Gefangenschaft in mein Revier eindringen, aggressiv reagiere, zerfetzte ich sie. Sie verhielt sich dabei so entzückend devot, dass ich mich im Anschluss sofort in sie verliebte. Und das hieß: Balzen, bis der Kropf kracht! Nein, das hat nichts mit SM-Liebe zu tun, das ist Biologie! Wenn wir unverpaart sind, balzen wir uns so lange einen ab, bis ein Weibchen sich von uns schnäbeln lässt.

Ja, du geile Genossin! Mit einem Schnabel aus Horn, so glänzend wie die Seen der Tundrrrrrraaaa!! Uhhhhhh, jaaaaa! Lass mich dich fütterrrrrrrn! Ich stellte mich dafür vor sie hin, richtete mich gerade auf, hob die Flügel an und spreizte meine Schwanzfedern! Wenn ich sehr erregt bin, dann hebe ich die Flügel an und sträube das Kleingefieder. Jawoll! Das ist ein bisschen so, als würden sich beim Menschen die Schamhaare »entkringeln«. Ich sage Ihnen, es ist ein erhabenes Gefühl, das Kleingefieder zu sträuben! Und Charlie sprang sofort drauf an. Wir schnäbelten, was das Zeug hielt, und ihre kleinen Rosinenaugen schienen sich vor Wonne um sich selbst zu drehen. Ich konnte es verstehen. Ich hatte ja auch nun mal ein ziemlich geiles Gefieder! Das muss man schon sagen.

Sehen Sie, viele Menschen wunderten sich damals über mein prächtiges Federkleid. Die Farbkombination war man schließlich nur von Omaschürzen gewohnt, aber nicht von echten Lebewesen. So wurde Hedda oft gefragt, ob sie mich färben würde. Aber dem war natürlich nicht so. Wobei die Frage nahelag, wenn man ihr eigenes Federkleid betrachtete. Ich hatte einfach eine wohl entwickelte Bürzeldrüse!

Und ich verstand lange nicht, dass Menschen das nicht hatten. Mein Gott, wie unterentwickelt kann eine Art eigentlich sein? Meine Bürzeldrüse versorgte mich mit ausreichend Fett für die Federn und Vitamin D, das ich mithilfe meines Schnabels auf mir verteilte. So sah ich jeden Tag aus wie mit Spee gewaschen! Mein Kopf und mein Bauch waren rot, zur Kloake hin dann eher gelb und grün, meine Schwanzfedern leuchteten in Grün und Blau, und auf dem Rücken bis zu den Flügelspitzen trug ich eine auffällige schwarze Schuppenzeichnung, gesäumt wiederum von gelb-grün-blauer Färbung.

Ich werde selber schon wieder ganz wuschig, wenn ich das so beschreibe. Geil, oder? Ach so, ich hab weiße Wangenflecken, die niemals erröten. Deshalb sehe ich eigentlich immer cool aus. Auch wenn mir was peinlich ist. Kein Wunder also, dass ich bei Charlie sofort landete. Das mag nun für jeden zehnten Leser wie die reine Pornografie klingen, aber ich komme aus einem feuchten Eukalyptus-Wald. Da ist sexuelle Neugier doch vorprogrammiert! Und ob nun Wellensittich oder Nymphensittich oder Plattschweifsittich. Hauptsache, Kloake dran, sagte ich mir! Mit Dauer der Enthaltsamkeit sinkt ja auch der Anspruch. Das hat die Natur so gemacht, damit es bei hässlichen Wesen überhaupt mal zum Knick-Knack kommt. Stellen Sie sich mal vor, Sie wären ein Spatz. Da würde ja nie was gehen, wenn nur die rein ästhetischen Gesichtspunkte zählten. Und ob man jetzt schöne oder hässliche Kinder kriegt, kann mir ja sowieso erst mal egal sein. Um die Nachkommen kümmerte sich schließlich sowieso vorrangig das Weibchen. Nein, ich bin nicht schlecht erzogen, ich bin mitten in der Evolution. Das heißt im Klartext: Ich hab noch ungefähr drei Millionen Jahre, bis es Nestzeit für Vogelmännchen gibt und Weibchen den Volieren-Vorstand mitwählen dürfen. Also nichts mit »Herrchen bleibt beim Küken, und Frauchen fliegt die Würmer holen!«. Puh!

Weiter zu mir: Ich bin ein Bogenflieger. Probieren Sie diesen Satz niemals bei einer Alkoholkontrolle. Es wird Ihnen nichts nützen. Ich fliege in Wellen und setze meinen Flügelschlag kurz vorm Erreichen des Ziels kurz aus, um mich dann, wie ein in Zeitlupe fallender Königsberger Klops, auf das Ziel niederzulassen. Für einen fliegenden Königsberger Klops ernähre ich mich jedoch sehr gesund: Ich esse Körner, Früchte, Blütennektar und schon auch mal ein Insekt, wenn es mir vor den Schnabel kriecht. Ich fresse nämlich alles vom Boden. Jawohl! Vom Baum frisst der Rosellasittich an sich nur, wenn auf dem Boden Gefahr im Verzug ist.

Man sagt übrigens, dass wir australischen Plattschweifsittiche seit der Besiedlung durch die Westeuropäer stark zugenommen hätten. Wenn ich mir die Günthersens so anschaute, dann waren auch sie, trotz Mauer, schon in Westeuropa angekommen. Zumindest die Kinder. Denn Hedda war schlank und Rainer nur fett, wegen seines dichten Gefieders am Oberkörper.

Und ja, ich kann Sachen in die Hand nehmen! Beziehungsweise in den Fuß. Ich kann eine Ähre in den Fuß nehmen und daraus das Korn picken. Wie ein kleiner Lord sitze ich dann auf meiner Stange und halte mit einer Kralle das Essen, während ich mich mit der anderen festkralle.

Ich bin außerdem ein sehr vornehmer Genosse. Ich kann mich hintenherum kratzen. Das heißt, ich führe meinen Fuß hinter meinem Flügel zum Kopf, um mich dort zu kratzen. Bei Menschen heißt das, glaube ich, Yoga und dauert sehr viel länger. Ich würde sagen, damit bin ich den

Menschen eindeutig evolutionär überlegen. Denn so könnte ich theoretisch mit den Händen weiter Chips essen, während ich mich mit den Füßen am Kopf kratze. Und ist das nicht das, was alle Menschen wollen?

Falls Sie einer oder eine von denen sind, die dieses Buch hier mit *ganz anderen Bildern* im Kopf lesen, ist bestimmt schon der Schritt feucht. Aber ein paar Sachen gäbe es noch, die ich erzählen muss. Das törnt Sie vielleicht wieder ab: Wussten Sie, dass Plattschweifsittiche streng monogam leben? Eine Umpaarung erfolgt nur nach dem Tod eines Partners.

Ich hatte mich also in Charlie verliebt, bis dass der Tod uns scheide. Und das zwitscherte ich mit all meinen fünfundzwanzig Lauten in die Küche der Günthersens!

»Hat anscheinend funktioniert«, stellte Gitte nüchtern fest, während ich meine Kloake an Charlies rieb. Bis in den Abend hinein widmeten Charlie und ich uns der gemeinsamen Gefiederpflege. Eine Beziehung zwischen einem Wellensittich und einem Rosellasittich? Zugegeben, es war ungewöhnlich, ja. Aber nicht ungewöhnlicher als ein schreibender Vogel, oder?

6.
Silvester

Nach ein paar wilden Tagen mit Charlie rückte Silvester immer näher. Über Silvester 89/90 war ich mit den fetten Küken bei Oma Trudi untergebracht worden. Sie erinnern sich? Das war die graue, Lametta bügelnde Eminenz, die ich Heiligabend kennengelernt hatte.

Bei Oma Trudi ging es mir eigentlich blendend. Jeden Morgen bekam ich Karotten und ein hartgekochtes Ei. Manchmal sogar einen Apfel. Sie steckte alles mit ihren Gicht-Griffeln zwischen meine Käfigstäbe und schürzte dabei die Lippen, um ekelhafte Geräusche zu machen, von denen sie wahrscheinlich glaubte, dass sie mich geil machen würden. Mir war es prinzipiell egal. Ich hatte kein Interesse an Milfs. Was mich freute, war, dass sie unheimlich viel mit mir sprach. Ganze Monologe hielt sie vor meinem Käfig, und manchmal öffnete sie sogar die Tür, ich traute mich aber noch nicht raus.

»Weißt du, mein kleiner fliegender Zauberwürfel ... heute back ich uns was! Da guckst du, was? Ja, die Trudi kann backen! Ich mach uns einen Papageienkuchen!«

Fuck.

Und während sie sich ihre Schürze anzog, die ungefähr so bunt wie meine Mutter war, sprach sie weiter: »Weißt du, was das ist? Ein Papageienkuchen?«

Na ja, ich würde bald einer sein, oder? Auf ihrer Schürze explodierten gelbe und violette Blumen. Je länger ich hinsah, desto schwindeliger wurde mir.

»Ein Papageienkuchen ist genauso farbenfroh wie du, und mit dir als Vorbild bekommt er heute sogar Augen!«

Perverse alte Schachtel!

»Weil du so lustige Augen hast, Bördie! Wo ist denn meine Brille jetzt? Ach, Scheiße. Na ja, geht auch so …«

Und sie tastete Richtung Käfig, machte die kleine Tür auf und packte mich mit ihrer Riesenpranke!

»Komm mal her zu Oma Trudi, ich muss mal gucken, wie deine Augen aussehen!«

Dann hielt sie mich circa drei Zentimeter vor ihr riesiges Gesicht und beäugte meine Augen.

Gott, war das eine Warze? Und an ihrem Kinn zeigte sich leichtes Gefieder … konnte das fliegen?

»Hmm, verstehe …«, sagte sie und packte mich überraschenderweise zurück in den Käfig wie in eine Schublade.

Wie, das war's jetzt, oder was?

»Mit ein bisschen Schocklade kriegen wir das hin!« Schocklade sagte sie und holte eine große Packung hervor, die ungefähr so aussah wie Janas Schul-Outfit: gerade, streng, blau-rot.

»*Schlager Süßtafel* – die ist eh ungenießbar, Bördie. Da machen wir dir ein paar schöne Augen draus …«

Hab ich doch schon!

Sie werkelte in ihrer Küche herum, veranstaltete ihr kleines Papageien-Schlachtfest mit Farben, Formen, Schocklade und … sie bastelte Augen! Sie bastelte meine Augen!

»Guck mal, Bördie, ein paar Schokolinsen und was von der guten Schocklade! Zack haste Augen!«, sprach sie und patschte ein paar Augen auf einen riesigen, bunten Teigvogel! Der Vogel kam in den Ofen. R.I.P.

Vom Geruch wurden wahrscheinlich die fetten Küken wach. Man hörte sie im oberen Stockwerk schreien.

»Na los, Bördie, schau mal nach, wer da wen gerade umbringt«, sprach Trudi und öffnete die Käfigtür.

»Jetzt flieg doch endlich! Zeig mal, was du kannst!«

War das ihr Ernst? Na gut, dann los. Endlich! Ich hüpfte auf die Schwelle meiner Käfigtür und streckte mich. Ich war so lange nicht mehr geflogen! Ich pumpte Sauerstoff in meine Brust und schaute mich um. Wohin zuerst? Ich entschied mich für den Küchentisch. Große Landefläche, und das Deckchen da drauf war ähnlich gemustert wie mein Durchfall, den ich sicherlich gleich vor Aufregung bekommen würde. Das wäre dann nicht weiter aufgefallen. Also los! Ich stieß mich ab, breitete die Schwingen aus, durchstach die dicke Kuchenluft (brannte da was an?) und ließ meinen Körper locker. Im Vertrauen, dass meine Flügel das schon packen würden. Tja, Fehlanzeige. Ich klatschte geradewegs von der Käfigtür auf den Küchenboden. Vor Aufregung schiss ich und lag nun in einer riesigen Pfütze Durchfall. Schwer keuchend. Trudi kam um den Tisch.

»Bördie?«

»Piep!«

»Wo bist du denn?«

»Piep, piep?«

»Oje!«

Sie entdeckte mich auf dem Boden: »Was machst du da? Bist du zu dumm zum Fliegen?« Sie hob mich hoch und setzte mich auf den Küchentisch. Was für eine Erniedrigung. Mit einem Lappen wischte sie den Boden sauber. Dann kam sie zu mir und wischte mit demselben Lappen an mir herum: »Versagt, Genosse. Und was nun? Was sollen wir denn mit einem Vogel, der nicht fliegen kann?«

In dem Moment kam Hanno in die Küche. Der Kopf rot, das Gefieder zerzaust: »Ich hab Janas Ohr abgerissen. Sie ist schuld.«

»Ihr macht mich wahnsinnig! Geh, mach es wieder ran. Ich muss mich um den Vogel kümmern!« Und sie stampfte zum Ofen, wo der Vogel vor sich hin buk.

»Ja, Oma, ist gut«, sagte Hanno, blieb aber stehen. Oma Trudi holte den bunten Kuchen aus dem Ofen und stellte ihn neben mir auf den Tisch.

»Der ist doch gut geworden!«, rief sie.

»Oma, warum ist Bördie auf dem Tisch?«

»Hab ihn gebacken!«

»Nein, ich meine den echten!«

»Ach so, der sollte zu euch fliegen, ist aber leider abgestürzt, wie Aeroflot 892. Wohl zu fett geworden!«

»Das hat ja Augen!«, schrie Hanno und pikte mit seinen dicken Wurstfingern in die Schokolinsen-Augen des Papageien-Kuchens.

Trudi riss die Augen auf. Es sah plötzlich so aus, als würden sie aus ihrem Gesicht springen. Hanno zog scharf die Luft ein.

»Finger weg! Sonst setzt es was! Geh dich anziehen! Und deine Schwester auch!«

Hanno trollte sich aus der Küche. Oma Trudi behob den Schaden am Kuchen. Ihre Augen wichen zurück in ihre Höhlen, wie zwei scheue Kaninchen.

»Weißt du, mach dir nichts draus. Das kriegen wir wieder hin. Ich bin Konditorin. Ich hatte mal eine richtig schöne Bäckerei. Sandelshausener Baumkuchen. Weißt du, Bördie?«

»Piep.« Nein, woher denn?

»So was gibt es nicht, wo du herkommst. Deshalb hab ich sogar exportiert! In den Westen. Jawoll! Und dann haben sie mich verhaftet! Weißt du, warum?«

»Piep.« Natürlich nicht, du Schabracke!

»Weil sie mir vorwarfen, ich würde der DDR wertvolle Rohstoffe entziehen, indem ich in die BRD exportiere. Zwei Jahre Haft, mein Vögelchen. Mein Betrieb war hier die Straße runter, ich fahr immer an ihm vorbei, wenn ich zum Konsum will. Ich durfte nicht wieder zurück. In meinen eigenen Betrieb! Und nun backe ich hier Papageienkuchen für meine Enkel. Was schön ist, Bördie. Doch, ja, es ist schön. Aber auch ein bisschen so, wie als Vogel nicht fliegen zu können.«

Ich verstand nicht ganz, aber sie setzte mich zurück auf die Schwelle meiner Käfigtür und verschwand aus der Küche. Sie kam mit einem großen Salatkopf zurück. Für mich war es frustrierend. So weit von zu Hause weg, und nach der langen Reise hatte ich anscheinend verlernt zu fliegen. Das machte meine Fluchtpläne erst mal schlagartig zunichte. Aber Oma Trudi wusch den Salat, steckte mir ein tropfendes Blatt zwischen die Gitterstäbe – und gab mir eine leichte Hoffnung. »Diät«, sagte sie und zwinkerte mir zu.

Zum Frühstück kamen endlich Hanno und Jana herunter. Jana trug ihre Pionieruniform und eine Maske von einem Pandabären, an der ein Ohr fehlte. Hanno trug ein Fußballvereinstrikot und hatte sich untenrum aus einer Schürze seiner Oma einen Rock gebunden.

»Hanno …«, sagte Trudi etwas warnend.

»Du hast gesagt, ich soll mich anziehen und sie auch!«

»Aber doch nicht so!«

»Allzeit bereit, immer bereit!«, kam es aus der Maske, wobei Jana ihre Hand hob, zum Scheitel führte und in einer Art Hackebeil-Bewegung heruntersausen ließ. Ich bildete mir ein, Naturvölker zu kennen, die so ihre Tötungsrituale einleiteten. Auch sie trugen Masken. Ich war noch völlig erschöpft, bekam es aber schon wieder mit der Angst zu tun. »Gusche halten. Frühstück!«, befahl Trudi mit großen Augen, und die beiden setzen sich an den Tisch, wo Hanno sogleich anfing, ein paar übrig gebliebene Schokolinsen nach mir zu werfen.

»Hör auf, den Vogel zu erregen!«, befahl Trudi.

Zu spät. Ich sprang im Käfig herum und plusterte mich heftig auf.

»Wieso issn der jetzt so erregt?«

Damit meinte sie mich. Erregt hieß bei Oma Trudi nicht, dass man geil war, sondern dass man innerlich aufgebracht war. Deutsch-Trudi, Trudi-Deutsch. Das muss man sich immer klar vor Augen führen, sonst hat man ständig das Gefühl, sie würde alle möglichen Leute nach ihrem Grad an Geilheit fragen. In Wirklichkeit will sie ständig wissen, in welchem Gemütszustand man ist. »Setz dich erst mal, du bist ja ganz erregt!«

Das hieß nicht, dass man sich mit einer Erektion an den Küchentisch setzen sollte. Ich sage das nur so deutlich, um ein möglichst klares Bild von ihr zu zeichnen. Oma Trudi konnte aber auch ganz anders. Sie war oft angenehm vulgär: »Ich bin einsam. Ihr verpisst euch immer und lasst mir nur den Vogel hier!«, sagte sie zum Beispiel, als Hedda ihr nach den Weihnachtstagen meinen Käfig in die Hand drückte.

Darauf Hedda: »Na, dann kaufen wir dir einen eigenen Vogel!«

»Nein, das will ich nicht, darum geht's ja auch nicht.«

»Warum denn nicht?«

»Weil die eingesperrt sind.«

»Das bist du doch auch! Das waren wir bis jetzt alle …«

»Aber ich kann mich immerhin umbringen, wenn ich keine Lust mehr hab.«

»Das glaubst du! Du kannst ja kaum auf einen Stuhl steigen ohne fremde Hilfe!«

»Die Zeit in Haft hat mich zwar schwach, aber nicht dumm gemacht, mein liebes Fräulein. Jetzt setz mir Tee auf, bevor ich verdurste.«

»Oder ein Hamster ...?«

»Der stirbt doch vor mir!«

Jetzt fragen Sie sich, ob Sie da richtig gehört haben, stimmt's? Die Alte war im Gefängnis. Das stimmte. Sie sagte es nicht nur so dahin. Sie war tatsächlich im Gefängnis, und es war tatsächlich wegen des Baumkuchens gewesen. Zwei Jahre Haft, meine Damen und Herren, wegen eines verschissenen Kuchens. Aber dazu kommen wir noch.

Zurück zur Silvesternacht 89/90. Seit circa zwei Stunden schlief Trudi vor der Glotze, und ich hatte einen Böller im Arsch. Hanno durchsuchte das Haus immer noch nach Streichhölzern. Nur deshalb war ich noch am Leben. Verschwitzt tauchte er wieder vor meinem Käfig auf.

»Guck mal, Bördie, Karena! Magste das?«

Karena? War das eine seiner Schulfreundinnen?

Nein. Es war Limo.

»Hanno, was machst du da?«, fragte Jana, auch schon ziemlich müde. Hanno kramte in einer Schublade, fand einen Trichter und sah mit glänzenden Augen zu mir.

»Wollen wir doch mal gucken, ob Bördie Karena mag, oder? Halt ihn fest!«

Jana kam zum Käfig, öffnete die Tür und griff nach mir. In diesem Käfig war so wenig Platz, es war ein bisschen so, als würde man versuchen, in einem Trabbi vor einem

Grenzpolizisten zu fliehen. Also innerhalb des Trabbis. Also packte sie mich. Wäre mein Kopf nicht schon rot gewesen, hätte er spätestens jetzt diese Färbung angenommen.

»Halt ihn fest, Jana!«

»Okay«, sagte die Kleine jetzt wieder etwas wacher. »Hmmm … lecker Karena«, flüsterte Hanno, drückte den Trichter in meinen Schnabel und ließ den Inhalt der Glasflasche in mich hineinlaufen.

Ich sage Ihnen, ich hab schon so einiges an ekelhaftem Zeug geschluckt, aber das war mit Abstand das Schlimmste, was ich je zwischen den Schnabel bekommen hatte. Haben sie schon mal am WC-Reiniger geleckt? Bravo! Dann wissen Sie, wie Karena schmeckt. Langsam füllte sich mein Körper mit Karena, und ich dachte mir, wenigstens sterbe ich nicht hungrig. Denn das ist für ein einigermaßen intelligentes Tier immer ein ganz besonders erniedrigender Tod. Kurz bevor ich platzte und Hanno noch irgendwas von »Wie ein China-Böller!« schrie, löste sich auf einmal der eiserne Griff Janas, und ich klatschte auf den Boden wie eine Wasserbombe – ohne zu platzen. Aus meinem Schnabel lief Karena, und ich hechelte wie ein Idiot.

»Hanno Günthersen! Lass sofort den Vogel in Ruhe! Du bist doch Pionier und kein Perverser!«, donnerte Trudis alte Stimme auf uns nieder.

Irgendetwas umschloss mich und hob mich hoch und legte mich zurück in den Käfig. Wie ein ausgewrungener Waschlappen lag ich auf der Zeitung am Boden und hechelte.

»Rauf, ab ins Bett! Für euch ist das Jahr jetzt schon gelaufen!«

»Aber, Oma, ich wollte doch nur sehen, ob er Karena mag.«

»Und ich will sehen, ob du deinen Hintern magst! Da klatscht es nämlich gleich! Ab, hoch! Jana, du schläfst bei mir im Zimmer. Und wehe, ich komm gleich rauf und ihr macht Quatsch. Ich kann euch sagen, dann mach ich euch das ganze Jahr zur Hölle! Dann ist hier Silvester, und zwar richtig!«

Die war richtig wütend.

»Oma, aber es ist doch noch nicht mal Mitternacht.«

»Noch ein Wort!«, hörte ich sie sagen, während mir noch ein paar Tropfen Limo aus dem Schnabel liefen. Dann war es ruhig.

Es war ein Wunder, dass ich Silvester im Speziellen und die ersten Wochen im Allgemeinen überlebte. Es war überhaupt ein Wunder, dass ich es so tief westlich in den Osten geschafft hatte. Sosehr ich mich über jeden neuen Tag, den ich erleben durfte, freute, so sehr vermisste ich doch auch meine Heimat. Ich sah die Günthersens und fragte mich: Was tat wohl meine fette, befiederte Familie gerade? Wer war wohl gerade im Volierenvorstand, und wer hatte das Glück, mit der schönen Sittichdame Peggy zu brüten? Oh Peggy … ich läge dir jede Heuschrecke zu Füßen!

Gut, sobald ich Charlie bei mir im Käfig sitzen hatte und mein Schnabel voller leckerer Körnermischung war, war es mir eigentlich egal, aber manchmal fragte ich mich eben auch: Du kleiner, geiler Sittich, wie geht es wohl deiner Familie, die sich so hart an dir einen abgebrütet hat? In allen anderen Momenten dachte ich: »Zwei Apfelsinen im Jahr und zum Parteitag Bananen, das ganze Volk schreit hurra – der Kommunismus ist da!« Genialer Song war das!

7. Hedda

Wer war diese Hedda? Vielleicht haben Sie sich das schon gefragt. Nun, sie war mit Abstand diejenige in der Familie, die bis jetzt den sanftesten Würgegriff angesetzt hatte und bei der ich am wenigsten Angst hatte zu sterben. Wenn sie mich nicht gerade auf einer Brotschneidemaschine absetzte oder in der unbeheizten Stube vergaß. Aber das kam zum Glück eher selten vor. Nach einer Weile bekam ich mit, dass Heddas gutes Gespür im Umgang mit fetten Küken auch berufliche Anwendung fand. Sie unterrichtete eine ganze Klasse von diesen sozialistischen Satansküken in einer Grundschule.

Manchmal stellte sie mich auf ihren Schreibtisch, wenn sie den Unterricht vorbereitete. Wobei sie die meiste Zeit sehr konzentriert in einem Otto-Katalog blätterte, anstatt Hefte durchzugucken. Ich überlegte, wie das kam, dass man zu Hause so schlimme Kinder hatte und dann zur Arbeit ging, und da waren noch mehr davon. Ich konnte es mir nur so erklären, dass sie von ihren eigenen so enttäuscht war, dass sie in der Schule die Hoffnung hatte, vielleicht zwei neue, schönere, talentiertere zu finden, die sie sich mit nach Hause nehmen konnte. Warum sollte man sich sonst jeden Tag so viele Kinder antun? Für mich machte sie dieser Wunsch sehr sympathisch. Auch ich hätte ihr ein paar bessere, schönere, talentiertere Küken gewünscht.

Wie sie da so am Schreibtisch saß und den Katalog durchblätterte, fand ich sie auch gar nicht mehr so hässlich wie anfangs. Klar, ihre Haare waren immer noch auf »geiler Kakadu« gestylt, aber ihr Gesicht war schön. Etwas blass und grau, wie die meiner Artgenossinnen von der Gattung der Blasskopfrosellas. Heddas Augen waren genauso dunkel und ihr Kopfgefieder ähnlich gelbblond. Was das anging, eine schöne knallige Genossin also, die ich zur Balzzeit ordentlich ankeifen würde. Aber bis dahin konnten noch ein paar Monate vergehen. Momentan war ich ja mit Charlie verpaart, und aus der monogamen Nummer kam ich rein biologisch vorerst nicht raus.

So wie ich es mitbekam, unterrichtete Hedda Deutsch, Staatsbürgerkunde und Schulgarten. Das waren die Fächer, von denen sie Rainer abends meistens berichtete. In den Wintermonaten, die ja meine ersten bei den Günthersens waren, kam sie oft mit einem Sack Grünkohl nach Hause, den die Kinder im Schulgarten geerntet hatten.

»Aber, Hedda!«, regte sich Rainer dann auf.

»Was denn?«

»Du kannst doch nicht den Kohl mitnehmen, den die Kinder geerntet haben – aus dem gemeinschaftlichen Garten!«

»Warum denn nicht? Ist doch ein Arbeiter- und Bauernstaat.«

»Na eben.«

»Das heißt, ein paar arbeiten, und der Rest benimmt sich wie die Bauern.«

»Das ist aber sehr frei interpretiert, mein Schatz.«

»Ist mein gutes Recht, ich hab den schließlich gesät. Und die Kinder mögen auch einfach keinen Grünkohl.«

»Unsere doch auch nicht!«

»Dann bekommt es der Vogel. Der ist sowieso zu fett.«

Das war der Startschuss für meine Grünkohl-Diät. Als Hedda aber nach ein paar Tagen mitbekam, dass sie den grünen Durchfall nicht mehr von der beigen Tapete abbekam, gab sie mir wieder Früchte und Körner. Und versuchte es mit Sport. Ich wurde ständig aus dem Käfig gescheucht, um mich zu bewegen. Man hatte gelesen, das täte mir gut. Die Versuche scheiterten seit Silvester immer noch kläglich. Die Käfigtür wurde geöffnet, ich saß vielversprechend in der offenen Tür des Gatters, lugte stolz in die Gegend, sprang ab, breitete meine Schwingen aus und klatschte auf den Boden. Dort verbrachte ich hechelnd ein paar Minuten, bis sich jemand erbarmte, mich aufzuheben und wie einen unbenutzten Trinkbecher wieder zurückzustellen. Schließlich kam Rainer auf die Idee, dass ich einfach einen anderen Anreiz brauchte, um wieder zu fliegen. Anreiz? Wenn der gewusst hätte! Allein von dieser mordenden, meuchelnden Familie wegzukommen, war Anreiz genug! Ich wollte ja fliegen! Aber ich konnte es nicht mehr.

»In Todesgefahr wird er es bestimmt wie von selbst wieder beherrschen!«, philosophierte Rainer beim Abendbrot.

Ja, aber das war ich doch schon! Ich war in Todesgefahr, seit ich meine schöne Großsittichzucht in Moondarra verlassen hatte! Hannos Augen blitzten. Er half sehr gewissenhaft, den Tisch abzuräumen, und fegte sogar die Küche mit aus. Dann verschwand Hedda, um das Wasser im Bad vorzuheizen. Und ich war plötzlich mit Hanno allein in der Küche. Warning! All systems auf Alarmbereitschaft!! Doch da war die Käfigtür schon auf. Hanno umfasste mich mit seiner kleinen Speckhand, auf die ich einpickte wie ein Verrückter, aber er hatte anscheinend keine Nerven im Fettgewebe, er warf mich unbeeindruckt in die Luft. Ich knallte fast gegen die Küchendecke. Und befand mich dann im freien Fall Richtung Hanno. Der stand schreiend und winkend unter mir. Und ich weiß nicht mehr, wie es geschah, aber aus Angst, ich könne in seinen offenen Mund fallen, breitete ich die Schwingen aus und: flog! Ich flog! Es fühlte sich unglaublich an! Ich flog einen Halbkreis durch die Küche und wollte erschöpft und glücklich landen, als Hanno schon wieder unter mir stand, mit offenem Mund und wild winkend. Ich flog also weiter. Ich tippte mich kurz an der Stuhllehne ab und flog einen weiteren Halbkreis. Da war Hanno schon wieder. Schon wieder der weit geöffnete Schlund des kleinen Nimmersatt. Eine gefühlte Ewigkeit hielt mich Hanno durch seine Schreie und sein Winken in der Luft. Mir sprang fast das Herz aus der kleinen Brust. Ich war dem Flug-Infarkt nahe. Da kam Hedda in die Küche. »Hanno! Was machst du hier?!«

»Flugtraining!«

»Du bringst Bördie um!«

Ich lag, hechelnd und zur Seite gekippt, auf der Brotmaschine.

»Aber Papa hat gesagt, das braucht er! Er braucht Todesangst, damit er wieder fliegt. Und Papa hatte recht.«

»Och nee! Jetzt kotzt er auf die Brotmaschine. Mensch, Hanno! Musste das sein?«

»Aber, Mama, Vögel müssen fliegen!«

Wissen Sie, er hatte ja nicht so unrecht, aber ich hätte es dann doch lieber step by step gelernt, vielleicht mit regelmäßigerem Training. Als ich noch in Moondarra war, da fand ich die Menschen oft brutal. Einmal schmiss ein großer Mensch einen Stein nach meiner Mutter und verletzte sie am Flügel. Unser Züchter meinte nur: »Die können wir jetzt nur noch zum Brüten verwenden. Verkaufen ist nicht mehr.«

Und das war Mamas Verurteilung zu einem Leben in der Sittichzucht. Da weiß ich noch, dass ich dachte: Ihr Schweine.

Aber das hier? Das hatte eine ganz andere Qualität! Diese Familie war schlimmer als die Sittichzucht! Denn es ging ihr weder darum, mich zu verkaufen, noch darum, dass ich Nachkommen zeugte. Ich wurde nur gehalten, um zu überleben. Und so sehr ich mich freute, wieder fliegen zu können, so heftig überkam mich ein Schauer. Leider plustere ich immer auf, wenn mich so ein Schauer überläuft, und ich sehe dann verdammt knuffig aus.

»Guck mal, Mama, er ist ganz buschig geworden! Das heißt, es hat ihm gefallen.«

Scheiße.

8.

Flugtraining für Kater

Soli hatte längst bemerkt, dass ich nicht mehr fliegen konnte. Also außer in Extremsituationen. Er musste mich einige Tage beobachtet haben, und mir war nicht gleich klar, wo er Wache bezogen hatte. Als Hanno eines Abends, es war schon dunkel geworden, mit einer kleinen Taschenlampe in die Küche kam, wo ich in letzter Zeit am häufigsten plaziert wurde, fand ich heraus, wo und wie Soli sich versteckt hielt. Hanno wollte probieren, ob ich mich vom Strahl der Taschenlampe erschrecken ließ oder einen epileptischen Schock bekommen konnte. Er schaltete sie an und aus, und da sah ich für einen kurzen Moment zwei gelbe Augen im Apfelbaum aufblitzen, der auf dem Hof der Günthersens stand. Seine Äste reichten fast bis zum Küchenfenster, an dem ich seit Neujahr stand. Da begriff ich, dass Soli ganz in der Nähe saß. Durch sein dreckiges Fell war er im Winter gut getarnt.

Am nächsten Morgen, Schnee bedeckte den Baum, sah ich tatsächlich einen weiß-grau gescheckten Klumpen über die Äste schleichen. Ich beäugte Soli und er beäugte mich. Er blinzelte mir zu, sprang vom Baum und legte sich mitten auf den Hof der Günthersens, alle Tatzen von sich gestreckt. Ein paar Minuten später schleppte Hanno ihn als vermeintlich tot in die Küche.

»Mama, guck mal! Das ist doch Soli von Frau Weissner drüben!«

»Gott, Hanno, ist der tot?«

»Weiß nicht ...«, Hanno pikte ein paar Mal seinen dicken Finger in die Katze. Die schnurrte leise.

»Sie lebt! Mama, komm, wir füttern sie!«

»Ach, Hanno ... die scheißt uns doch alles voll hier. Bring sie zu Frau Weissner. Die hat Futter für Soli.«

»Och bitte, Mama, nur ein bisschen Milch!«

»Meinetwegen ... aber danach fegst du die Haare weg!«

»Okay«, und schwups hatte Soli eine Milch unter der Schnauze und wachte wie durch ein Wunder sofort auf, als man ihm den Napf vorsetzte.

»Piep, piep!«, machte ich, was so viel heißen sollte wie: »Ich weiß, was du vorhast!«

Soli ließ die Milch stehen und schlich bedrohlich auf meinen Käfig zu. »Halt den Schnabel«, antwortete Soli ziemlich fantasiefrei, aber was sollte man von einer hässlichen, fetten Katze schon erwarten. »Ich hab gesehen, dass du es nicht kannst! Du hast mich verarscht! Du kannst nicht fliegen!«

»Ich kann!«

»Mama, guck mal, als wenn sie reden!«, brüllte Hanno, ohne uns verstehen zu können.

»Sei kein Clown, Hanno. Das sind Tiere.« Hedda schälte gelangweilt Kartoffeln.

»Zeig es!«, sagte Soli.

»Was?«, sagte ich.

»Dass du fliegen kannst. Zeig es!«

»Ich kann es momentan nur in Extremsituationen, wenn mein Überlebensinstinkt einsetzt.«

»Dafür könnte ich sorgen.«

»Nein danke.«

»Was willst du jetzt machen? Du hast den Deal zerstört. Ich kann dich fressen. Ohne schlechtes Gewissen. Also wenn ein Kater wie ich überhaupt ein schlechtes Gewissen haben kann.«

»Ich glaube nicht, dass du dann hier jemals wieder Milch bekommen würdest. Außerdem kenne ich den Weg nach drüben! Denn da komme ich her.«

»Von drüben?«

»Ich komme aus Moondarra am Coopers Creek.«

»Und ich aus Halle an der Saale.«

»So kommen wir nicht weiter.«

»Genau! Deshalb mach die Käfigtür auf, und lass dich einfach fressen.«

»Ich bin doch nicht blöde.«

»Das war der Deal.«

»Nur weil ich momentan nicht in der Lage bin zu fliegen, heißt das noch lange nicht, dass ich es dir nicht beibringen kann.«

»Wie soll das gehen?«

»Schon mal was von mentalem Training gehört?«

»Du meinst beten?«

»Beten? Och, Miezekatze, ey! Nein. Setz dich auf den Boden.«

»Und dann?«

»Schließ die Augen und denk an den Wind.«

»Okay. Und jetzt?«

»Lass dich vom Wind streicheln, spürst du ihn?«

»Macht mich geil.«

»Ich weiß, es ist schwer, aber lass deine Libido außen vor, mein Freund, konzentrier dich ganz auf den Wind.«

»Okay. Ja. Wind.«

»Gut, und jetzt streichelt der Wind deine Tatzen ...«

»Das kitzelt!«

»Und der Wind wird stärker und die Tatzen ganz leicht.«

»Ja … stimmt.«

Mittlerweile hatte sich Hanno dem falschen Tasmanischen Teufel genähert und stand nachdenklich vor ihm.

»Mama, Soli ist eingeschlafen …«, sagte er.

»Lass ihn doch, Hanno. Er macht ein Nickerchen.«

Hanno beugte sich runter zu Soli. Er streichelte über sein Fell. Soli schnurrte. Das spielte mir ausgezeichnet in die Karten.

»Oh, der Wind«, hypnotisierte ich den Fellklumpen weiter. »Er streicht über dein Fell!«

»Rrrrrr, jaaaaa!«

Hanno griff Soli unter die Tatzen, ich sah, was er vorhatte.

»Und jetzt kommt der Wind und fegt dich hoch. Und du breitest die Tatzen aus.«

Hanno packte Soli an den Pfoten und schleuderte das Tier, das nur halb bei Bewusstsein war, im Kreis durch die Küche.

»Ich bin ein Brummkreisel! Ein Katzenkreisel!«, kreischte Hanno, der anscheinend in seinem ganz eigenen Film unterwegs war.

»Du fliegst nun wie ein … äh, Brummkreisel«, improvisierte ich. »Lass die Augen geschlossen und spüre, wohin es dich fegt!«

In diesem Moment ließ Hanno los und schleuderte Soli in Richtung Hedda. Die fette Katze traf sie im Rücken, sie erschreckte sich zu Tode, und die Schale mit Kartoffeln fiel ihr aus der Hand und auf den Boden.

»Aua, Scheiße!«, blökte Soli.

»Bravo«, sagte ich, »nicht schlecht für das erste Mal«, und ein bisschen zwinkerte ich Hanno zu, der uns immer noch ansah, als würde er uns verstehen.

»Mama, ich sag dir, die unterhalten sich!«

»Sag mal, Hanno. Was ist bloß mit dir los in letzter Zeit? Ich mach mir langsam wirklich Sorgen. Heb die Kartoffeln auf, und mach die Katze sauber. Und wehe, du versuchst, mit einem von beiden zu sprechen.« Hedda war böse, aber man sah ihrem Blick an, dass ihre Sorge um die mentale Gesundheit ihres Sohnes überwog.

»Hanno ...«, sagte sie und beugte sich zu ihrem Sohn, der nun sein großes weißes Gesicht anhob, so dass es kurz so aussah, als würde der Mond aufgehen. Sein Gesicht war wirklich riesig und dazu der große runde Kopf – es überstieg meine logischen Fähigkeiten, die für einen Sittich relativ gut ausgeprägt sind, wie sich diese Kugel so auf dem Körper halten konnte. Normalerweise müsste Hanno ständig in eine Richtung kippen, denn optisch sah es so aus, als wäre sein Schwerpunkt eben ganz oben am Kopf. Es war, als würde eine Melone auf einer Stecknadel balancieren, die wiederum in einem Stückchen Butter steckte, denn so wie ein Stück Butter würde ich Hannos kleinen Körper am ehesten beschreiben. Dies musste auch Hedda soeben ins Auge gefallen sein. »Hanno ... mein Schatz. Hättest du nicht mal wieder Lust auf ein bisschen Leichtathletik?«

Hannos Mondgesicht verzog sich.

»Nö«, machte es und suchte weiter nach ein paar Kartoffeln am Boden.

»Ich will lieber 'ne neue Lok«, murmelte er.

»Ja, aber Modelleisenbahn, Hanno, das ist kein Sport. Und ich glaube, du brauchst ein bisschen mehr Bewegung.«

»Ich geh sie mir selber kaufen, Mama. Im Intershop. Ich geh sie kaufen und komm wieder zurück. Das sind zwanzig Minuten Fußmarsch.«

»Hanno, das wird nicht reichen. Du brauchst täglich Sport.«

»Dann hol ich mir morgen ein paar neue Schienen!«

»Wie wäre es denn mit … Ringen?«

Um Gottes willen, dachte ich nur. Dieser kleine Himmelskörper in einem Ring? Er würde dem Gegner den Arsch so aufreißen, dass ein Loch im Universum entstehen würde. Oder, und das war viel wahrscheinlicher, er würde seinen Gegner einfach essen.

9.
Ringen

Apropos Ringen. Wissen Sie, die Sache mit den Ringen, die hab ich nie kapiert. Also nicht mit *dem* Ringen. Da war mir schon klar, dass sich da zwei Genossen ineinander verhakten, bis einer vor Freude auf die Matte klopfte. Nein. Ich meine *die* Ringe. Ich trage einen Ring, aber ganz bestimmt nicht aus Liebe, also natürlich liebe ich mich selbst, würde mich deshalb aber nicht unbedingt heiraten. Sie kennen das. Vor allem weil die Hochzeitsnacht keinen Mehrwert für mich hätte. Ich rieb meinen Unterleib sowieso täglich am Kalkstein in meinem Käfig, und wenn Charlie da war, dann eben an Charlie. Was sollte eine Hochzeitszeremonie daran geiler machen? Und das fragte ich mich eben auch bei Menschen. Was ist denn bitte geil daran, sich einen Ring anzustecken? Haben die einen Vogel? Sich quasi selbst als Gefangenen zu markieren? Denn dafür stand bei mir der Ring. Seit meiner Geburt in der Sittichzucht in Moondarra am Coopers Creek trug ich ihn. Wieso sollte sich das jemand freiwillig antun? Mir war das alles nicht so klar, bis Jana eines Mittags Hedda auf ihren Ring ansprach. »Warum trägst du den?«, fragte sie.

Berechtigte Frage, denn Rainer trug keinen.

Ich dachte erst, es lag vielleicht an seinen etwas wurstigen Fingern. Kennt man ja vom Strand, wenn man denkt, jemand macht FKK, aber in Wirklichkeit hängt einfach die Plauze über dem Schlüpfer. Aber Hedda hatte eine ziemlich seltsame Antwort: »Aus Liebe«, sagte sie, während sie ihren Königsberger Klops zerteilte und in Sauce tunkte.

»Und«, fügte Hanno kauend hinzu, »weil das so schön scheppert, wenn sie dir damit eine runterhaut.«

Das machte tatsächlich Sinn. Also, mehr als das Argument mit der Liebe. Und es brachte mich auf eine wahnsinnige Idee! Als nach dem Mittagessen meine Käfigtür geöffnet wurde, damit ich zur Belustigung aller die Klopskrümel vom Tisch pickte, flog ich direkt Hannos Schulter an. Ich ignorierte den Applaus, den ich dafür erntete, denn normalerweise kam ich dem kleinen Killerzwerg nicht zu nahe. Hanno war verwirrt. Für einen Moment fühlte er sich geehrt, dass ich so viel Zutrauen zu ihm hatte, aber falsch gedacht! Ich machte mich sofort nach der Landung daran, an seinem rechten Ohr Richtung Schädel zu klettern.

»Was macht er da?«, hörte ich Hanno sagen.

»Hanno, halt mal still, vielleicht kackt er dir auf die Rübe!«, schrie Jana begeistert.

Daraufhin versuchte Hanno mich mit der flachen Hand vom Kopf zu klatschen, wobei er mich beinahe auf seinem eigenen Schädel breitgequetscht hätte. Mit einem Karate-Kid-ähnlichen Move gelangte ich blitzschnell an die Frontseite seines Kopfes, ließ tatsächlich einen riesigen Schiss vor Aufregung und haute ihm mit der Kralle, an der mein Ring hing, volle Granate gegen die Stirn. Sollte er sehen, wo der Hammer hing! Schreiend schlug er nach mir, doch ich war schneller. Mit einem Flügelschlag war ich aus der Gefahrenzone. Seine kleinen fetten Hände fuchtelten wild umher. Ich rettete mich auf den Besenschrank der Küche und verweilte dort, bis das Geheule und Gejaule langsam abklang. Heddas beruhigende Worte und Janas lautes Lachen verunsicherten mich.

»Bördie, du kleine Sau«, schrie Hedda zu mir hoch, und mit einem leicht verunsicherten »Piep« drückte ich aus, dass ich wahrscheinlich zu weit gegangen war. Aber hey! Jemand, der versuchte, mich mit Karena zum Platzen zu bringen, hatte es doch nicht anders verdient …

Das mit dem Ring und der Liebe beschäftigte mich trotzdem noch eine ganze Weile. Nicht mehr lange, und vor meinem Fenster würde der Apfelbaum blühen und kleine geile Spatzenweibchen mit geschwollener Brust am Fenster vorbeifliegen. Ich rieb mich am Kalkstein wie ein Idiot, aber wer kann schon so richtig lockerlassen, wenn dauernd einer in die Küche kommt und seine Nase zwischen die Käfiggitter schiebt?

Meistens war es Rainer, der mein Verhalten richtig deutete. Die Frauen waren immer der Meinung, ich würde versuchen, mir die Krallen zu feilen, und Hanno war davon überzeugt, dass ich mich selbst zum Kotzen bringen wollte, weil mir die Körner über sind. Womit er gar nicht so unrecht hatte. Trotzdem traf Rainer ins Schwarze, wenn er bemerkte, dass ich mir gerade mal wieder »den Sittichlurch am Kalkstein würgte« oder »Sittichsahne produzierte«.

Eines Abends saßen Rainer und Hedda beim Abendessen. Es ging mal wieder um Liebe. Rainer schob sich kleine Käsewürfel in den Mund: »Das ist ja toll, dass du an so einen Käse gekommen bist. *Delikat,* oder was?«

»*Delikat?* Du hast wohl den Knall nicht gehört. Das gibt es jetzt sogar in der Kaufhalle zu kaufen!«

»Apropos Knall … Sie wollen, dass Mutter wieder ihre Produktion übernimmt.«

»Watt?«

»Ja.«

»Die Baumkuchen-Fabrik?«

»Na, Fabrik kann man das ja eigentlich nicht nennen … in der Welt von drüben würde man nun eher von mittelständischem Betrieb sprechen.«

»Aber was heißt das?«

»Das heißt, sie wollen Mutter wieder als Geschäftsführerin.«

»Warum denn das auf einmal?«

»Weil das die Zeit der Neuanfänge ist.«

»Keiner von diesen Schweinen hat sich für sie eingesetzt, als sie damals in den Knast musste. Und nun geben sie ihr einfach so eine neue Chance? Ich hoffe, sie ist zu stolz, um das anzunehmen …«

»Hedda, Stolz? Den kannst du dir gleich abschminken. Worauf sollen wir stolz sein? Auf jahrelange Zensur? Unterdrückung? Beschränkung?«

»Darum geht es doch gar nicht. Es geht ums Individuum. Trotz Zensur, Unterdrückung und Beschränkung waren wir Menschen, Rainer! Und da kann man durchaus seinen Stolz behalten.«

»Die andere Sache ist die … wenn die Währungsreform kommt …«

»Ja …?«

»Wenn die … wenn die unseren Kredit auf das Haus in Westmark umrechnen und die Zinsen auch … dann sehen wir alt aus, Hedda.«

»Das können die doch nicht machen!«

»Da wäre dann ein zusätzliches kleines Einkommen von Mutter ganz gut.«

»Rainer! Sie kann doch nicht unsere Schulden abzahlen. Wo denkst du hin? In einem Betrieb, der ihr dabei zugesehen hat, wie sie 1980 abgeführt wurde.«

»Das ist ihre Entscheidung, Hedda. Und es ist ihr Kuchen. Trudis Baumkuchen. Der Kuchen war immer ihr Leben. Wenn sie zurückwill, dann, weil sie dafür brennt.«

»Und du nutzt das schamlos aus, um unsere Schulden zu begleichen? Du Kapitalist!«

»Dann schlag mir doch was anderes vor! Sollen wir von deinem Lehrerinnen-Gehalt das Haus abbezahlen? Außerdem muss die Heizung gemacht werden. Alles ist marode.«

»Dann lass uns einen neuen Kredit aufnehmen und irgendwo anders hingehen.«

»Hedda, das ist doch Quatsch … wir können doch nicht einfach abhauen.«

»Doch, Rainer, das können wir jetzt. Und das hätten wir schon längst tun sollen.« Hedda fing an zu weinen.

»Hedda, Mensch, was ist denn bloß?«

»Ach, so 'ne Scheiße …«, sagte sie mit ihrem Stimmchen.

»Du willst … rüber?«

»Vielleicht. Ich weiß es nicht. Dieser Schulbetrieb macht mich fertig … Stell dir vor, die Hälfte des Lehrer-Kollektivs ist schon weg. Alle abgehauen. Frau Schmitt-Bruse, Hannos Direktorin, hat mich heute angerufen, ob ich da nicht an der Mittelstufe als Staatsbürgerkunde-Lehrerin einspringen kann. Weil der Lehrer weg ist! Was soll ich denen denn erzählen? Ich weiß doch selber nicht mal, was für eine Staatsbürgerin ich gerade bin.«

»Piep, piep, piep!«, machte ich dazwischen, ich wollte auch weg! Rüber! Nach Australien. Jaaahahahaha! Ich war furchtbar aufgeregt. Hier bahnte sich was an.

»Aber drüben wird es nicht besser, Hedda. Außerdem wird das Drüben bald schon hier sein. Wir müssen uns gar nicht mehr bewegen.«

»Ich will nicht nach drüben, Rainer, ich will einfach mal ... was sehen.«

Rainer überlegte. »Dann machen wir Urlaub. In Frankreich!«

»Wie soll denn das gehen? Das ist so weit weg. So viel Geld haben wir doch gar nicht. Und du musst doch auch in den Betrieb.«

»Vielleicht braucht man dafür gar nicht so viel Geld. Wir haben es ja nicht mal versucht.«

Hedda lächelte.

»Ich weiß bloß nicht ... wie ist das denn mit FKK da drüben?«

Jetzt lachte Hedda. »Ach, Raini, ich liebe dich ...«

Rainer gab ihr einen Kuss.

Ich saß etwas verdattert auf der Stange. Frankreich?? Wo war dieses Reich? War das in der Nähe von Moondarra?

10.
Schulbesuch

Eines Morgens, ich verstand nicht recht, wie mir geschah, packten Rainer und Hanno meinen Käfig in den kleinen Dacia und fuhren mit mir zu Hannos Schule. In Australien hatte ich Bunker gesehen, die aber niemand benutzte. Ich war sehr überrascht, dass man hierzulande anscheinend seine Kinder darin unterrichtete.

»Tschüss, Papa«, quakte Hanno und nahm mich vom Vordersitz.

»Hanno«, Rainer beugte sich zur Beifahrertür, »pass auf Bördie auf, ja?«

»Mach ich, Papa!«

Und schon war Hanno pfeifend und den Käfig schaukelnd und vor allem *allein* mit mir auf dem Weg ins Innere des Bunkers.

Wieder einmal kamen mir pauschal Zweifel an der Spezies Mensch. Ich meine, was sind das für Wesen, die ihren Nachwuchs in so etwas einsperren, um ihnen zu erklären, wie das Leben funktioniert?

Es war dunkel, in manchen Gängen brannten lange Neonlichter, an den Wänden hingen skurrile Zeichnungen von skurrilen Häusern und Menschen, auf manchen sah man Panzer und Granaten in leuchtenden Farben. Mensch, schön! Neben jeder Tür gab es eine Reihe von Haken an der Wand mit kleinen Bildchen, aber an vielen hing nichts dran. Überhaupt wirkte die Schule relativ leer. Und das, obwohl Menschen da waren. Die wirkten allerdings auch ziemlich leer. Ein paar kleine, bleiche Küken rannten rum, die riesige Bausteine auf ihren Rücken trugen. Manche waren anscheinend aus Tierhaut. Sie nannten es »Tornister« oder auch »Ranzen«, was sich genauso widerlich anhörte, wie es aussah. Was für eine perverse Scheiße!

Hanno brachte mich schließlich in einen großen Raum, der tatsächlich Fenster hatte, und stellte mich auf einem kleinen Tisch ab, hinter den er sich so setzte, dass sein Gesicht wie der aufgegangene Mond erwartungsvoll vor meinem Käfig stand. Er vertrieb sich die Zeit damit, in mein Gefieder zu pusten, wodurch ich immer wieder aufplusterte. Es war ein verdammter Reflex. Ein paar Kinder kamen neugierig zu unserem Tisch und steckten ihre Finger durch das Gitter. Ich war aber zu aufgeplustert, um danach zu hacken. Es gab ein paar andere Kinder, die Tennisschläger, ein Mikroskop, kleine Schaufeln oder Pinsel vor sich auf den Tischen liegen hatten. Plattschweifsittiche gab es außer mir aber keine. Insgesamt wirkte es wie ein Treffen sozial gestörter Zwerge, die ihre Lieblingssadisten-Spielzeuge mitgebracht hatten. Einige hatten halt eine Schippe oder Pinsel. Hanno hatte mich. Eine Frau in einer engen, schwarzen Lederhose betrat knatschend das Zimmer. *Knatsch-knatsch-knatsch* machte es bei jedem ihrer zackigen Schritte. Auf ihrem Kopf trug sie eine geradezu besorgniserregende Frisur – blühender Klatschmohn: rot und rot und rot! Eine Klingel schrillte. Sie stellte sich vor die Klasse: »Aus gegebenem Anlass begrüße ich euch heute wieder mit einem einfachen ›Bereit?‹.«

Und die Küken antworteten: »Immer bereit«, wobei es sich anhörte, als würde das Tonband leiern.

»Gut … belassen wir es dabei. Liebe Kinder, heute geht es um eure Freizeit. Momentan wird ja der Aktivitätenplan der Pionierfreizeit … äh, grundlegend überarbeitet. Weshalb es umso wichtiger ist, dass ihr euch selbständig, aber gemeinschaftlich sinnvoll beschäftigt. So lange, bis die Ordnung wieder in Kraft tritt, nicht wahr? Wer fängt an? Wer möchte uns vorstellen, was ihn oder sie in der Freizeit beschäftigt?«

Ein Junge mit einer großen Brille meldete sich: »Ich möchte vom Matheknobelzirkel erzählen!«

Die Frau, deren Hose knatschte, winkte ab, denn sie hatte mich entdeckt: »Vielleicht später, Matthias. Ja, wer bist denn *du?!*« Sie kam *knatsch-knatsch-knatsch* auf mich zu, und es klatschmohnte vor meinem Käfig. Sie schürzte die Lippen und machte alberne Geräusche. »Hanno, wen hast du uns denn da mitgebracht? Und wo ist dein Pioniertuch?«

»Das ist Bördie. Mein Tuch ist zu Hause. Mein Papa sagt, das ist okay.«

»Und wenn dein Papa sagt, spring von der Klippe, Hanno, springst du dann?«

»Äh … nee.«

»Soso. Liebe Kinder, vergesst nicht, wir haben einen Eid geschworen, auf Ernst Thälmann und dieses Land. Eure Pionierausweise sind somit auch immer noch *Ausweise*. Sie weisen euch aus! Jawohl! Damit gehen Rechte und Pflichten einher. Eine unserer Pflichten ist es, montags das Pioniertuch zu tragen. Hanno, bitte melde dich nach dem Unterricht im Sekretariat. Deine Mama soll dir das Tuch herbringen.«

Stille im Raum.

»So, und jetzt stell uns doch mal deinen kleinen Freund hier vor.«

Ich machte »Piep«, und als hätte ihr jemand auf den Kopf gehauen, sagte die Lederhose daraufhin völlig ungezügelt: »Oh Gott, das ist ja allerliebst!«, und Hanno erhob sich und ging mit mir nach vorne.

Ich hatte Angst. So wie eigentlich alle hier im Raum, vermutete ich. Bei den Günthersens zu Hause verhielten sich die Küken irgendwie … anders. Diese Frau hatte etwas Unberechenbares.

»Das ist Bördie.« Hanno schrieb meinen Namen mit Kreide an die Tafel und achtete dabei sorgfältig auf die Großschreibung des Bs, des Rs und des Ds. Der Lederhose fiel die Kinnlade runter.

»Was?!«

»So heißt unser Vogel. BöRDie kommt auch aus dem Osten. Nämlich aus Australien«, sagte Hanno brav und ging zu einer großen Karte an der Wand. Er nahm einen Zeigestock und zeigte auf einen kleinen braun-grünen Fleck am rechten Rand der Karte.

Ich dachte: Okay, das ist also meine Heimat.

»Australien ist weit weg, zum Vergleich: Wir wohnen hier«, und er zeigte mit dem Zeigestock darauf, und es haute mich von der Stange. Es war das erste Mal, dass ich sah, wo ich war. Und ich realisierte die unendliche, rote Landmasse und die sich daran anschließende blaue Wassermasse, die mich von meiner Heimat trennte. »Man muss durch die ganze Sowjetunion, durch ganz China und dann mit einem Schiff über das Meer, um zu Bördie nach Hause zu kommen.«

Ich saß mit offenem Schnabel auf dem Boden meines Käfigs. Ich war gerade wirklich von der Stange gefallen.

»Das Vögelchen ist krank«, sagte eine zarte Stimme aus der Klasse.

»Wieso nennt ihr euren Vogel so?«, fragte die Lederhose hart.

»Weil es den Geist der Vergangenheit mit den Tatsachen der Gegenwart vereint.«

Hatte Hanno das gerade gesagt?

»Wenn du so schlau bist, Hanno Günthersen, dann möchte ich darüber zu morgen einen Aufsatz von dir sehen.«

Die anderen Küken saßen einfach nur glotzend da. Niemand sagte etwas.

»Über Bördie?«

»Nein, du Schlaumeier, über das, was du da gerade gesagt hast!«

»Über die Bö-R-Die?«

»Nein, über ... sag mal! Du hältst dich wohl für sehr schlau, was?«

Hanno ging wortlos zum Käfig und wechselte das Wasser aus. Dafür war ich ihm sehr dankbar. Ich konnte einen frischen Schluck jetzt wirklich gebrauchen. Wodka wäre sogar noch besser gewesen. »In meiner Freizeit«, erzählte er weiter, während er mir frisches Wasser in den Käfig stellte, »spiele ich viel mit Bördie. Dabei kam heraus, dass er Super-Kräfte hat.«

Was?

»Er ist quasi unverwundbar.«

Ach ja?

Und Hanno nahm den Zeigestock und pikte damit durch die offene Käfigtür in meine Richtung. Ich rastete aus und flog im Käfig umher wie ein Irrer.

»Seht ihr? Er ist so schnell, dass man seine Flügel gar nicht mehr sieht! Er kann die quasi unsichtbar machen.«

Zum Glück war es nur eine kurze Präsentation meiner Super-Kräfte. Hechelnd saß ich auf dem Boden. Der Junge mit der großen Brille meldete sich.

»Ja, Matthi?«, nahm Hanno ihn dran.

»Ja, äh, kann Bördie fliegen?«

»Ja, kann er, aber nur wenn er Todesangst hat. Und die hat er fast nie, weil er ja quasi unverwundbar ist. Ein sogenanntes Dilemma.«

Was war nur mit diesem Hanno los? Immerhin, das verschaffte mir eine Atempause. Noch ein Finger ging hoch, ein Mädchen: »Kann Bördie sprechen?«

»Ja«, sagte Hanno.

Da wusste er mehr als ich.

»Aber wir können es nicht hören, weil Vögel auf einer anderen Frequenz sprechen und denken! So wie viele von uns …«

Da lachten ein paar Küken.

»Du meinst Fledermäuse!«, rutschte es Matthi raus.

»Es wird sich gemeldet, Matthias Keun!«, plärrte die Lederhose. Und dann weiter: »Hanno Günthersen, es reicht! Gib mir dein Muttiheftchen. Morgen will ich den Aufsatz sehen.«

Hanno gab ihr ein kleines Heft. »Aber ich hab doch gar nichts gemacht.«

»Du kriegst einen Eintrag. Hier. Das lässt du von Mama und Papa gegenzeichnen. Wehe, der Aufsatz ist morgen nicht da.« Sie schleuderte ihm das Heftchen hin. Dann stand sie auf und beugte sich knatschend zu mir herab. Ihr Gesicht verwandelte sich, wie durch Magie, von sauer in süß.

»Puuuut, puuuut, puuuut … verstehst du mich, du kleine Kreatur?«

Hanno griff den Käfig am Henkel und sagte: »Niemand versteht Sie ...«

Die Frau in der Lederhose lief rot an. Ich dachte schon, gleich platzt sie. Also die Frau. Nicht die Hose. Sie machte eine Handbewegung, die einen Schlag andeutete, und Hanno und die ganze Klasse zogen kurz die Luft ein und gingen in einer wellenförmigen Bewegung in Deckung. »Mein lieber Freund und Kupferstecher ...«, sagte sie drohend, »das hab ich nicht gehört!«

Die Glocke schrillte. Hanno hatte meinen Käfig am Henkel und spazierte pfeifend durch die dunklen Gänge der Schule. Die Kinder stürzten aus den Klassenräumen, und im Nu verwandelten sich die Korridore in eine Großsittichzucht, die wegen eines Waldbrandes in Panik versetzt wurde. Jedenfalls schien es mir so. Mit ihren Ranzen boxten sich die Küken dabei gegenseitig weg, so dass nur einige wenige, besonders fitte, meistens die mit schlecht oder gar nicht gebundenen Pionierknoten, heil durch das Gewusel kamen und das Tageslicht erreichten. Hanno, immer noch ganz ohne Pioniertuch, kam als Erster an. Dabei hatte er nichts anderes getan, als pfeifend geradeaus zu gehen. Hanno war ein bisschen wie ein Frachtschiff. Vor seinem Bug teilte sich das Wasser, und kleinere Boote schmissen hektisch die Motoren an, um seiner Masse noch irgendwie auszuweichen. Ich saß in Habachtstellung im Käfig, ich hatte höllische Angst, dass so ein Ranzen mich erwischen könnte und der Stoß mich kopfüber in meine Nussschale befördern würde. Wer will schon in seinen eigenen Nüssen ersticken.

Als wir draußen waren, steuerte Hanno den Sandkasten an. Er stellte mich an der Grenze von grauem Beton zu nassem Sand ab. So eine traurige Kombination an Landeplätzen. Für einen bunten Vogel wie mich war das wirklich ein weiterer außergewöhnlich trister Ort. Hannos Freund Christian war schon schwer am Klettergerüst beschäftigt. Diese kleinen, blassen Lebewesen schien es einen Dreck zu kümmern, wie es um sie herum aussah. Ich war fest davon überzeugt, dass sie jeden sowjetischen Bombenangriff als Verschönerung der Umgebung wahrgenommen hätten. Von den bunten Stangen splitterte die Farbe, so dass der rostige Stahl darunter zum Vorschein kam. Hanno ging zum Gerüst und guckte Christian zu, wie er eine Rolle vorwärts versuchte. Leider war er schon etwas zu groß für die ganze Konstruktion und stieß sich den Kopf an der obersten Stange. »Mann, das ist doch langweilig …«, stellte Hanno fest und schlug vor: »Ey, Christian, lass uns Granatenschlacht spielen!«

»Okay«, sagte Christian, und schon fingen die beiden an, über den Spielplatz zu jagen.

»Die Panzer! Die Panzer! Alle Systeme auf Alarmbereitschaft.«

Christian nahm einen monströsen Stein und schmiss ihn Hanno auf den Kopf. Es passierte so schnell, dass ich nicht mal Zeit hatte für ein warnendes »Piep!«. Dann geschah das Wunder: Der Stein zerbrach auf Hannos Kopf. Als würde die Welt kurz stillstehen, fielen die beiden Hälften links und rechts neben seinem kleinen, dicken Körper zu Boden. Hanno sah Christian an, Hanno sah die Steine an, zuckte mit den Schultern, griff eine Steinhälfte und warf sie auf Christians Kopf.

Wissen Sie, ich war ja noch im Schock von dem ersten Angriff, so schnell kann man Gewalt und Vergeltung nicht einmal schreiben, wie sich das vor meinen kleinen schwarzen Rosinenaugen da am Sandkastenrand abspielte. Christians Schädel war leider nicht aus Fett und Stahl, so wie wahrscheinlich Hannos, und so fing er gleich wie am Spieß an zu brüllen und zu bluten. Der Stein hatte ihn am Auge getroffen. Hanno kam auf mich zu und setzte sich neben meinen Käfig in den Sand. »Granatenschlacht eben«, sagte er zu mir, so als würde das alles erklären.

Und dann hörte man schon das Knatschen in der Ferne. Die Lederhose kam angerannt. *Knatsch-knatsch-knatsch:* »Was ist hier los! Hanno Günthersen! Ich glaub das nicht. Hierher! Aber sofort! Wo ist dein Pioniertuch!?«

Christian brüllte und blutete immer noch. Hanno gehorchte und trottete zur Lederhose.

»Warst du das?«

»Ja.«

»Was?!«

»Christian hat angefangen.«

»Guck dir das an! Der Junge wird blind werden, und du bist schuld!«

»Ich bekomme vielleicht eine kahle Stelle auf dem Kopf … da, wo der Stein zerbrochen ist«, antwortete Hanno etwas beleidigt.

»Was?!«, brüllte jetzt die Lederhose noch lauter. »Guck dir das an! Guck es dir ganz genau an!«, schrie sie und zerrte Hanno am Jackenkragen vor Christians blutendes Gesicht und wiederholte: »Wo – ist – dein – Pioniertuch?!«, und dann: »Du bist schuld, dass Christian blind wird!«

Christian hyperventilierte beinahe, und ich war mir sehr sicher, dass, wenn er so weiterblutete, die Blindheit wahrscheinlich das kleinere Übel sein würde angesichts seines nahenden Todes.

»Guck es dir ganz genau an!«, brüllte sie noch mal.

»Frau Mahnke!«, rief eine andere Stimme. Eine weitere Lehrerin kam dazu.

»Hilf doch dem Jungen!«

»Ich werd ihm schon helfen, Evie!«, sagte die Lederhose, die anscheinend Frau Mahnke hieß, mit rotem Kopf und schüttelte Hanno so stark am Kragen, dass er in den Sand fiel.

»Nein! Mensch, Margot, äh, Frau Mahnke: Christian!«, die Kollegin Evie fing an, Christian hektisch zu untersuchen. »Mensch, Margot, das ist Verletzung der Aufsichtspflicht.«

»Das ist Verletzung der Pionierpflicht! Zuallererst! Dieser Junge hier ist eine Plage!«

»Jetzt lass den mal und hol einen Arzt. Das muss genäht werden.«

»Das gibt sofort eine Abmahnung!«

»Margot, hol einen Arzt!«

»Evie!«

»Margot.«

»Also gut. Du kommst schön mit …«, und sie zerrte Hanno weg.

»'tschuldigung Christian«, sagte Hanno noch im Weggehen, und Christian hielt kurz inne und nickte verständnisvoll mit dem Kopf: »Granatenschlacht eben«, sagte er sehr besonnen, bevor er wieder anfing, laut zu weinen.

Scheiße, dachte ich, denn ich stand weiterhin im Käfig am Sandkasten. Vor mir verblutete ein zwölfjähriger Junge. Und Hanno war weg. Mit Frau Mahnke! In ihrer Lederhose!

11.
Hausbesuch

Sie können sich vorstellen, dieser Vorfall hatte Folgen. Christian überlebte, doch das hinderte die beiden Lehrerinnen nicht an einem Hausbesuch. Frau Mahnke betrat kurz nach der Granatenschlacht in einer knallengen Lederhose die Küche der Günthersens. Ihr schwarzer Pulli explodierte fast über ihren Brüsten. Der Klatschmohn stand in voller Blüte. Hedda und Rainer hatten Kaffee und Kuchen aufgetischt.

»Schönes Haus«, bemerkte Margot Mahnke spitz.

»Geerbt«, antwortete Rainer.

»Wohlhabend, Ihre Familie …«

»Gewesen … als das noch ging.« Angestrengtes Lächeln.

»Manche sind eben gleicher, nicht wahr?«, fragte die Mahnke mit einem verkniffenen Lächeln.

Dahinter trat die etwas jüngere Evie in einem Blümchenkostüm ein: »Pöppen. Guten Tag! Ach, toll … sogar mit Holzbalken. Sie haben es ja schön hier.«

Sie hatte, genau wie Hedda, etwas, das aussah wie zwei tote Vögel auf den Schultern. Ich konnte es unter dem Blazer sehen. Das verunsicherte mich, meine Lebenserwartung betreffend, stark, schien hier allerdings Mode zu sein.

»Danke. Tja, setzen Sie sich doch«, sagte Hedda sehr freundlich.

»Piep!«, das war ich.

»Das ist Bördie«, sagte Rainer erklärend.

»Ja, denn haben wir schon kennengelernt«, sagte die Mahnke.

»Den hat Hanno ja all seinen Klassenkameraden in einem ganz tollen Vortrag vorgestellt, die anderen haben sogar noch bei mir im Matheunterricht davon geschwärmt …«, sagte Evie Pöppen.

»Sie sind anscheinend schon rumgekommen …«, bemerkte Margot Mahnke wieder recht spitz.

»Bördie? Der war ein Geschenk.«

»Na klar …«, lächelte Margot Mahnke mit einem Lächeln, das sagte: Wenn du mir weiter so was erzählst, mach ich aus deinem Vogel einen Gürtel.

»Sehen Sie … Hanno ist ein sehr intelligenter Schüler. Laut. Aber intelligent«, begann Evie Pöppen das Gespräch.

»Er ist extrem unruhig. Meiner Meinung nach braucht er dringend Hilfe«, sagte Margot Mahnke mit geschürzten Lippen.

»Ja. Gut, also wir wollten uns noch mal entschuldigen für die Sache mit dem Stein. Ich denke, weil er ja vorher an Hannos Kopf zerbrochen ist, hat er die Gefahr für Christian anders eingeschätzt. Also, er dachte wahrscheinlich nicht daran, ihn so stark zu verletzen …«, versuchte Rainer zu erklären.

»Sie glauben das??«, Margot Mahnke riss die Glupschaugen auf.

»Was?«

»Dass der Stein angeblich auf Hannos Kopf zerbrochen ist?«

»Beide Jungs haben es doch so erzählt … ich denke, es war ein Unfall beim Spielen. Das passiert eben.«

»Das war kein harmloses Spiel! Ich bitte Sie! Granatenschlacht!«

»Na ja … das sind eben unruhige Zeiten. Die Kinder spüren das. Panzer sieht man ja auch überall. Es gab schon welche bei Hanno in der Krippe zum Spielen.«

»Sehen Sie, Frau Günthersen, Herr Günthersen: Wir denken, Hanno ist nicht ausgelastet. Er braucht eine besondere Förderung«, sage Evie und tippte dabei auf ihre Notizen.

»Wie meinen Sie das? Klapse?«, fragte Rainer.

»Ja!«, das war Frau Mahnke.

»Nein! Ich rede von mehr Bewegung, zum Beispiel«, beschwichtigte Evie.

»Ja also … wir hatten überlegt, ihn zum Ringen zu schicken.« Das war Hedda.

»Damit er in Zukunft keinen Stein mehr braucht, um andere zu verletzen, sondern es mit purer Muskelkraft schafft! Tolle Idee, Frau Günthersen!«, entrüstete sich wieder Frau Mahnke.

»Ja, aber da kann er überschüssige Energie …«, versuchte sie es noch mal, und dann verlor ich den Überblick, denn es ging richtig zur Sache.

»Er kann nicht einmal einen Pioniertuchknoten knoten! Wie soll er denn so Ringen lernen? Wussten Sie, dass Ernst Thälmann seine Butterbrote auf dem Weg zur Schule geteilt hat?« Kann man sich denken, wer das sagte.

»Hä? Was hat das denn mit Ernst Thälmann zu tun?«

»Schon in frühester Kindheit wusste er sich sozial zu verhalten. Und warum?«

»Weil er keinen Hunger hatte?«

»Nein! Weil er so erzogen wurde. So kommt man schließlich nicht auf die Welt.«

»Mit Butterbroten?«

»Mit sozialer Verantwortung. Hier«, Frau Mahnke überreichte Rainer wütend einen Teddybären mit einem roten Tuch.

»Das ist aber nett. Mensch, danke!«

»Der ist für Hanno. Zum Üben. Am Tuch!«

»Hanno ist ein toller Schüler, das wollte ich noch mal betonen …«, setzte Evie wieder diplomatisch an.

»Hanno kommt oft ohne Pioniertuch zum Fahnen-Appell. Erfolgt denn dahingehend morgens eine Prüfung von Ihrer Seite aus?« Das war wieder die Mahnke.

Kurze Stille. Man hörte, wie Rainer seinen letzten Schluck Kaffee durch seine Kehle presste. Er setzte gerade an, um mit einem gezwungenen Lächeln etwas zu erwidern, als Hedda ihm zuvorkam: »Hören Sie mal, liebe Frau Mahnke. Die Mauer ist weg. Haben Sie das bemerkt? Wir haben das Jahr 1990. In ungefähr einem Monat finden freie Wahlen der Volkskammer statt, und mein Sohn wird dann nie wieder irgendein Tuch tragen müssen, es sei denn, ihm ist kalt. Und deshalb bitte ich Sie nun, unser Haus zu verlassen. Es geht da raus, wo Sie reingekommen sind, Frau Mahnke. Frau Pöppen, möchten Sie noch eine Tasse Kaffee?«

»Was?!«, rief Margot Mahnke mit hochrotem Gesicht aus.

»Margot … sie meint es nicht so. Aber einen Kaffee nehme ich gerne, danke, Frau Günthersen. Sie können Evie zu mir sagen.«

»Das ist ja wohl die Höhe! Das geht zum Rektor!«, schnappte die Mahnke nach Luft.

»Der kann mich mal rektal. Ich bin Hedda, angenehm.« Und Hedda schenkte Evie Kaffee ein.

»Was?!«

»Hedda. Bravo! Mensch, Frau Mahnke … also am besten gehen Sie einfach. Das Gespräch ist irgendwie … verknotet. Ich bin Rainer.« Und Rainer tat Evie ein Stück Kuchen auf den Teller.

»Ja, schön, euch mal kennenzulernen. Hanno hat ja wirklich einen lustigen Vogel.«

»Das wird ein Nachspiel haben!« Der Klatschmohn zitterte vor Wut.

»Hoffentlich«, setzte Rainer nach.

Und die Alte erhob sich und ging. Ihre Lederhose gab knatschende Geräusche von sich, während sie mit rotem Gesicht, auf dem sowieso schon die rote Dauerwelle spross, ihren Mantel anzog. Niemand brachte das knatschende Fegefeuer zur Tür. Niemand sagte Tschüss. Margot Mahnke ging knatschend ab und ward darauf nie wieder gesehen.

Die drei Artgenossen brachen in Lachen aus. Einfach so. Eine durchaus berechtigte Reaktion und vor allem eine gelungene Abwechslung zu dem Terror gerade.

»Mensch, das sind Zeiten. Aber wenn Hanno jetzt wegen der Probleme bekommt in Deutsch …«, sagte Hedda halb lachend, halb besorgt.

»Mach dir mal keine Sorgen. Die hat so viel Dreck am Stecken. Ich setze mich persönlich dafür ein, dass Hanno in meinen Deutschunterricht kommt. Wir sind ja jetzt ein freies Land«, beruhigte Evie sie.

»Dass Hanno es von der POS aufs Gymnasium schafft, das ist uns wirklich wichtig.«

»Dass er nicht den Anschluss verliert. Zum neuen System«, meinte Rainer etwas nachdenklich.

»Keine Sorge …«

»Danke, Evie … Stückchen Stolle?«

FRÜHLING

1.

Erich, mach mal piep!

Es war Frühling geworden, und was sich schon um den Jahreswechsel angedeutet hatte, Sie erahnen es, wurde langsam zur Gewissheit: Ich war einfach unglaublich horny! Ach so, und: Oma Trudi bekam ihren Betrieb zurück. Am Küchentisch der Günthersens ging es nur noch darum, während ich mich verzweifelt am Kalkstein rieb. Charlie war leider mittlerweile sehr selten bei mir zu Gast, und so blieb mir in der Not nur mein treuer Stein. Trudi war anlässlich ihres ersten Arbeitstages sogar einen Tag mit Hedda über die offene Grenze nach Hannover gefahren, um sich moderne Bürokleidung zu kaufen. Ihr Geschmack war dabei aber hinter einigen Mauern zurückgeblieben. Sie sah in ihrem grauen Kostüm sogar selbst aus wie eine.

»Ab dem 1. Juli sind wir eine GmbH i. A.«, sagte Trudi. »Sandelshausener Baumkuchen Gesellschaft mit beschränkter Haftung im Aufbau.«

»Das gehen wir feiern, Mutter!«, posaunte Rainer, und so wurde ich eines blühenden Frühlingstages samt Käfig in den Dacia verfrachtet.

Über Pflasterstein fuhren wir im voll besetzten Wagen bei einer Gaststätte vor. »Sandelshausener Stube HO« las Jana laut vor. Wobei irgendjemand sich mit rosa Sprühfarbe an dem HO vergangen hatte: Das O zierten zwei Punkte und ein Lachmund, und das H trug oben eine Schaumkrone und war durch die Andeutung eines Armes mit dem O verbunden, so dass es aussah, als hielte der Smiley einen Bierkrug. Buntglas verzierte die Eingangstür. Ein paar der bunten Quadrate hatten große Sprünge. Eine vergilbte Speisekarte hing in einem Kasten neben der Tür.

Was wollten die hier? Doch nicht etwa feiern? Hier war doch offensichtlich jemand gestorben!

Trudi schnappte sich meinen Käfig, und so gelangte ich mit der Familie in die Sandelshausener Stube HO. Gleich hinter dem Eingang breitete sich eine Halle voller einfacher Holztische und Sitzbänke aus. Auf jeden der Holztische hatte man versucht, eine Blume zu stellen. Ich sage versucht, weil auf manchen auch einfach nur leere Vasen standen. Da hatte es wohl nicht gereicht. Selbst die Natur war in diesem Teil des Landes anscheinend rationiert. Die Wände waren holzgetäfelt, und von der Decke hing ein schwerer Leuchter, der eher in eine Burg gepasst hätte als in diese Fresshalle. Wo es komischerweise gar nicht nach Fressen roch. Nur nach kaltem Zigarettenrauch. Die Stube war dennoch gut besucht, hinten an der Wand waren auch noch ein paar Tische frei. Aber aus irgendeinem Grund blieben wir am Eingang stehen.

Trudi stellte mich auf einer Anrichte vor einem großen Bild ab, auf dem ein Mann mit Brille und weißgrauem Kopfgefieder zu sehen war. Er guckte ein bisschen wie ein Großsittichzuchtbesitzer. Der Hintergrund des Bildes war blau wie der Himmel, so dass er in meiner Welt auch eine Wolke mit Gesicht hätte sein können.

»Guck an, wie der kleine Piepmatz den Erich beäugt …«, sagte eine krächzende Stimme hinter mir.

Ich drehte den Kopf. Eine fette Kellnerin stand neben uns: »Süß.«

»Entschuldigung«, sagte Rainer, »fünf Personen und ein Vogel, bitte. Mittagstisch.«

»Warten Sie, bis ich Sie plaziere, ja?«

Erich also. So hieß das Gesicht vom weißen Wolkenvogel. Er lächelte etwas verkniffen, der Erich. Mit geschlossenem Schnabel. Ja, es war eher ein Schnabel, denn es gab fast keine Lippen. Als wäre seine Krawatte zu eng. Vielleicht bekam er keine Luft mehr. Irgendwie faszinierte mich das Bild. Und vor allem, dass es so aufgehängt war, dass der Erich allen in der Gaststube beim Essen zusehen konnte! Erich, mach mal Piep!, dachte ich. Denn seine Augen sahen so hoffend zu mir, dass ich mir ernsthafte Gedanken machte: Vielleicht war es gar kein Bild! Vielleicht hatte man den Erich da hingehängt, und in Wirklichkeit war er ein Artgenosse in einem goldumrahmten Käfig! Erich, mach doch mal Piep!, dachte ich wieder und machte »Piep!«.

Nichts geschah. Manchmal muss man nur fest genug an die Dinge glauben! Hedda, Rainer, Hanno und Jana warteten brav mit dem Rücken zu mir. Erich, mach mal Piep! »Piep!!«, machte ich noch lauter, wofür ich ein »Schhhhh« von Rainer erntete.

»Piep«, das war noch lauter, so dass sogar ganz hinten im Raum ein paar Leute neugierig zu mir rübersahen. Erich, mach mal Piep!, dachte ich noch mal und machte: »Erich!«

Hedda drehte sich um. Sie sah mich an, als hätte sie ein Gespenst gesehen beziehungsweise gehört.

»Erich!«, machte ich noch mal. Es ging mir ganz leicht vom Schnabel. Rainer und die Kinder drehten sich um. »Erich! Erich! Erich!«, zwitscherte ich. Aber Erich antwortete nicht. Nun guckten auch ein paar Gäste von den anderen Tischen.

»Rainer …«, flüsterte Hedda.

»Ich weiß …«, flüsterte Rainer zurück.

»Erich! Erich! Erich! Erich! Erich! Erich!«

»Halt den Schnabel jetzt!«, zischte Trudi. Da stand auf einmal einer vom ersten Tisch auf und kam langsam auf mich zu.

»Ist das Ihr Vogel?«, fragte er sehr ernst.

»Ja!«, antwortete Jana für alle.

»Der spricht ja!«

»Ja?«, fragte Hedda unschuldig.

Und wieder setzte ich an: »Erich, mach mal Piep!«, zwitscherte ich.

»Was?!«, sagte einer, sprang auf und kam näher.

»Erich, mach mal Piep! Erich, mach mal Piep!«

Hanno fing an zu lachen.

»Stell den doch mal ab, Rainer, das provoziert die Leute …«, schimpfte Oma Trudi.

»Wie soll ich den denn abstellen, Mutter? Das ist doch kein Apparat!«

»Erich, mach mal Piep«, flötete ich, und Jana klatschte im Takt.

»Hedda! Bördie spricht!«

»Ja, ich höre es doch selbst, Rainer!«

Nach und nach hatten sich fast alle von den Tischen erhoben und standen um mich und den Erich an der Wand herum. Fröhlich wegen so viel unverhofft gewonnener Aufmerksamkeit, zwitscherte ich ohne Punkt und Komma: »ErichmachmalPIEP.«

»Ein Wunder!«, jubelte einer.

Die Günthersens standen vor meinem Käfig, Hanno und Jana tanzten im Takt. Das waren meine ersten Worte. Und obwohl ich ein relativ intelligenter Vogel bin, wusste ich eigentlich nicht, was ich da sagte. Was mich wiederum nicht groß von meinen Genossen unterschied. Also denen meiner Art. Nun sprach ich. Aber Erich blieb stumm. Für immer.

2.

Kegelclub

Nach ein paar Monaten bei den Günthersens stand auf einmal wieder Kalle vor meinem Käfig. Auf dem Kopf fehlte ihm schon damals manche Feder, weshalb ich lange dachte, er würde an Einsamkeit leiden. Denn bei Einsamkeit rupfen wir uns. Kalle litt aber nicht an Einsamkeit, im Gegenteil, er litt eher an Mehrsamkeit. Das hatte ich rausgehört, wenn Rainer mit Hedda über ihn sprach: »Kalle hat wieder eine kennengelernt. Psychologin. Ob er sich da nicht ins eigene Bein schießt …«

Ob die Psychologin schuld an seinem schütteren Gefieder war, das konnte ich nicht genau sagen. Er hatte jedenfalls ordentlich Federn gelassen. Nun steckte er seinen Finger ins Gatter.

»Kalle!«, machte ich. Und Kalle zog die Augenbrauen hoch.

»Gott, es stimmt also … das ist ja der Wahnsinn! Wann hast du das denn gelernt?«

»Erich!«, sagte ich, weil es meiner Meinung die Antwort auf seine Frage war.

»Scheiße … bist du etwa von der regimetreuen Sorte, Bördie?«

»Piep!«, machte ich, weil das nicht stimmte, aber mir noch das Vokabular fehlte, um meinen Protest zu formulieren. Ich war prinzipiell nicht treu. Also nur wenn ich verpaart war und während der Brutphase – klar! Aber sobald das Weibchen damit fertig war oder starb, ging es wieder rund!

»Piep? Piep ist keine Antwort!«, sagte Kalle etwas säuerlich.

Rainer kam in die Küche. Er war nackt.

»Mensch, Rainer, machst du das immer noch?«

»Nackt bin ich immer noch nicht zu verwanzen, Kalle! Jetzt erst recht nicht! Kalle, Mensch! Schön, dass du da bist!«

Sie umarmten sich herzlich.

»Seit wann bist du in Sandelshausen?«

»Erst seit ein paar Stunden, ich bin mit dem Auto da. Die Strecke von Berlin bis hierher ist wie ausgestorben.«

»Immer noch … alle fahren seit Wochen nur noch in eine Richtung: weg. Bald ist die Stadt leer. Willst du ein Bier?«

»Rainer, warum kommt ihr denn nicht auch nach Berlin? Ich kann euch helfen, was aufzubauen.«

»Was sollen wir da, Kalle? Ich hab meinen Job hier und alles. Und Mutter bekommt ihren Betrieb zurück.«

»Ist nicht dein Ernst!«

»Ja, doch. Wird wahrscheinlich sogar subventioniert.«

Rainer machte sich und Kalle ein Bier auf, mittlerweile hatte er eine Unterhose an, die noch über seinem Platz gebaumelt hatte. Rainer hatte überall in der Wohnung Kleidungsstücke verteilt, falls es die Etikette doch spontan vorsah, dass er etwas anziehen musste. Die, die er jetzt trug, hatte er gestern zum Pilzebraten angehabt. Sie hatte schon ein paar Ölflecken im Schritt.

»Du bist viel zu extrovertiert für so einen Schreibtisch-Job. Haste nicht mal Lust auf so richtig roboten?«

»Hab ich doch alles gemacht früher. Ich bin ganz froh über den Job, Kalle, und das Beste ist, man sieht mich am Schreibtisch nur bis hier.«

Er legte seine Handkante auf seinen Bauch, als würde er einen Wasserstand anzeigen.

»Und weiter südlich bist du nackt?«

»Na, außerhalb dieses Hauses hier halte ich mich immer noch an die Konventionen unserer Gesellschaft ... keine Sorge. Aber: die Möglichkeit bestünde!«

»Das war schon immer dein Problem, Rainer. Warum hältst du dich an Konventionen? Hast du doch gar nicht nötig.«

»Ich hab zwei Kinder, Kalle. Die brauchen Regeln.«

Kalle sah bei diesen Worten etwas irritiert auf die ölbefleckte Unterhose von Rainer, der jetzt einen kräftigen Schluck Bier nahm.

»Verstehe ...«

Eine Pause entstand. Ich plusterte mich auf.

»Ihr müsst dem mehr zu fressen geben.«

»Aber der ist doch fett!«

»Nee, die plustern sich auf, wenn ihnen kalt ist. Untendrunter ist er dürr.«

Rainer öffnete ein Schubfach und belud meinen Futternapf mit einer Fuhre Sonnenblumenkerne.

»Hast du Lust, zum Kegeln mitzukommen, mit den alten Jungs aus der Schillerstraße?«

Kalle überlegte. »Wie stehen die zu dem, was jetzt passiert?«

»Kalle ... es sind Kumpels. Wir kegeln. Keine Debatten.«

Kalle kratzte sich am kahlen Kopf.

»Na gut ... dir zuliebe. Aber danach holen wir meine alten Bücher!«

»Alles klar. Kafka, Frisch, Musil – liegen alle bei Trudi unterm Ehebett.«

»Dass die doch noch ’n paar Männer im Schlafzimmer hat ...«

»Kalle, ich bitte dich. Das ist meine Mutter!«

»Ich sag ja bloß ... auf jeden Fall danke, Rainer.«

»Nicht dafür. Auf geht's! Wir müssen den Vogel mitnehmen. Wenn die Kinder hier allein mit ihm sind, dann flippt Hedda aus. Hanno ist in einer schwierigen Phase.«

»So wie wir alle.«

»Kalle ...«

»Bin schon ruhig.«

Rainer packte mich kurzerhand in seinen Dacia. Ich war immer sehr aufgeregt im Dacia. Ich wurde auf den Beifahrersitz gesetzt, also mein Käfig wurde dort hingesetzt und angeschnallt, und für mich hieß es: an der Stange festkrallen, so fest, wie es geht! Wir fuhren durch die Stadt, und diesmal konnte ich sie etwas genauer betrachten.

Sehen Sie, ich komme aus einer ziemlich abgewrackten Zuchtstation. Tristesse gehörte dort zum guten Ton. Aber Sandelshausen übertraf einfach alles. Von den Fassaden bröckelte der Putz, alte Häuser mit schiefen Balken lehnten an moderner gehaltenen Häusern, die mich an Hannos und Janas Brotbüchsen erinnerten und aus deren Fenstern ein paar Menschen noch schiefer guckten. In der Umgebung war ich wie ein Farbtupfer auf einer grauen Leinwand. Ich saß im Dacia, in meinem Käfig auf dem Beifahrersitz auf der obersten Käfigstange, und beobachtete aufmerksam: die Gebäude, die Menschen, den Verkehr. Rainer fuhr fröhlich pfeifend den Wagen durch die Stadt. Kalle saß hinten und murmelte in regelmäßigen Abständen »Oh Gott ...«, doch Rainer pfiff munter weiter.

»Was machen die mit den ganzen Arbeiterschließfächern?«, fragte Kalle und begutachtete stirnrunzelnd die Plattenbauten, an denen wir jetzt vorbeifuhren.

»Was sollen die machen, Kalle? Da leben 'ne Menge Menschen drin. Arbeiter wird es immer geben«, sagte Rainer und machte das Radio ein bisschen lauter. Er summte fröhlich mit. Wie konnte jemand so ausgelassen sein bei diesem Anblick? Dann fiel mir ein, dass wir zu Hause in Moondarra in der Sittichzucht ja auch gepfiffen und gesungen hatten und wir es schön hatten, und dass die Leute, die uns von außen ansahen, um sich den Schönsten von uns auszusuchen, uns vielleicht genauso betrachteten wie ich jetzt die Sandelshausener.

Schließlich kamen wir vor einem einstöckigen Gebäude mit flachem Dach zum Stehen. Es versprühte ungefähr den Charme einer abgewickelten Klopapierrolle.

Warum ich wusste, was das war? Weil Hanno erst letzte Woche versucht hatte, mich in eine reinzustopfen.

Rainer nahm meinen Käfig und trug ihn ins Innere des Gebäudes. Es war eine Bowlingbahn! So etwas kannte ich aus dem Fernseher meines Züchters. Dunkel erinnerte ich mich, wie er stundenlang vor der Voliere saß, unter einem löchrigen Dach, und Bowling im Fernsehen sah. Manchmal rief er »Strike!«, und dann zerdrückte er die Bierdose und schmiss sie auf den Bildschirm. Da verstand ich, was die Menschen meinten, wenn sie von »Hobbys« sprachen.

Rainer setzte meinen Käfig in einer Sitzecke ab. Nach und nach versammelten sich ein paar Männchen in Rainers Alter und zogen sich aus. Ja, sie zogen sich aus. Dann verkündete Rainer: »Liebe Leute, darf ich euch Bördie vorstellen? Unser neues Familienmitglied. Er bleibt heute ausnahmsweise angezogen.«

Manche sagten mir hallo oder schnalzten mit der Zunge oder machten peinliche Geräusche, indem sie die Lippen schürzten. Es war etwas unangenehm, denn mein Käfig stand genau auf Höhe ihrer Genitalien. Wie unansehnlich, dachte ich. Solche Rüssel vor sich herzuschwingen. Dann lieber eine Kloake. Da hatte man auch gleich zwei Funktionen in Eins. Alles in einem Abwasch, pflegte ich zu denken. Den Satz hatte ich bei Trudi aufgeschnappt.

»Und den hier müsstet ihr auch noch kennen.«

Kalle betrat etwas verlegen und in Unterhose die Bahn.

»Mensch, Kalle«, sagte einer der Männer. »Du hier? Vermisst uns wohl …«

»Nein«, sagte Kalle sehr ernst, und für einen Moment war es still. Dann brachen die Männer in herzhaftes Lachen aus.

»Kann dein Vögelchen kegeln?«, fragte einer der Nackedeis Rainer.

Kegeln? Was sollte das sein?

An seiner Stelle antwortete Kalle: »Der kann leider nicht viel mehr als sich aufplustern und Kalle sagen …«

Bitte?! Das kam ja einer Beleidigung gleich.

Rainer lächelte. »Wirst schon sehen … und hören …« Er näherte sich meinem Käfig. »Wollen doch mal sehen, ob du es noch kannst … Männer, ich brauche eure Unterstützung. Der Vogel muss fliegen.«

Ich konnte mich wie immer nicht wehren, als Rainer in den Käfig griff und mich mit seiner großen, behaarten Hand griff. Ich pickte wie ein Blöder darauf ein.

»Liebe Männer«, verkündete er feierlich mit mir in der Hand, »lasset die Spiele beginnen!«, und er schmiss mich in die Luft, und ein Haufen nackter Männer lief unter mir her und brüllte: »Flieg, Vögelchen, flieg«, und kurz bevor ich auf dem kahlen Kopf eines Kegelkumpels aufklatschte, breitete ich die Schwingen aus, streifte haarscharf das hängende Glied eines anderen Kumpels und flog im Gleitflug über die lange Kegelbahn, bevor ich kurz vor dem dunklen Schlund am Ende mit aller Kraft hochzog und steil zur Hallendecke flog. Es war ein unbeschreibliches Gefühl von Freiheit. Ich hörte Rainer rufen: »Erich, mach mal Piep!« Und als hätte jemand eine Münze in den Schlitz geworfen, wiederholte ich im Flug: »Erich, mach mal Piep!«

Unter mir jubelten die FKK-Kegler. Ich landete auf einer großen Kugel, sagte: »Kalle, mach mal Piep!«, und flog wieder davon. Mit einem Auge sah ich, wie sich Kalle und Rainer in die Arme fielen.

3.
Showtalent

Hanno begann ein paar Kilo abzunehmen. Ich fand, es sah aus, als würde ein Stück Butter schmelzen. Grund dafür war, dass Hedda endlich einen Sport gefunden hatte, bei dem Hanno sich abreagieren konnte: Sie hatte eine Gruppe für akrobatischen Showtanz für ihn ausfindig gemacht.

Da, wo ich herkam, nannte man es Breakdance. Aber darunter konnte sich hier anscheinend keiner was vorstellen. Akrobatischer Showtanz passte auch ehrlich gesagt besser zu dem, was Hanno da machte. Wenn er von einem Training kam, nasse Fransen seines Gefieders auf der Stirn, mit glänzender Schwarte sozusagen, zeigte er seiner Familie voller Stolz, was er gelernt hatte. Manchmal räumte er dabei den halben Küchentisch ab, aber Rainer und Hedda applaudierten tapfer nach jeder Show-Einlage. Und Jana sprang jedes Mal auf, hüpfte wie auf LSD um ihren großen Bruder herum und versuchte seine Bewegungen zu imitieren. Sie zuckte dabei wie ein blonder Böller und zog und zerrte an ihrem Minnie-Mouse-Rock als wäre er nass und müsste dringend ausgewrungen werden. Es war wie in der Irrenanstalt. Ach, was rede ich, es *war* eine Irrenanstalt! Ich sage Ihnen, gegen all das hier war ich ein sehr gesitteter Sittich. Wenn auch nicht so gelenkig.

»Bravo! Bravo!«, klatschte Hedda begeistert.

»Ja, aber das Problem ist«, sagte Hanno keuchend, nachdem er bei einer Einlage die Gewürze von der Küchenzeile geräumt hatte, »dass ich danach immer so außer Atem bin, dass ich erst mal eine Pause brauche. Wie soll ich denn jemals eine ganze Show schaffen? Oder ein Battle?!«

»Du bist einfach noch zu fett«, sagte Rainer und biss in eine Gewürzgurke.

»Rainer!«, empörte sich Hedda.

Rainer kicherte. »War doch nicht so gemeint.«

»Erzähl doch einen Witz«, piepste Jana.

»Wie meinst du das?«, keuchte Hanno.

»Wenn du fertig bist mit dem Moonwalk – dann erzähl doch einfach einen Witz.«

Die Günthersens sahen Jana wieder mit dieser Mischung aus Sorge und Überraschung an, bis Rainer sagte: »Das ist gar keine schlechte Idee …«

»Okay!«, sagte Hanno. Er ging auf den Boden, zeigte so etwas wie das Verhalten eines fleischfarbenen Kraken, der einen epileptischen Schock erleidet, stand auf, steckte die Hände in die Hosentasche und sprach: »Alle sagen, ich wär zu fett für akrobatischen Showtanz! Alle sagen, ich wär zu klein für akrobatischen Showtanz! Alle sagen, ich wär zu ungelenkig für akrobatischen Showtanz! Ich sage: DDR, schau her! Ich bin der erste fette, kleine, ungelenkige akrobatische Showtänzer dieser Welt! BRD, watch out: Dass mein Robot-Walk euch nicht die nächste Mauer baut!« Und dabei machte er zuckende Bewegungen mit den Armen und ließ eine Welle durch seinen Körper laufen.

Ich war beeindruckt. Dann war er schwer außer Atem, hielt inne und befolgte weiter den Rat seiner kleinen Schwester. »Was ist der Unterschied zwischen Hitler und Honecker?«

Hedda und Rainer sahen sich ratlos an.

»Der Bart«, sagte Hanno trocken und tastete sich dann an einer unsichtbaren Wand entlang. Ohne dass sie es bemerkt hatten, war Oma Trudi in die Küche gekommen. Sie gluckste vor sich hin, während Hanno sich weiter an seinen unsichtbaren Wänden entlangtastete.

»Jungs onanieren immer! Es gibt zwei Gründe: Geilheit oder Langeweile – eins ist immer da!«, sagte er und begann auf der Stelle zu moonwalken.

Trudi und Jana lachten laut.

»Hanno, woher kennst du solche Witze?«, fragte Hedda sehr ernst. Aber ihre Augen verrieten, dass auch sie beeindruckt war. Rainer grinste vor sich hin. Er hatte die Arme vor der Brust verschränkt, und ich glaube, er war noch mit der Frage beschäftigt, ob er Hanno loben oder ausschimpfen sollte.

»Der Junge hat Talent«, rief Oma Trudi und klatschte in die Hände, als Hanno sich auf dem Boden gerade wieder in einen fleischfarbenen Kraken verwandelte. Sie lockerte ihr Halstuch, nahm sich ein Bier aus dem kalten Schrank und seufzte: »So eine tolle Show! Damit kannste auf Welttournee gehen. Hanno, du wirst mal ein Diplomat im Trainingsanzug! Ach, das ist genau, was ich brauche nach so einem Tag.« Sie setzte sich schnaufend auf einen freien Küchenstuhl.

»Mutti, seit wann trinkst du denn Bier?«, fragte Rainer.

»Ich bin zu alt für den Kapitalismus. Irgendwann bringt mich das alles noch um.«

»Was ist denn passiert?«

»Es geht die ganze Zeit um Investitionen, Optimierung, Preisangleich, Versicherungen, Finanzamt … und was ist mit dem Kuchen? Sandelshausener Baumkuchen?! Wer kümmert sich darum, dass der Teig fluffig, der Guss glatt, der Geschmack perfekt ist? Ich kann doch nicht überall sein. Früher war das einfacher. Wir produzierten, was gefragt war, und wenn was übrig war, ging es eben rüber.«

»Setz doch einen Geschäftsführer ein, Mutter. Dann kannst du dich ums Backen kümmern.«

»Ach ja? Wer sollte das sein? Ich kann doch hier keinem mehr vertrauen! Ich weiß doch bis heute nicht, wer aus der Firma mich damals verraten hat! Ich hab kein Vertrauen mehr in die Leute, und das ist das Schlimmste …«

»Was ist denn mit Rainer?«, sagte Hedda. »Wir könnten das Geld gut gebrauchen. Raini verdient jetzt auch nicht gerade viel bei den Stadtwerken. Kennt sich aber mit Papierkram und Planung aus. Und wir würden uns das Geld wirklich verdienen und müssten es nicht von dir leihen«, sagte sie weiter.

»Das ist gar keine so schlechte Idee …«, murmelte Trudi.

»Nein, also … ich weiß nicht. Ich in einer Baumkuchenbäckerei?«

»Du hast doch sogar Konditor gelernt als erste Ausbildung.«

»Aber ohne Meisterbrief, Mutter, du weißt, wie unwohl ich mich zwischen Teig und Törtchen gefühlt habe. Auf Baustellen fühle ich mich wohler.«

»Wir *sind* eine Baustelle. Und mit dem Teig hättest du ja nix am Hut! Komm doch einfach mal mit morgen. Wann warst du das letzte Mal bei mir in der Bäckerei? Noch bevor ich in den Knast gewandert bin. Guck es dir doch einfach mal an, und dann fällst du dein Urteil.«

»Ich will auch mit«, sagte Jana.

»Gut, Jana kommt auch mit«, beschloss Trudi.

»Ich auch«, sagte Hanno, der sich am Besenschrank dehnte.

»Na dann«, sagte Hedda, »fahren wir alle.«

Und damit war klar, dass auch ich mitfuhr. Das musste man dieser Bande ja lassen: So durchgeknallt sie auch war, sie war stets solidarisch und familiär. Ob Mensch, ob Vogel, wir waren eine Familie.

Vor Freude verlor ich eine Flaumfeder am Po. Eine Baumkuchenfabrik! Ich stellte mir eine Art riesige Voliere vor, voller Bäume mit großen grünen Wipfeln aus süßem Teig. Ich träumte, hindurchzufliegen. An jedem Bäumchen knabberte ich an der Rinde und holte mir eine süße Kuchenfrucht. Wenn ich voll war, schied ich kleine süße Rosinen aus, aus denen neue Bäume mit Baumkuchen wuchsen. Gut, das war vielleicht etwas übertrieben. Aber mir war völlig klar: Es musste paradiesisch sein.

4.

Süße Wipfel

Der Vogel muss Schnabelschutz tragen«, behauptete Trudi und zog einen briefmarkengroßen Schnipsel hervor. Ihre Hand kam im Käfig auf mich zu, und eh ich mich versah, trug ich das Ding vor dem Schnabel.

»Miep!«, machte ich.

»Der Käfig muss draußen bleiben. Zu dreckig. Bördie, du setzt dich schön auf meine Schulter, klar? Da bleibst du sitzen, oder ich schieß dich mit meiner Kuvertüre-Pistole ab, mein Schöner. Dann wärst du ein glasierter Sittich. Und das willst du bestimmt nicht. Mach mal ›Trudi, piep‹, wenn du das verstanden hast!«

»Prudi, miep!!«, machte ich, und damit war die Sache geritzt.

»Hat der Vogel ihr gerade geantwortet?«, fragte Rainer Hedda leicht irritiert. Die zuckte nur mit den Schultern und nahm Jana hektisch ein Messer aus der Hand.

»Gut, also: Die Sandelshausener Baumkuchenfabrik, meine Lieben, ist schon lange ein Familienunternehmen. Wir haben hier zehn Walzen, die sich den ganzen Tag Kabimm-Kabimm am Feuer drehen. Früher wurde sogar noch mit Buche gefeuert. Heute Gas. Alles klar? Da drüben seht ihr unseren ganzen Stolz: unsere konischen Walzen. Konisch. Von dünn nach dick. Wie du, Rainer. Macht sich auf einer gedeckten Tafel aber besser als du. So ein konischer Kuchen. Mensch, Manni Kleinert, tu doch da mal die Kiste! Du sollst die Kiste TUN! Ja, die Kiste! Gut, wo war ich. Also der Teig, ihr Süßen, basiert auf Mehl, Butter, Zucker, Liebe. Bis dahin kein Hexenwerk. Aber dann kommt sie: meine geheime Gewürzmischung. Hier wird die Grundmasse hergestellt, Butter schaumig geschlagen, so wie die Ilse das macht mit ihrem Riesenquirl – alles gut, Ilse? Ja? Dachte ich mir. Machste ordentlich, ne? Dauert ein Weilchen. Wichtig: frische Eier. Flatsch, flatsch, flatsch, wird hier das Eiweiß vom Eigelb noch per Hand getrennt! Von der Ilse. Eiweiß muss ganz rein sein. Ganz rein ist wichtig. Sonst wird's nicht steif. Weiß jede Hausfrau. Tausendzweihundert Eier werden hier am Tag aufgeschlagen. Alleine diese Zahl macht uns zum Global Player, kann man so sagen. Hab ich schon immer gesagt. Heute darf ich es auch laut sagen. Jetzt wird das Mehl da drüben durchgesiebt. Dann wird alles gerührt. Zucker dazu für den Geschmack. Diät machen wir morgen. Vor der Wende mussten wir teilweise mit Notrezeptur backen. Margarine statt Butter. Ist quasi so, wie ein Haus mit Klebstoff statt Mörtel zu bauen. Geht auch irgendwie, aber hält nicht lang. Jetzt sieht man schon, wie die Masse schön gelb wird. Herrlich. Das kommt durch die Butter und das Eigelb. Da geht die Sonne auf. Dann Walze fertig machen. Papier rum, mit Bindfaden festwickeln, so, als würdet ihr wen fesseln. Macht ihr natürlich nicht, ist klar. Aber ihr könnt's euch vorstellen. Grob, aber sorgfältig. Dann die Walze über das Feuer, und sssssd, sssssd, sssssd, kommt der Teig da drüber. Schicht für Schicht. Hier mit dieser Riesenkelle! Die Walzen walzen die ganze Nacht durch. Ohne Pause. Twenty-four-seven, sagen sie im Westen. Und das ist die Wahrheit. Das halten auch nur wenige Arbeiter durch. Da braucht man schon jemanden, der sagt: Für die Walze geb ich alles! Zehn Schichten werden übereinander abgebacken. Und damit meine ich nicht die

Arbeiter und Arbeiterinnen, ich meine Teigschichten. Ich sag es bloß, denn ich sag immer: So entstehen Gerüchte. Die dicken Zacken, die beim Abbacken des Teiges entstehen: Das ist Trudis Markenzeichen. Die werden nicht beschnitten. Die wilde Wucherung des Kuchens ist, was ihn ausmacht. Ein bisschen wie im Intimbereich, versteht ihr? Natürlichkeit. Jana, das erklär ich dir nach deinem achten Geburtstag. Wenn die Walze mit dem Teig abgekühlt ist, kommt da Fondant rauf. Sprich. Fong Dong! Das ist französisch und bedeutet: schmelzend. Warum? Weil es schmilzt! Verstanden? Gut. Dadurch kann der Kuchen nicht austrocknen. Das ist 'ne super Sache. Fong Dong fetzt. Ich wünschte, ich hätte Fondant für meine Brüste, aber das würde jetzt zu weit führen. Raini, das hast du nicht gehört. Wenn wir jetzt den fertigen Kuchen mit dem Fong Dong aufschneiden, dann sehen wir: Aha! Sieht aus wie der gefällte Stumpf eines Baumes. Das ist 'ne fetzige Sache, denn das macht die Leute ganz verrückt. Man meint sogar, die Jahresringe erkennen zu können. Das ist der Clou! Dabei ist der Kuchen natürlich nicht so alt, wie er Ringe hat. Es ist einfach nur ein Clou!«

Plötzlich griff sich Trudi an ihre Brust. Sie kniff den Stoff ihres weißen Kittels zusammen. Ihr Gesicht schien von jetzt auf gleich zu verknittern wie ein Stück Papier, das man in den Müll wirft.

»Mutter, was ist denn?«

»Trudi! Telefon!«, schrie jemand.

»Wer denn? Ich arbeite!«, sagte sie und sackte auf einem Schemel neben einer riesigen Rührmaschine zusammen.

»Ist der Typ von der Logistik!«

»Ach, Scheiße …«, sagte Trudi und verzog das Gesicht.

»Mensch, Mutti, was ist denn? Geht's dir nicht gut?«

»Ach, das ist die Luft hier drin. Wir brauchen unbedingt Geld, um die Klimasituation für alle Mitarbeiter und Mitarbeiterinnen zu verbessern. Das Fong Dong verschmiert hier alle Ritzen. Raini, geh doch mal für mich ans Telefon und sag, ich ruf zurück.«

»Klar, mach ich.«

»Oma, kann ich meinen Finger da reinstecken?«, fragte Jana.

»Auf keinen Fall!« Und sie riss ihre Augen auf, dass sie ihr fast aus dem Gesicht sprangen, nur kurz, dann sackte sie wieder in sich zusammen. Ich ließ die Eindrücke der kleinen Fabrikhalle auf mich wirken. Es war nicht grad das Paradies, aber die Menschen schlugen, rührten und gossen mit Eifer ihren Kuchen zusammen. Der wuchs zwar nicht aus der Erde, aber über Feuer, und das fand ich mindestens genauso spannend. Landen konnte ich da leider nicht drin. Da wäre ich im Nu ein bunter Braten geworden. Also musste ich eine andere Möglichkeit finden, an den Kuchen zu kommen. Ich dachte scharf nach.

Und wenn ich scharf nachdachte, das sag ich Ihnen, da wurde meine Bürzeldrüse immer besonders aktiv. Was mein Gefieder noch bunter scheinen ließ. Ich glühte geradezu! Wie eine Diskokugel! Was mir aber Sorge bereitete, war die blasse Oma Trudi, die nun ganz still geworden war. Hanno und Jana erkundeten die kleine Halle.

»Jana, was machst du denn da?«, rief Hedda besorgt, während sie Trudi einen kühlen Waschlappen auf die Stirn legte.

»Hanno hat mich eingecremt!«, sagte Jana und kam mit dunkelbraunem Gesicht hinter einem Tisch hervor. Dann sprang Hanno von hinten auf sie und biss ihr in die Wange.

»Eeeey!«, schrie Jana.

»Du bist ein Kuchen! Ein Kuchen! Hmmm, Schokolade! Ich ess dich auf!«

»Ach, Kinder«, schnaufte Hedda und rannte den beiden hinterher.

»Prudi, miep«, machte ich aufheiternd.

Aber Trudi atmete nur langsam und gab immer noch keine Antwort. Gut, dachte ich. Dann nutze ich mal meine Chance! Ich hob von ihrer Schulter ab, flog hoch in die kleine Fabrikhalle und peilte mit dem Habichtsauge, das ein Sittich sich nur einbilden konnte zu besitzen, das Loch eines aufgeschnittenen Baumkuchens an. Er war gerade von der Walze genommen worden, so dass dort, wo vorher die Stange der Walze gewesen war, nun ein schöner langer Kuchentunnel für mich entstanden war! Im Steilflug donnerte ich in das Loch, verlor dabei den Schnabelschutz und war von jetzt auf gleich im Paradies gelandet. Ich steckte kopfüber im Kuchen fest, und es war das Beste, was mir je passiert ist! Wie ein besoffener Irrer pickte ich um mich und futterte den Kuchen von innen an.

»Bördie! Bördie! Du Mistkeule!«, hörte ich von draußen rufen. »Der Mistvogel ist im Kuchen!«

Ich futterte, was das Zeug hielt. Aber das Glück hielt nicht lange. Vor mir brach der Kuchen auseinander, und die Köpfe der Günthersens sahen fragend zu mir in die Röhre rein. Vielleicht waren sie schockiert. Kann sein. Aber wissen Sie, das regte mich überhaupt nicht auf. Ich hätte den Rest meines Lebens in diesem Kuchen verbringen können. Und ich fand, nach all den Sonnenblumenkernen und Salatblättern hatte ich ein Recht darauf!

»Passt eigentlich ganz gut zur Glasur, so was Buntes dazwischen«, sagte Trudi stirnrunzelnd, während sie auf mich hinabblickte. Sie hatte ihre roten Wangen zurück.

5.
Braver Frühling

Ich hatte verstanden, dass die Menschen den Frühling liebten. Für mich trifft das bis heute nicht zu. Wenn Sie das Ausschlagen der Blüten wahrnehmen, Ihr Weibchen oder Männchen wieder mit ganz anderen Augen betrachten, gemeinsames Zähne- oder Schuheputzen plötzlich wieder ein Kribbeln im Unterleib auslöst, dann beschäftigt mich nur eins: die Mauser, oder: Wo sind meine fucking Federn? Nun ist es so, dass ich eigentlich das ganze Jahr über meine Federn verliere, und dann wachsen wie durch Zauberhand neue nach. Wenn nun aber wärmeres Frühlingswetter und geile Spatzenweibchen meinen Hormonspiegel maßlos ansteigen lassen, dann verliere ich die Federn genauso wie die Hemmungen. So schnell können Sie gar nicht gucken!

Oft kam Gitte zu Besuch und setzte mir Charlie in den Käfig. Aber nach den ersten Testläufen meiner Balz und trotz der Verpaarung, die mich biologisch an sie band, stellte ich bald fest, dass irgendwie die Chemie nicht stimmte. Außerdem verlor sie jeden Tag mehr Federn, aber nicht aus Geilheit, wie mir schien. Sie war still wie mein Kalkstein und legte keine Eier. Und das begann mich zu frustrieren. Und das Schlimme war, wir fanden außer der körperlichen, keine gemeinsame Sprache. Irgendwann reagierte sie auch auf meine Balz nicht mehr. Ich hätte so gerne gewusst, aus welcher Zucht sie stammte, was sie am liebsten fraß oder ob sie mitkommen wollte nach Moondarra! Aber sie war stumm, sie hatte immer weniger blaue Federn, und ich wusste nicht, warum. Manchmal knirschte sie mit dem Schnabel rum und plusterte sich auf, und ich dachte, vielleicht war das ihre Art zu sprechen. Aber sie starrte dabei milde lächelnd ins Leere, und mir wurde bald klar: Charlie würde bald für immer schweigen, genau wie der Erich.

Eines Tages kam Gitte ohne sie. »Charlie ist tot«, sagte sie leise in meinen Käfig rein, als würde sie genau wissen, dass ich sie verstand.

»Charlie ist tot«, zwitscherte ich.

»Seit wann spricht der denn?«

»Seit er den Erich getroffen hat. Ich sag dir, das war ein Schock für uns …«

»Ist ja verrückt. Mensch, Hedda, mit dem könnt ihr zu *Elf 99!*«

»Der kann bald die ganze Sendung moderieren, wenn das so weitergeht.«

Hedda war gerade dabei, einen Stapel Hausaufgaben durchzusehen, legte die kleinen Heftchen jetzt aber beiseite. »Was ist denn mit Charlie passiert?«

»Krebs«, sagte Gitte.

»Ach Gottchen, mein Beileid …«

»Irgendwas mit ihrem Magen.«

Ich verstand nicht ganz, wie ein Krebs in Charlies Magen kam, aber es tat mir sehr leid. Gleichzeitig merkte ich, wie etwas in meinem Vogelhirn schrie: Umpaarung, Baby! Denn ich war nun wieder Junggeselle. Und das hieß, Sie erahnen es: Balzen, bis der Kropf kracht! Glauben Sie mir, es hat nichts mit Pietätlosigkeit zu tun. Eher etwas mit Trieb. Oder, gut, machen wir eine Benefiz-Version daraus:

Ficken für Charlie. Sie sehen schon, so sehr ich Ihnen auch den Eindruck vermittele, ich sei ein zivilisierter Genosse … ich bin es nicht. Sieh her! Hast du schon mal so eine geile Schwanzfeder gesehen, Baby?

Entschuldigen Sie, ich muss mich kurz sammeln …

»So wie der Erich«, sagte Hedda.

Sag ich ja! Wie der Erich!

»Erich, mach mal Piep«, zwitscherte ich, weil ich wusste, dass das immer gut ankam. Aber ich erntete nur ein schmales Lächeln.

»Ja, *angeblich.*«

»Angeblich?«

»Na ja, komm … ist schon komisch, dass nach dem Fall der Mauer auf einmal eine schwere Krankheit bei ihm ausbricht, oder? Plötzlich ist er ganz krank und kann sich nicht für die Unterdrückung eines ganzen Volkes rechtfertigen! Uppala!«

»Gitte, so oder so. Er ist ’ne arme Wurst.«

»Ich spar mir mein Mitleid, Hedda. Wer als arme Wurst in Wandlitz gelebt hat, der war immer noch mindestens so privilegiert wie eine italienische Salami! Wie läuft es denn eigentlich in der Baumkuchenfabrik?«

»Gut, ich hab Trudi nicht mehr so gestresst erlebt, seit sie Maulwürfe im Garten hatte.«

»Wirklich?«

»Aber seit Bördie mit im Betrieb war, gibt es jetzt Baumkuchen mit Fondant in Papageienfarben. Trudi sagt, er habe sie inspiriert.«

»Ich geh nach Berlin.«

»Wie bitte?«

»Ja, Hedda. Ich habe es beschlossen. Kalle kann mir Arbeit besorgen. Er will eine Bar aufmachen.«

»Gitte, das kannst du mir nicht antun!«

»Was soll ich denn hier, Hedda. Guck dich um, bald ist die Stadt leer. Und als Floristin kann ich überall arbeiten.«

»Ja, dann bleib doch hier!«

»Hedda, von Berlin haben wir doch immer geträumt. Und jetzt sind da ganz verrückte Zeiten.«

»Hier doch auch!«

»Ich bitte dich! Okay, als sie letzte Woche die Kaufhalle zugemacht haben, um die neuen Westprodukte in die Regale zu räumen, ich gebe zu: Das war verrückt. Und dann kam man rein, und alles roch nach Weichspüler. Aber in Berlin, verstehste, da riecht die ganze Stadt nach Weichspüler! Da schwappt jetzt eine richtige Welle modernes Leben durch.«

»Aber deine Familie, deine Freunde ...«

»Ich hab da erst mal Kalle. Und für meine Familie hier war ich immer das schwarze Schaf. Das weißt du doch.«

»Mensch, Gitte ...«

»Du kannst mich doch besuchen!«

»Mit der Ferkeltaxe oder was? Da brauch ich doch fünf Stunden.«

»Hedda, jetzt tu mal nicht so. Es gibt richtige Züge nach Berlin, das weißt du ganz genau. Außerdem werden die das Schienennetz bald ausbauen. Das sind sie uns schuldig, verstehste? Jetzt, wo wir überall hinkönnen. Die sind uns jetzt einiges schuldig ...«

»Das sehe ich nicht so, aber ich werde dich nicht aufhalten können.«

»Mensch, Hedda, verstehste mich nicht ein bisschen?«

»Ich versteh dich, aber irgendwie muss es hier doch auch weitergehen.«

Das war etwas, was ich wirklich nicht verstand: Warum zur Hölle alle weggingen, nur die Günthersens nicht. So schien es mir jedenfalls. Warum blieben die an einem Ort, der immer leerer wurde? Waren sie keine Herdentiere? Ich verstand es nicht. Am Ende wären alle weg, nur ich würde in meinem Käfig in der Küche der Günthersens sitzen und vor mich hinschimmeln. Ich musste diese Familie irgendwie zum Aufbruch bewegen.

6.

Neues Spiel, neues Glück

Rainer nahm mich des Öfteren mit zum FKK-Kegeln. Auch Kalle ließ sich in letzter Zeit wieder öfter in Sandelshausen blicken. Rainer hatte beim Abendbrot erzählt, dass mit der Psychologin in Berlin Schluss war, nachdem Kalle versucht hatte, ein paar Bücher aus ihrer Praxis mitgehen zu lassen, und sie ihn als »zwanghaften homo sovieticus« bezeichnet hatte.

Was auch immer es war, es klang nach einer Krankheit, und da konnte ich Kalle schon verstehen, dass er das nicht hören wollte. Nun konzentrierte er all seine Energie darauf, Gitte bei ihrem Umzug zu helfen, was Hedda mit einem Grinsen als »sehr verdächtig« bezeichnete, zumal die beiden wohl schon zu ihrer Jugendweihe einmal ein Paar gewesen waren. Nun, ich hoffte für Kalle, dass ihm davon ein paar frische Federn wuchsen, und für Gitte, dass er ihr ein paar von ihren vielen Ringen abnehmen konnte. Indessen lernte ich im FKK-Kegelverein ziemlich schnell dazu, und so war ich schon bald in der Lage, »Hau wech!« zu zwitschern oder »Bolz das Holz!«. Auch eine Palette an Begrüßungen hatte ich schnell drauf:

»Hallo, Didi!«,
»Hallo, Günni!«,
»Hallo, Andi!«,
»Hallo, Srunzi!«,
»Hallo, Kolle!«,

»Hallo, Kalle!«,
»Hallo, Juppi!«,
»Hallo, Wunni!«

Und so weiter … jedes Gesicht hatte sein eigenes Hallo.

Rainer ließ mich aus dem Käfig, und in der großen Halle konnte ich gemächlich meine Runden drehen und wurde langsam wieder flugfit. Ab und zu ließ ich einen riesigen Schiss über der halbautomatischen Anlage und traf dabei nicht selten eine Kugel. Schon bald meinten die nackten Männer einen Zusammenhang zwischen bekackter Kugel und Kegel-Erfolg feststellen zu können.

»Mensch, Rainer, ich will ja nichts sagen, aber der Schiss von dem Vogel auf der Kugel lässt mich immer richtig was wegholzen. Ist wohl so was wie Karma …«

»Lass uns das doch mal dem Sportredakteur von der *Neumärkischen Stimme* erzählen!«

Die Männer gerieten in Aufregung. Es ging wild durcheinander: »Wir machen Bördie zu unserem Maskottchen!«

»Ach, was sollen wir denn damit! Wir sind doch ein Freizeitteam …«

»Aber Bördie steht für eine neue Offenheit! Für das Willkommenheißen von neuen Einflüssen! Wir könnten ein Zeichen setzen …«

»Ich kann echt keine Zeichen mehr sehen!«

»Wir könnten uns mit dem Neuen Forum aus der Katharinenkirche solidarisieren.«

»Jetzt drehst du durch. Als würden die da eine Clique FFKler zu Wort kommen lassen.«

»Warum denn eigentlich nicht? Wir haben zwar unsere Kleidung, aber nicht unsere Meinung abgelegt!«

»Jawoll, Rainer!«

»Also, ich will einfach meine Ruhe!«

»Ja, aber *mit* der D-Mark!«

»Ruhe und D-Mark!«

»Und was hat der Vogel jetzt damit zu tun?«

»Er ist das Symbol!«

»Und ihr meint, in der *Neumärkischen Stimme* kommt das gut an? Was ist das überhaupt für eine Zeitung?«

»Die *Neumärkische Stimme* ist frei, unabhängig, überparteilich, regional. Vom Neuen Forum bis hin zu deinem Papageien berichten die über das, was die Leute hier wirklich bewegt! Ist ein gutes Blatt, meine Frau hat das neulich mal mitgebracht. Auflage ist noch gering.«

»Bördie bewegt euch?«, grunzte Juppi.

»Seit er sprechen kann, ist er doch hier eh schon in aller Munde! Drüben haben sie für alles ein Maskottchen. Bären für Milch und Glatzköpfe für Reinigungsmittel. Bis hin zu Knecht Ruprecht – der ist bei denen das Maskottchen für Cola.«

»Und? Wollen wir das auch? Das halte ich für nicht sehr erstrebenswert …«

»Ich sag ja nicht, dass wir genau das wollen, Rainer. Aber wenn man neue Ideen hervorbringen und durchsetzen kann, dann doch jetzt! Jetzt können wir aktiv mitbestimmen, wie eine neue Gesellschaft aussehen soll.«

»Na, nackt!«

»Genau!«

»Und: Der Vogelschiss bringt Glück. Es ist eindeutig!«

»Na, dann soll er doch mal kräftig auf das Stadtwappen kacken!«, bemerkte Wunni.

Und ich betone noch einmal, liebe Leserinnen und Leser, bei diesem überaus ambitionierten Gespräch waren alle Beteiligten nackt. Sie fuchtelten aufgeregt, nicht nur mit ihren Händen, herum. Ich war erstaunt, wie viel ich mit meiner Peristaltik und meiner Gefiederpracht bei diesen Nackedeis auslösen konnte. Natürlich war mir immer bewusst, dass ich eine hervorragende Bürzeldrüse besaß und mein Gefieder deshalb besonders leuchtend und gepflegt erschien, aber dass ich durch mein buntes Federkleid gleich den Willen zur politischen Umwälzung bestärkte, war mir neu.

Günni zog sich schon die Unterhose an, nahm noch einen Schluck Bier und verkündete dann: »Ich zisch schnell zur Redaktion! Sollen die doch gleich rumkommen. Unserem Freizeitverein kann ein bisschen Werbung wirklich nicht schaden …«

Und schon war er verschwunden. Die anderen zuckten die Schultern und spielten weiter. Ich drehte meine Runden und beobachtete vergnügt die rollenden Kugeln unter mir. Jedes Mal, wenn eine Kugel auf die Hölzer traf, gab es ein großes Gepolter. Was mich wiederum zu einem lauten, unkontrollierten Geschnatter veranlasste. Doch, ich hatte Spaß beim Kegeln!

Wenige Minuten später kam Günni mit einem Mann in einem mintgrünen Anorak und einer grauen Bügelfaltenhose wieder. Auf dem Kopf trug er blondes Schamhaar – es sah jedenfalls so aus. In der Hand hatte er eine klobige, kleine Maschine.

»Tach, grüß euch … schön, euch zu sehen, Günni meinte, es gäbe ’ne Story hier.«

»Nun ja … sind nicht gerade Innenaufnahmen von Wandlitz, die wir dir bieten können, aber die Männer meinten, der Vogel wäre eine Story wert.«

Und wie auf Kommando kam ich auf Rainers Schulter geflattert. Ich wusste, jetzt könnte ich meinen großen Auftritt haben. Und so war es!

Der Reporter zeigte sich begeistert: »Ach, das ist dieser Vogel, von dem hier alle reden. Der Erich sagen kann, oder?«

Nicht nur das!

Ich posierte mit stolzer Brust auf Rainers Schulter, zog ein paar Bahnen, ließ einen Schiss und landete auf einer Kugel.

»Erich, mach mal Piep!«, trällerte ich, und dem Reporter fiel fast das Gesicht herunter.

»Wir möchten mit Bördie ein Zeichen setzen. Gerade jetzt, wo die ersten freien Volkskammerwahlen anstehen, möchten wir für ein buntes und aufgeschlossenes Miteinander werben. Für vogelfreie Gedanken, für einen Dialog.«

Die anderen gruppierten sich um Rainer, der sich richtig in Fahrt redete. Der Reporter schrieb aufgeregt mit.

»Darf ich Ihre Namen nennen?«, fragte er aufgeregt.

Und Rainer antwortete: »Es weiß doch sowieso schon jeder, wem dieser Vogel gehört.«

»Fürchten Sie denn keine Konsequenzen?«

»Nur, wenn sich der Vogel plötzlich zur Wahl aufstellen lassen würde. Wobei: Jeder bunte Vogel wäre besser als die grauen Wölfe vom Politbüro ...«

»Mensch, Rainer ...«, sagte Kalle von der Seite, »... so was aus deinem Munde.« Er grinste.

Ich weiß nicht, wie viele Fotos von mir geschossen wurden. Ich sah schon die Plakate vor mir. »BöRDie for president«, würden die Menschenmassen rufen, während Rainer mich mit dem Dacia bei offenem Fenster durch die Innenstadt fuhr. Ich würde mit dem Flügel winken und meine Augen herrschaftlich verdrehen. Sie würden mir Nüsse und Apfelstückchen zuwerfen und damit schon ordentlich meine Peristaltik anregen. Die Menschen, egal ob

Männchen oder Weibchen, würden Dederon-Schürzen in meinen Gefiederfarben tragen. Ich sah es deutlich vor mir. Rainer würde mit dem Dacia an das Stadttor fahren, wo das Sandelshausener Stadtwappen eingraviert war. Er würde mir die Tür öffnen, ich flöge heraus, und in einer schwungvollen Kurve ließe ich einen 1-a-Schiss auf das Wappen. Die Menge jubelte, während sich eine weiße, cremige Spur über fünfhundert Jahre Stadtgeschichte zog.

Wenn Sie mich fragen: ein sehr gelungener Neuanfang!

7.
Bördie allein zu Haus

Wenn ich nicht gerade großterritoriale Machtfantasien hatte, befand ich mich im mittlerweile zum Alltag gewordenen Wahnsinn. Jeden Morgen fand die Schlacht um Trinkfix und Brötchen statt, und wenn es Cornflakes gab, war es immer etwas ganz Besonderes, denn Papa Rainer besorgte die Flocken bei seinen Kurztrips über die na he liegende Grenze. Dann wurde kurzerhand der MuFuTi ausgeklappt und die Packung mit dem grinsenden Tiger geschlachtet. Geschlachtet, weil angeblich in jeder Packung eine Überraschung war. Rainer sammelte alle technischen Überraschungen, Hanno alles, was mit Superhelden zu tun hatte, und Jana bekam immer das, was pink war. So war es aufgeteilt. Schwierig wurde es, wenn es zum Beispiel eine pinke Superheldin war, die man an einer kleinen Schraube aufziehen konnte, denn sie war: technisch, Superheldin und pink. Dann wurde Schnick-Schnack-Schnuck gespielt, und aus unerfindlichen Gründen gewann meistens Rainer.

Manche Sachen, die in keine Kategorie passten, wurden einfach mir in den Käfig gelegt, wo ich sofort begann, alles zu zerhacken, bis Hedda es mit rollenden Augen wieder entfernte. Dann kümmerte sich Rainer um Hannos Mundhygiene (er hatte ein Gebiss wie ein Panzer, aber es musste auch regelmäßig gereinigt werden) und Hedda um Janas Gefieder. Ihre blonden Kopffedern wurden fast jeden Tag geflochten, so dass ihre Augenbrauen immer ein paar Zentimeter höher saßen. »Mama, das spannt«, sagte sie, ohne dass sich dabei etwas in ihrem Gesicht bewegte, und Hedda sagte dann immer: »Nur vormittags.«

Und was auch immer diese Antwort bedeuten mochte, damit war die Diskussion beendet. Hedda steckte mir dann meistens eine Möhre und einen Apfel zwischen die Käfigstangen und drehte das Radio auf, damit »du nicht alleine bist«, wie sie mir jeden Morgen erklärte. Denn kurz danach kamen alle noch mal bei mir vorbei, schlugen auf meinen Käfig (Hanno), winkten oder steckten ihren Finger noch mal verabschiedend durch die Gitterstangen (Jana) und gingen. Zur Arbeit oder zu Schule. Aber sie gingen. Ich saß dann da, das Radio meistens voll aufgedreht, und draußen vor dem Küchenfenster beobachtete ich wildlebende Vögel, die sich im großen Apfelbaum auf dem Hof vergnügten, und Soli, der darauf wartete, einen von ihnen zu erwischen.

Es mag Ihnen merkwürdig vorkommen, aber ich genoss diese Stunden. Nur ich und die Musik und die ostdeutsche Wildnis vor dem Küchenfenster, durch das ich glücklicherweise geschützt war. Und im Radio nur Hits! Ich sage Ihnen, wenn dann langsam der Ofen ausglühte, den Hedda jeden Morgen anheizte, dann wartete ich schon sehnsüchtig auf den einen Song, der mich von innen erwärmte, der meine naturgegebene Sehnsucht nach dem Abheben, nach Leichtigkeit stimulierte, der mich verklärend die Schwanzfedern abspreizen ließ, der mir zeigte, wo der Hammer hing: »Lambada«!!! Oh ja, ich höre diesen Song noch heute: »Aaaaaaa recordação vai estar com ele aonde for …«

In meiner Erinnerung war es der Klang der Freiheit. Die Ziehharmonika, das leichte, rhythmische Getrommel, die

Frau, die sang wie das schönste Weibchen aus der Großsittichzucht. Ich wackelte mit meinem Kopf und tanzte auf der Stange. Mir wurde ganz anders. Ich plusterte mich auf und machte mir warme Gedanken. Ich flog in meiner Fantasie zurück nach Moondarra. Ach, Moondarra … würde ich diesen Ort jemals wiedersehen? Und wenn ja, dann war ich dort auch noch lange nicht vogelfrei. Ich musste eine Möglichkeit finden, nach Australien zu kommen und dort auszubüchsen. Und dann durchstach schon der heiße Stachel des nächsten Hits mein Vogelhirn!

»I come from a land down under, where women glow and men chunder, can't you hear, can't you hear the thunder? You better run! You better take cover!« Mittlerweile konnte ich schon mitzwitschern. Schon bald würde mein Wortschatz so umfangreich sein, dass ich mit den Günthersens über meine Pläne sprechen konnte. Im Radio machte mir ein Mann Mut, der sagte: »Jetzt sind wir in einer Situation, in der wieder zusammenwächst, was zusammengehört!«

Auch er glaubte anscheinend an meine Rückkehr nach Moondarra.

8.
Opa Friedo

Manchmal kam Oma Trudi wochentags zu den Günthersens und kochte das Mittagessen für alle, bevor sich die Familie wie Hyänen über das Jägerschnitzel hermachte. Die panierte Jagdwurst hing ihnen dann aus dem Maul wie eine verlängerte, belegte Zunge, und das Schmatzen hörte man wahrscheinlich bis nach Down Under. Die Familie traf sich zur Essenschlacht und verstreute sich danach wieder. Meistens hatte Hanno nachmittags akrobatischen Showtanz oder er ging Fußball spielen. Wenn nicht, passte er auf Jana auf, die dann nicht in den Hort musste. Dass die Kinder zu Hause aßen, war wohl eine große Ausnahme. Normalerweise konnten sie in der Schule essen, bevor es in den Hort ging. Aber Hedda hatte Kontakte. Und in letzter Zeit wurden die Dinge anscheinend auch nicht mehr so streng gesehen. Es musste etwas mit dieser Mauer zu tun haben, die sonst irgendwie zwischen den Kindern und dem Mittagessen zu Hause gestanden hatte. So richtig begriffen hatte ich es damals noch nicht, liebe Leserinnen und Leser, aber ich sag mal, aus so einem Käfig war die aktuelle Weltlage eben relativ schlecht zu überblicken.

Ich durfte nach dem Essen meistens die Reste vom Tisch picken und ein paar Runden durch die Küche fliegen. Manchmal warf Hanno eine Kartoffel nach mir. Wir trainierten »füttern in der Luft«, bisher aber ohne Erfolg. Manchmal lief »Looking for Freedom« von David Hasselhoff im Radio, und dann war Ausnahmezustand angesagt: Das Radio wurde aufgedreht, und Jana durfte mit dem Wackelpudding auf den Stuhl steigen und mit dem Löffel am Schälchen im Takt klopfen. Hedda und Rainer klatschten dazu, und Hanno moonwalkte durch die Küche. Trudi nutzte das kollektive Ausrasten, um in Ruhe den Tisch abzuräumen und mir frisches Wasser zu geben. Trudis Mittagsbesuche waren aber seltener geworden, seit sie wieder in ihrem Betrieb arbeitete. Eines Tages kam sie, stellte einen bunten Baumkuchen in Zellophan auf den Tisch und steuerte meinen Käfig an: »Sieh mal, du kleine freche Keule, das ist dein Werk. Ein bunter Baumkuchen!«

Und tatsächlich, der Kuchen war mit einer Kuvertüre in meinen Gefiederfarben überzogen. Ich hatte etwas Kloaken-Neid, denn was das Loch in der Mitte des Kuchens anging, war er einfach nicht einzuholen! Dafür hatte er natürlich im Gegensatz zu mir einige kognitive Defizite.

»Wenn das der Opa Friedo noch alles erlebt hätte …«, sie wandte sich ab und ging zu dem Schrank mit den Töpfen.

Ich piepte: »Friedo!«, und sie hielt inne und drehte sich wieder zu mir um.

»Was sagst du?«

»Friedo!«, machte ich noch einmal.

»Weißt du denn, wo er ist?«, ich sah plötzlich große Hoffnung in ihrem Blick und machte ein paarmal: »Friedo, Friedo, Friedo«, um sie wieder zu zerstreuen.

Ich wusste natürlich nicht, wo er war. Woher denn auch?

»Friedo ist weg. Seit so vielen Jahren … sie haben aufgehört, ihn zu suchen, weißt du?«

Nein, woher?

»Er verschwand 77 aus dem Garten, Rainer war aus dem Gröbsten raus, aber eigentlich noch ein Kind. Im Prinzip wie jetzt. Friedo verschwand einfach so. Der Spaten steckte noch in der Erde, seine Flasche Garley stand halb getrunken vor dem Beet. Erst dachte ich, er ist irgendwo aufs Klo gegangen oder bringt die Erde zum Kompost. Aber er kam nie wieder. Verstehst du?«

Ich zuckte mit dem Kopf, was sie anscheinend als Zustimmung wahrnahm.

»Ich hab es nicht verstanden. Abends wär *Ein Kessel Buntes* im Fernsehen gekommen, und wir hatten genug Radieschen aus dem Garten für Radieschen-Stullen. Es war Sommer, wir hatten ein Haus, im Keller brauten wir eigenen Schnaps, wir nannten ihn ›Friedos Würger‹, die Nachbarn liebten uns dafür!«

Ich zwitscherte: »Würger«, und sie lächelte.

»Eigentlich waren wir glücklich, dachte ich. Aber auf dem Sparbuch fehlte viel Geld. Und er hatte Sachen gepackt. Deshalb gab es keinen Zweifel daran, dass er alles geplant hatte. Ohne uns. Aber auch im Westen gab es von ihm keine Spur, verstehst du, Bördie? Als hätte er direkt übern Jordan gemacht. Sie glauben, er hat versucht, bei Schneckenburg durch die Elbe zu tauchen. Er war ein guter Taucher, das hat er bei der NVA gelernt. Man fand einen Teil seiner Ausrüstung vor der Stadt. Von ihm aber keine Spur.«

Sie fing an zu summen und wusch ein bisschen Geschirr ab.

»Ich gehöre zu einer Generation, mein kleiner Freund, die den Krieg noch erlebt hat. Ich musste schon einmal flüchten. Ich hatte so riesige Blasen an den Füßen, dass sie aussahen wie kleine Mondstationen. Das kannst du dir gar nicht vorstellen, du mit deiner privaten Propellermaschine auf dem Rücken! Als die dann nach und nach aufgingen, da wusste ich: Ich werd nie wieder abhauen, wenn ich nicht muss. Und weißt du, sie haben es geschickt gemacht; wenn du es nicht hast drauf ankommen lassen, dann hattest du eigentlich nie das Gefühl, dass du unbedingt wegmusst, weil wir ja auch lange nicht wussten, was wir verpassten. Oder nicht wissen wollten. Selbst als ich im Knast war, Bördie, war mein Gedanke immer noch: lieber dreimal am Tag diesen Brei als noch mal Blasen wie Mondstationen an meinen Füßen. Manche denken heute, das wäre feige gewesen von mir, dass ich nicht meine Konsequenzen gezogen hab. Aber, Bördie, was wäre ich denn gewesen da drüben? Mit offenen Füßen. Abgetrennt von meiner Familie und von meinem Kuchen! Und von Friedo keine Spur. Manchmal frage ich mich, ob er uns vermisst, drüben, wo auch immer dieses »Drüben« sein mag. Wenn er uns so sehen würde, und auch dich, ich glaube, er wäre stolz auf uns. Ich glaube, er hätte versucht, uns nachzuholen, wenn er es überlebt hätte. Ich glaube, dass er tot ist, Bördie. Anders kann ich es mir nicht erklären. Er war kein schlechter Mensch.«

Die Küchentür ging auf, und Rainer kam mit Jana herein. »Mutter, ach wie schön … kochst du?«

»Nein, ich hab Bördie nur von Vati erzählt.«

Rainer stutzte. »Mutter, das ist doch bloß ein Vogel.«

»Aber er gehört zur Familie, Raini. Und wenn ich mir eins geschworen habe, nachdem dein Vater weggegangen ist, dann, von Anfang an mit offenen Karten zu spielen.«

»Ja, aber vor einem Vogel? Das ist so lange her …«

»Natürlich auch vor einem Vogel!«

»Das ist kein Vogel!«, sagte Jana. »Das ist Bördie!«, und sie kam zu meinem Käfig und fing an zu pfeifen.

»Und was gibt's zu essen?«

»Nix. Ich habe keine Lust zu kochen.«

»Bist du krank?«

»Was ist mit dir? Kannst du eigentlich gar nichts kochen?«

»Ich kann … äh … Griletta? Ket-Wurst? Broiler? Heute ist doch kein Frauentag, oder?«, fragte Rainer verwirrt.

»Das ist wirklich unglaublich, wer hat dich bloß so erzogen?«

»Wir können Cornflakes essen!«, schlug Jana vor und holte ein paar Schalen aus dem Schrank.

»Lass mal, Jana, wir gehen an der Kaufhalle eine Ket-Wurst essen. Mutti, kommst du mit?«

»Nein, ich muss wieder zurück in den Betrieb. Heute Nachmittag kommt einer von der *Neumärkischen Stimme*, wegen Bördie. Also unserem neuen Baumkuchen, der nach ihm benannt ist: Sandelshausener BöRDie-Kuchen. Da muss ich da sein. Bördie hängt jetzt bei uns auch auf der ›Straße der Besten‹!«

»Das macht ihr noch?«

»Manche Sachen waren nicht allzu schlecht in den vergangenen Jahren. Ich hab euch bisschen Kuchen mitgebracht fürn Kaffee …«, und sie befreite etwas von dem bunten Baumkuchen aus dem Zellophan.

»Ohhh! Sandelshausener BöRDie-Kuchen!«, sagte Rainer bewundernd. »Mutter, das ist toll, was du da machst!«

»Ja, aber es macht mich fertig. Ich bin für so etwas nicht geschaffen, Raini. Ich bin Konditorin, nicht Chefin.«

»Oma, bist du traurig?«, fragte Jana besorgt.

»Nein, nein, mein Schatz, alles gut …«

»Oma, wenn ich groß bin, werd ich Chefin!«

»Um Gottes willen …«, sagte Trudi gespielt entsetzt.

Rainer lachte.

9. Feueralarm

Sehen Sie, ich war den einzelnen Familienmitgliedern nun schon relativ nahegekommen auf die eine oder andere Art. Außer einer Person, deren Berufswunsch es war, Chefin zu werden: Jana. Jana war für mich lange ein Mysterium. Eines Nachmittags nahm Hedda mich mit in die »Stube«, wie sie es nannte. Sie begann dort kleine Osterhasen aus Holz aufzubauen, während Jana auf der Auslegware aus Lego einen riesigen Klotz baute. Er wurde immer größer und schmaler. »Was baust du denn da?«, fragte Hedda geistesabwesend, während sie grünes Plaste-Gras dekorativ auf der Fensterbank verteilte.

»Eine Mauer!«

»Oh, wie schön, mein Schatz«, lobte Hedda immer noch in Gedanken.

Plötzlich nahm Jana den Hörer vom roten Telefonapparat, der auf einem Tischchen in der Ecke stand, und ging damit auf die Mauer los: »Die Mauer muss weg! Die Mauer muss weg!«, rief sie und schlug damit auf das Lego ein.

»Jana, psssst!! Was machst du denn da? Das darfst du nicht sagen!«, rief Hedda plötzlich laut, sah hektisch zwischen den Gardinen aus dem Fenster auf die Straße und drehte sich verwirrt wieder zu Jana.

»Ach, Scheiße …«, sagte sie, als wäre ihr gerade was eingefallen. Sie kam auf Jana zu, die immer noch mit dem Hörer die Lego-Mauer bearbeitete. Ich dachte, jetzt setzt es was! Aber sie nahm Jana einfach den Hörer aus der Hand und sagte: »Doch nicht mit dem Telefon, mein Schatz.«

Sie legte behutsam den Hörer wieder auf. Dann trat sie mit ihrem Schlappen gegen die Mauer. Jana lachte und fing an mitzumachen. Sie traten beide zusammen wie zwei Bekloppte auf die Lego-Mauer ein und lachten sich kaputt. Als die Mauer weg war, setzten sie sich schnaufend auf den Boden. »Aber schön die Trümmer wieder einräumen, mein Schatz. Nicht, dass sich da noch jemand weh tut. Kannst ja was Neues draus bauen …«

Und Jana sammelte brav die Steine wieder auf. Ich zwitscherte vor mich hin. Draußen schien die Sonne, es war wärmer geworden in den letzten Tagen, und die Mauer war weg. Jana baute weiter eifrig an den Steinen herum. Hedda wischte Staub zwischen den hässlichen bunten Kristallgläsern im Schrank. Immer wieder sah Jana prüfend zu mir herüber und suchte sich danach Steine aus. Sie wird doch nicht?! Tatsächlich, sie baute mich. Einen kleinen Lego-Bördie. Es würde zu weit gehen, zu behaupten, ich hätte mir so was immer schon gewünscht, aber Tatsache war: Niemand hatte mich früher jemals nachgebaut. Und nun gab es mich bereits als Kuchen und als Lego!

»Mama, kann Bördie auch mal mit in meine Schule?«

Hedda überlegte.

»Und dann? Soll Bördie mit dir Schönschreiben lernen?«

Warum eigentlich nicht? Ich konnte eine Rosine halten, warum dann nicht auch einen Stift!

»Ja!«, bestätigte auch Jana diese Idee.

»Das muss ich erst mit deiner Lehrerin absprechen«, sagte Hedda.

»Aber du bist doch auch Lehrerin!«

»Aber doch nicht deine.«

Und so kam es, dass Jana und Hedda mich eines Tages zur »Geschwister-Scholl-Grundschule« mitnahmen, der Schule, an der Hedda unterrichtete und Jana lernte. Im Prinzip kannte ich es ja schon von Hanno. Nur dass die Küken hier noch kleiner waren, ihre Stimmen noch schriller und ihr Gefieder noch zerzauster. Hedda verabschiedete sich mit einem Kuss von Jana vor ihrem Klassenzimmer.

»Seid brav«, sagte sie mahnend und ging dann schnurstracks in das Klassenzimmer nebenan. Jana hatte die Erlaubnis bekommen, mich einen Tag in der Schule bei sich zu tragen, unter der Voraussetzung, dass ich in der Mittagspause im Sekretariat blieb, während die Küken zur Essensausgabe mussten. Sie hatte außerdem eine »Wandzeitung« vorbereitet, in deren Mitte ein Schema meines Käfigs aufgezeichnet war, von dem viele Pfeile wegführten, zu Fotos und kurzen Texten. Die Wandzeitung hängte sie mit Magneten an die Tafel, dann stellte sie mich auf einen Tisch, genau vor die schematische Zeichnung meines Käfigs, so dass jetzt von mir aus alle Pfeile wegführten.

»Das ist Bördie!«, erklärte sie vor der versammelten Klasse und zeigte auf die bunte Überschrift der Wandzeitung, wo in großen Buchstaben BöRDie stand. Der Mund der Lehrerin öffnete und schloss sich wieder, kein Ton kam heraus.

»Bördie ist ein Rosellasittich, aber eigentlich ist er unser Begrüßungs-Hunni von Kalle, unserem Freund, der rübergemacht hat.«

Und sie zeigte auf der Wandzeitung auf das Wort »rübermachen«, das sie in Schönschrift geschrieben hatte.

»Äh, Jana«, sagte die Lehrerin, »willst du uns nicht was über Bördies Herkunft erzählen? Was er gerne frisst? Was er so kann?«

»Natürlich! Bördie kommt aus dem kapitalistischen Ausland. Aus Australien. Das heißt jetzt aber nicht, dass er Kapitalist ist, nein. Er hat nämlich gar kein Geld. Aber dafür hat er eine Bürzeldrüse«, und sie zeigte auf das Wort Bürzeldrüse, das sie ebenfalls sehr schön auf die Wandzeitung geschrieben hatte.

Oh ja, dachte ich, das Mädchen hatte verdammt recht.

»Bördie kann dadurch so prächtig bunt aussehen wie der Regenbogen auf meinem Nicki«, sagte Jana und deutete auf ihr T-Shirt, auf dem ein Einhorn einen Regenbogen entlangtrabte. »Mächtig gewaltig!«, sagte eines der Kinder in den hinteren Reihen, und eine wahre Tuschelwelle brach los.

»Sssscht!«, machte die Lehrerin.

»Bördie kann aber viel mehr, als ein Regenbogen sein! Er kann Liebe machen und Groß machen aus einem einzigen Loch!«, sagte Jana und zeigte auf die Wörter »nur ein Loch«, die sie in verschiedenen Farben notiert hatte.

»Mein Papa sagt, das heißt Kloake, und daher kommt das Wort für Klo, und da kann man, wenn man will, ja auch beides machen. Liebe und Groß!«

»Pfui, Jana!«, empörte sich die Lehrerin von der Seite, brach den Vortrag aber nicht ab.

»Mein Papa sagt, das nennt man Biologie! Das ist ganz natürlich, denn das kommt von Natur, und da kommt Bördie her und wir ja auch«, schloss Jana ihre Argumentationskette und zeigte nacheinander auf ihre Stichpunkte an der Wandzeitung. Ich war mächtig stolz auf sie. Denn das hatte sie wirklich toll erklärt!

»Und: Er kann sprechen! Bördie, sag mal was!«

»Erich, mach mal Piep!«, sagte ich, und die Kinder begannen laut zu lachen, während die Lehrerin von ihrem

Stuhl aufsprang, auf dem sie versucht hatte, es sich gemütlich zu machen.

»Jana!«

»Ja?«

»Hör auf, hier Quatsch zu veranstalten!«

»Aber das war ich nicht. Das war Bördie!«

»Hör mal, Kameradin Schnürschuh!«

»Günthersen!«, machte ich, denn das war ja ihr Name! Nicht Schnürschuh! Die Lehrerin fiel fast um. Jedenfalls sah es so aus. Dann zeigte sie auf die Tür und sagte: »Mit dem Vogel ab ins Sekretariat! Und du kannst draußen vor der Tür bleiben, Jana Günthersen!«

»Aber …«

»Papperlapapp!«

»Papperlapapp!«, machte ich, weil es ein schönes Wort war. Die Kinder lachten. Die Lehrerin schrie: »Raus! Sofort!«

Und so geschah es, dass ich schon vor der Mittagspause in einem Zimmer voller glänzender, brauner Schränke landete. Dem Sekretariat. In den Glasvitrinen der edlen Schränke waren Urkunden und Orden ausgestellt. Es gab auch Fotos. Eine Frau, die sich anscheinend aus Silberfolie selbst Schmuck gebastelt hatte, reichte auf einem Bild dem Erich Wolkenvogel die Hand. Er hatte also Hände! Das Foto von seinem Kopf vor blauem Hintergrund hatte dieses wichtige Detail ausgespart: Ich fühlte mich betrogen.

Eine Frau kam ins Zimmer. Sie trug einen unförmigen, uringelben Blazer und beugte sich zu mir herab: »Ab in den Hort!«, quäkte sie laut und nahm meinen Käfig. Komischerweise nicht am Henkel, sondern sie klemmte ihn sich zwischen den rechten Arm und die rechte Brust, so dass sich ihr weißer Blusenbusen durch die Gitterstäbe presste.

In der Fachsprache nannte man das wohl »Quarktitte«. Sie haben das Bild? Gut. Dann betrat sie mit mir einen Raum, wo ungefähr dreißig Küken damit beschäftigt waren, dünne Holzpritschen aufzubauen. An der Wand hing ein großes Gemälde, auf dem in bunten Farben Kinder dargestellt waren, die einen Acker aberntеten, sie schienen dabei sehr viel Freude zu empfinden und winkten sich glücklich vom Mähdrescher aus zu.

Warum ich wusste, was das war? Das kann ich Ihnen nicht sagen. Sie sollten sowieso aufhören, solche Fragen zu stellen, denn ich bin ein schreibender Vogel. Viel wichtiger ist doch die Frage: Warum durften die Kinder einen Mähdrescher fahren? Ja, jetzt gucken Sie! Sie müssen schon die richtigen Fragen stellen!

Ich dachte jedenfalls, was ist das jetzt schon wieder für ein Brauch? Sozialistisches Pritschenaufbauen. Wofür? Eine Art antifaschistischer Schutzwall aus Pritschen für Gnome? Dann begannen sie, dünne Laken auf die Pritschen zu legen. Die Lehrerin gab in einem Endlos-Gequake Befehle von sich. Die Kinder zogen einen Schlafanzug an, legten sich auf die Pritschen und schlossen mechanisch die Augen. Alles im Takt des Quakens. Keiner aus der Reihe. Ich verhielt mich still. Ich vermutete eine Falle. Sie hatten mich auf einen Tisch am Fenster abgestellt. Dann trat eine beängstigende Stille ein, in der die Kinder wie scheintot auf den Pritschen lagen. Sie blinzelten ab und zu und verdrehten die Köpfe zu der quakenden Lehrerin: »Michael Stratzke, *Augen zu!*« Und zack, waren sie wieder zu.

Ich verstand das alles nicht. Es schien mir ein perverses Psychospiel zu sein. Es gab ja Ziegen, die sich scheintot stellten, wenn ihnen Gefahr drohte. Also, wenn sie zum

Beispiel einen Wolf witterten. Dann konnten sie ihren Puls verlangsamen und in eine Art künstliches Koma fallen, sie schütteten dann kein Adrenalin aus und waren für die Wölfe schlechter zu wittern. Aber diese Kinder hier schütteten eine Menge Adrenalin aus, das konnte sogar ich wittern. Es war eine Art »Liege-Performance auf hundertachtzig«, als könnten sie jederzeit einen Herzinfarkt bekommen. Sie hatten echte Angst, beim Blinzeln erwischt zu werden. Keines der Kinder schlief. Wie auch? Diese kleinen Küken lagen auf nichts anderem als ein paar vergrößerten Frühstücksbrettchen. Mit einem Damoklesschwert in Uringelb über ihren Köpfen. Da war an Schlaf nun wirklich nicht zu denken. Die Erzieherin ging sogar durch die Reihen, um sich zu vergewissern, dass alle »schliefen«, aber wie kann man denn schlafen, wenn jemand an einem vorbeitrampelt und zwischendurch laut quakt: »Augen zu!«

Plötzlich schrillte eine Glocke. Sehr laut. Ich zog die Luft ein und machte mich schlank und glatt wie ein bunter Handschuh. Das hieß, ich war kampfbereit!

»FEUERALARM«, schrie die Lehrerin, und die Kinder lagen immer noch scheintot da und schienen nicht zu wissen, ob das bedeutete, dass sie aufstehen durften, oder ob es ein Test war, ob sie trotz des Alarms ihren Mittagsschlaf durchziehen würden. Dann schrie die Frau: »AUFSTEHEN! ALLE IN REIHENFOLGE DES KLASSENBUCHES AUFSTELLEN!«

Und die Kinder erhoben sich in ihren Schlafanzügen und befolgten die Anweisung. Ich wurde fast verrückt in meinem Käfig! Feueralarm?! Und dann?! Sollten die Kinder nach dem Alphabet verbrennen, oder was? Ich verstand gar nichts mehr. Die Kinder formierten sich unter dem großen bunten Bild mit den glücklichen Ernte-Kindern. Jana kam zu mir rübergerannt. Ich hüpfte aufgeregt umher.

»Komm, mein Kleiner«, sagte sie und huschte mit meinem Käfig durch den Raum. In der Kinderschlange war Unruhe aufgekommen: Offenbar saß das Alphabet noch nicht so, dass sie sich wirklich den Namen nach aufstellen konnten, sie murmelten es vor sich hin oder kratzten sich verwirrt am Kopf. Eventuell wussten sie auch einfach nicht, wie sie hießen. Jana schlüpfte mit mir durch eine zweite Tür im Raum, die die Farbe der Tapete hatte. Plötzlich standen wir im dunklen Flur. Sie lief mit mir den Gang hinunter, Richtung Klo. Ihre nackten Füße klatschten auf dem grauen Steinfußboden. Im Waschraum der Toilette angekommen, stellte sie mich in einem Waschbecken ab, ging um die Ecke, und schon hörte ich es laut plätschern: »Bördie, ich musste so doll pullern!«, fügte sie dem Plätschern als Erklärung hinzu.

Aha.

Ich machte: »Feuer, Feuer!«, und Jana sagte: »Ja, wir gehen ja gleich ...« Sie kam um die Ecke, wusch sich die Hände und glotzte in meinen Käfig. »Musst keine Angst haben, ich bin ja bei dir«, sagte sie, und tatsächlich entspannte ich mich ein bisschen, obwohl die Glocke immer noch schrillte. Sie öffnete die Tür vom Waschraum, und davor, auf dem Flur, stand die Frau in Uringelb mit der ganzen Klasse. Wie kleine Gespenster standen sie in ihren Schlafanzügen da, sich paarweise an der Hand haltend hinter dem dicken Quake-Vogel. Ich würde das, was ich da sah, als kollektives Glotzen bezeichnen.

»Aha!«, quakte der Quak-Vogel.

»*Da* bist du also!!«

Jana zuckte zusammen. »Ich musste pullern!«, sagte sie erklärend.

»Aber doch nicht, wenn es brennt!«, schrie die Lehrerin.

Die Alarmglocke hörte auf zu schrillen.

»Doch«, sagte Jana in die plötzliche Stille, als wäre es das Logischste der Welt.

Dann schrie die Lehrerin noch lauter: »Dann werde ich deiner Mutter wohl sagen müssen, dass du verbrannt bist!«

»Nein!«

»Oh ja! Das werde ich wohl tun müssen: Frau Günthersen, Jana ist leider verbrannt!«

»Nein, nicht sagen! Ich sag's ihr selbst«, bat Jana.

Auf diesen Vorschlag wusste die Lehrerin keine Antwort. Wie auf ein Zeichen tauchte Hedda hinter den kleinen Gespenstern auf: »Was willst du mir sagen?«

»Na, dass ich verbrannt bin!«, antwortete Jana, und Hedda warf ihrer Kollegin einen vernichtenden Blick zu.

»Das ist nur eine Übung gewesen, Janachen.«

»Psssst! Das müssen die Kinder doch nicht wissen!«

»Warum denn nicht?!«

»Sie müssen immer auf den Ernstfall vorbereitet sein. Jana hat sich sehr unsolidarisch verhalten. Sie ist auf die Toilette gerannt, anstatt mit ihren Klassenkameraden evakuiert zu werden. Deshalb musste die ganze Klasse warten. Sie hat damit ernsthaft das Kollektiv gefährdet. Alle wären verbrannt. Eine Katastrophe!«

»Ich halte es für viel katastrophaler, dass Sie die Kinder anscheinend nicht auf Toilette lassen während des Mittagsschlafs.«

»Frau Günthersen, das ist so gewollt. Anweisung von ganz oben. Auch das müssen die Kinder lernen …«

»Da kann ich ja nur lachen! Von ganz oben? Vom lieben Gott, oder was?«

»Frau Günthersen, das kann Folgen für Sie haben!«

Hedda lachte. »Drohen Sie mir?«

»Ich?! Ich habe Kontakte zum Politbüro!«

»Das ist schön für Sie, vielleicht checken Sie da mal die Öffnungszeiten … ich glaube nämlich, die gehen bald in ziemlich lange Betriebsferien. Und nun entschuldigen Sie uns. Es brennt.«

Sie nahm Jana an die eine und meinen Käfig an die andere Hand und ging den langen dunklen Flur hinunter, gab der großen Schwingtür am Eingang des Gebäudes einen kräftigen Tritt und ging mit uns in den warmen Sonnenschein.

10.
Mehr als ein Piep

Am Abend nach dem Feueralarm saßen Rainer und Hedda in der Küche. Ich thronte in meinem Käfig am Küchenfenster. Hedda knallte eine Flasche Wein auf den Tisch: »Rainer, ich halt es hier kaum mehr aus. Also entweder wir gehen, oder ich muss in die Politik. Oder in die Irrenanstalt. Oder alles zusammen.«

»Aber, Hedda, nur weil da so ein paar rote Socken noch auf ihren Posten sitzen, lassen wir uns doch hier das Leben nicht vermiesen. In ein paar Monaten sind die Schulen reformiert, dann sind die auch weg.«

»Das glaubst du! Die werden sich noch Jahre halten!«

Ich witterte meine Chance und setzte meinen Joker, den ich in genau so einem Moment ausspielen wollte: »Do you come from a land down under? Where women glow and men chunder? Can't you hear, can't you hear the thunder? You better run, you better take cover!«

Hedda und Rainer starrten mich an. Hedda nahm einen Schluck Wein aus der Flasche. »Der Vogel … singt, Rainer.«

»Ich weiß! *Ich weiß!!*«

»Was singt er?«, fragte sie.

»Men at Work!«, stellte er ganz richtig fest.

»I met a strange lady, she made me nervous. She took me in and made me breakfast …«, setzte ich meinen Gesang fort.

»Ist ja eigentlich normal, oder? Vögel singen halt …«, versuchte Rainer eine Erklärung.

»Aber doch nicht Popsongs! Mit Text, Rainer!«

»Ich glaube, das können die eben irgendwann ... oder?«

»Versucht der uns was zu sagen?«

»Quatsch, Hedda.«

»Ob er sich einen Virus eingefangen hat? Ich meine, das ist doch nicht normal ...«

»Natürlich ist der nicht normal. Guck ihn dir doch mal an!«

»Ich sag dir, lass uns das mal *Elf 99* schreiben! Die bringen 'ne Reportage über ihn!«

Ich konnte es nicht fassen, sie verstanden mich nicht! Ich konzentrierte mich und brachte dann »Moondarra!« hervor.

»Was hat er gesagt?«

»Munterer?«

»Munterer? Ja, findest du, wir sind nicht munter genug, kleiner Bördie? Das darfst du nicht so ernst nehmen, wenn wir uns mal streiten ...«

»Haben wir uns gestritten?«

»Wir waren kurz davor.«

»Wir haben das auch noch nicht ausdiskutiert ...«

»Also dann streiten wir uns jetzt wohl.«

»Rainer ... warum bist du denn bloß so ein Sesselpupser!«

»Was?!«

»Die ganze Welt bricht auf in eine neue Zeit, nur du bleibst stecken. Wie ein verquerer Furz!«

»Also Hedda ... was solln das? Du tust ja so, als würde ich dich am Leben hindern.«

»Moondarra!«, machte ich jetzt laut.

»Du, der will irgendwas anderes ...«

»Moondarra!«, sagte ich noch mal und: »Down Under! Down Under! Down Under!«

»Der will irgendwas mit Australien …«

»Bördie, Piep!«, machte ich, denn es wurde langsam heiß, »Bördie Moondarra!«

»Du, Rainer … mir wird gerade ganz anders!«

»Mir auch. Denkst du, was ich denke?«

»Rainer, Mensch, der Vogel spricht mit uns!«

»Ja, das glaub ich auch.«

Wie blöd kann man sein?! »Bördie Moondarra! Down Under!«, krächzte ich und sang dann wieder: »Do you come from a land down under? Where women glow and men chunder …«

»Rainer, der Vogel *redet* mit uns.«

»Das kann nicht sein.«

»Ruf doch mal Kalle an! Ob das normal ist!«

»Kalle ist in Berlin.«

»Siehst du, genau das meine ich! Bloß nicht bewegen! Bloß nicht mal ein paar Fragen stellen!«

»Hedda, Kalle ist womöglich gar nicht zu Hause. Außerdem denkt der doch, wir sind bekloppt.«

»Na und? Ist doch unser Freund!«

»Was soll ich ihn denn fragen? Der Vogel versucht uns was zu sagen? Dann wird er sagen: Rainer, das ist ein Großsittich, die können sprechen. Natürlich versucht der irgendwann, was zu sagen!«

Hedda beugte sich zu mir und sprach durch die Gitterstäbe: »Kannst du uns verstehen?«

»Ja!«, zwitscherte ich.

Hedda wich zurück und musste sich am MuFuTi abstützen. »Oh Gott … siehst du?«, presste sie hervor.

Rainer war kreidebleich. Er stand auf, kam nun auch sehr dicht heran, fasste anscheinend allen Mut zusammen und sagte: »Horchen Sie uns aus?«

Dabei schaute er mich an, als würde er in meinem Inneren ein verstecktes Männchen vermuten, er versuchte sehr angestrengt, durch mich hindurchzusehen.

»Es ist vorbei, klar? Wir haben Sie entdeckt. Und wir wissen, wir haben nichts mehr zu befürchten!«

»Rainer, das ist doch nicht dein Ernst!«

»Du wolltest doch, dass ich Fragen stelle! Horch und Guck ist überall! Nur weil der grüne Moskvich mit den beiden Männern drin nicht mehr in unserer Straße steht, heißt das noch lange nicht, dass sie weg sind.«

Er wandte sich wieder zu mir: »Kommen Sie sofort da raus!«

»Du bist paranoid, Rainer!«, schrie Hedda.

»Ich?! Du wolltest doch gerade noch, dass ich Kalle anrufe, weil Bördie versucht, mit uns zu sprechen!«

»Rainer …?«

»Ja, was denn?«

»Warum rollen die Kinder Ernst Thälmanns Kopf über unseren Hof?«

Ja, Sie haben ganz richtig gelesen!

Hedda und Rainer stürzten zum Fenster. Auf dem Hof waren Hanno und Jana dabei, einen großen dunklen Kopf über den kleinen Weg Richtung Schuppen zu rollen.

»Lass es nicht den Vogel sehen! Hallo, wir haben keine Angst vor Ihnen!«, sagte Rainer laut zu mir in den Käfig.

»Rainer, ich bitte dich!«, sagte Hedda und öffnete hektisch das Fenster. »Hey! Was zur Höhe macht ihr da??«

Die Kinder zuckten zusammen.

»Ich kann alles erklären!«, rief Hanno.

»Kommt sofort hoch! Nein! Wartet! Scheiße … Halt! Natürlich räumt ihr das Ding erst mal weg! Ja, da rein … gut. Jetzt! Okay. Kommt hoch!« Hedda war außer sich.

»Das gibt es doch nicht!«, stellte sie mit verschränkten Armen fest, als die beiden in der Küche erschienen.

»Ich wollte nur zeigen, wie bombenfest der Kopf sitzt!«, fing Hanno an.

»Es war 'ne Wette«, sagte Jana mit rollenden Augen.

»Ey, aber nur, weil Katarina Wischer behauptet hat, der sei gar nicht fest! Der sei da all die Jahre nur so draufgesetzt, weil sich sowieso niemand getraut hätte, ihn anzufassen.«

»Hanno, ist das der Ernst-Thälmann-Kopf von der Statue auf deinem Schulhof?«, fragte Rainer ernst.

»Ja!«

»Oh mein Gott ...«, sagte Hedda und hielt sich den Kopf.

»Sie hat gemeint, es wäre gar kein Problem, den zu entfernen. Ich hab gesagt, auf keinen Fall! Der wird sicher richtig feste sitzen. Kann doch nicht ahnen, dass der nicht verschraubt wurde!«

»Hanno ist dran hochgeklettert und hat ihn angetippt«, erzählte Jana weiter.

»Du bist an Ernst Thälmann hochgeklettert?«, versicherte sich Rainer.

»Ja! Ich wollte es ihr beweisen.«

»Er hat ihn angetippt«, setzte Jana wieder an, »und dann ist der Kopf einfach gefallen. Plumps«, jetzt kicherte sie.

»Jana, reiß dich mal zusammen«, schimpfte Rainer.

»Und ihr habt ihn den ganzen Weg hierher gerollt?«, fragte er weiter.

»Nee, Sebastian hat ihn ein Stück in seinem Fahrradanhänger gefahren. Bis zur Ecke vorne, dann wurde es ihm zu heikel.«

»Hat euch jemand gesehen?«, fragte Rainer.

»Glaub nicht, nein ...«, meinte Hanno.

»Um was habt ihr gewettet?«, fragte Rainer.

»Nznks«, machte Hanno.

»Was?«, fragte Rainer.

Keiner hatte es verstanden.

»'n Zungenkuss!«, schrie Jana.

»Maul!«, sagte Hanno und haute seiner Schwester den dicken Zopf um den Kopf.

»Auaaa!«, schrie Jana und heulte.

»Ruhe!«, schrie Rainer.

Und es war still. Ratlose Stille in der Küche der Günthersens.

»Was machen wir denn jetzt?«, fragte Hedda immer noch unter Hochspannung.

»Das, was man eben macht, wenn man den Kopf von Ernst Thälmann in seinem Schuppen hat: abhauen«, meinte Rainer.

»Wir brauchen dringend Urlaub«, seufzte Hedda.

»Jaaa, Urlaub!«, rief Jana.

»Moondarra! Down Under!«, rief ich wieder.

»Was denn? Was denn? Was denn?!« Rainer klang wie ein Sittich. »Hedda, so geht das doch nicht weiter hier … wir drehen noch am Rad!«, sagte er.

»Jepp«, mischte sich Hanno ein.

»Wir müssen hier mal raus. Nur du und ich und die Ostsee!«, meinte Rainer weiter.

»Rainer, das ist ganz lieb von dir, aber ich bitte dich.« Hedda sammelte sich, ich sah, dass sie gleich anfing zu brüllen wie mein Züchter damals, wenn er Bowling im Fernsehen sah und seine Mannschaft richtig verkackte: »Lass uns doch wenigstens an die Nordsee fahren.« Das hatte sie erstaunlich ruhig hervorgepresst.

»Moondarra!«, machte ich noch mal verzweifelt.

»Dänemark!«, schrie Hedda plötzlich mit leuchtenden Augen.

»Wirklich?!«, fragte Rainer.

»Ja, Dänemark!«, schrie Jana nun.

»Lass es uns einfach tun. Bald sind Osterferien, und dann steigen wir in den Dacia und fahren los. So wie früher zum Balaton. Die Kinder lassen wir bei Trudi.«

»Nein!«, schrie Jana jetzt.

»Down Under!«, krähte ich.

»Bördie, Jana ...«, setzte Hedda an, »wir müssen den Westen erst mal testen. Wir können nicht einfach nach Australien, und ihr könnt nicht einfach mit. Guckt mal, ihr macht Ostern, und wir machen ... Western.« Sie schien sich über ihre eigene Erklärung zu wundern.

»Erklärst du gerade dem Vogel eure Pläne?«, fragte Hanno.

»Ja«, sagte Hedda.

Und Hanno erwiderte nur augenrollend: »Fahrt bloß los!«

11.
Ostern I

Und so kam es, dass Hedda mich wenige Tage später samt den Kindern zu Trudi brachte. Ich konnte kaum fassen, was ich mit meinem Versuch, direkt mit Rainer und Hedda zu kommunizieren, erreicht hatte. Obwohl sie meine Botschaft entschlüsselt hatten, waren sie zu dem Schluss gekommen, *nicht* nach Moondarra zu reisen, sondern nach *Dänemark,* und dann auch noch allein! Ich war zutiefst beleidigt. In der einen Minute missbrauchten sie mich als Maskottchen ihrer neuen politischen Bewegung, wohin auch immer die sich bewegte, momentan war es ja eher ein spastisches Zucken als eine Bewegung – entschuldigen Sie meine drastische Wortwahl, aber es war ja die Wahrheit! Und in der nächsten Minute überhörten sie meine tiefsten Wünsche und verpissten sich. Typisch Mensch! Zwischen Moral und Trieb! Ich war richtig sauer. Wenn jemand näher kam, keifte ich. Ich hatte seit Tagen keinen Bock zu sprechen. Denn es war offensichtlich, dass das hier nichts brachte. Ich war von Idioten umgeben. Ich hatte das Gefühl, ich saß in einem doppelten Käfig, und ich war mir sehr sicher, die nächstbeste Gelegenheit nutzen zu wollen, um abzuhauen. Ich wusste, dass diese Familie mich sonst ins Verderben stürzen würde!

Hedda kam mit zwei kleinen Rucksäcken die Treppe zu Trudis Haustür hinauf. Sie sah gut aus. Das musste ich zugeben. Sie trug ein leuchtend gelbes Kopftuch und eine große, altmodische Brille. Auch Rainer hatte sich herausgeputzt: Er trug einen Trainingsanzug in einheitlichem Grün-Violett, aus einem Stoff, der *witt-witt-witt* machte, wenn er sich bewegte.

»Haut ihr einfach so ab …«, stellte Trudi an der Türschwelle fest.

»Ach, Mutti, lass uns doch den Spaß.«

»Ich lass euch den Spaß. Ohne euren Spaß würden diese beiden Terror-Gnome hier jetzt nicht existieren, oder?« Sie deutete auf Hanno und Jana, die sich mit irgendwelchen Würmern aus dem Garten in der Einfahrt jagten. Hanno brüllte, Jana kreischte. Mich hatte man auf der obersten Stufe zu Trudis Hauseingang plaziert.

»Wir bringen euch was mit!«

»Was denn noch? Wir haben seit ein paar Monaten Reisefreiheit, Levis-Jeans und einen bunten Papagei aus Australien. Ich wüsste wirklich nicht, was ihr uns noch mitbringen könntet …«

Rainer kam dazu. »Mensch, Mutter, sei doch nicht so …«

»Wie?«

»Ich bin mir sicher, wir können dir mit irgendeiner Kleinigkeit eine Freude machen.«

»Wie wäre es mal wieder mit einem Mann!«

»Was ist denn mit Herrn Petersen von nebenan, der ist doch auch schon sehr lange alleinstehend …«

»Herr Petersen hat Hände wie eine gesplitterte Bank! Du willst mich doch nicht mit so einem Wrack verkuppeln, oder?«

Hanno und Jana kamen die Treppen hoch.

»So, ihr beiden, Mama und Papa verabschieden sich jetzt. Seid brav, ja?«

»Ja«, rissen beide ihre Schnäbel auf, und alle wussten, es war eine Lüge.

Oma Trudi verdrehte die Augen. »Wir werden dem Osterhasen schon die Hölle heißmachen ...«, sagte Trudi, und ihre Augen ploppten dabei aus den Höhlen. Rainer beugte sich runter und gab den Kindern einen Kuss. Dann sagte er: »Tschüss, Bördie! Pass auf alle auf ... und ... das mit Moondarra klären wir, wenn wir wieder da sind.«

Ich nickte leicht mit dem Kopf. Ich war noch immer zu beleidigt, um zu antworten.

»Hast du gerade gesagt, du willst mit dem Vogel was klären?«, fragte Trudi irritiert.

»Trudi, du, wir brauchen den Urlaub wirklich dringend.« Hedda umarmte alle und ging die Stufen hinab zum vor sich hin tuckernden Dacia.

»Tschüüüüss«, brüllten die beiden aus dem fahrenden Auto, eine Staubwolke hinter sich herziehend. Die Straßen sahen damals immer noch aus wie Trampelpfade durch die Steppe. Wir standen auf Trudis Türschwelle und winkten ihnen etwas traurig zu. Also ich natürlich nicht, ich zuckte nur etwas mit meiner großen Schwanzfeder. Dann merkte ich, dass ich das nicht selber tat, sondern Hanno mich mit der nicht winkenden Hand daran zog.

12.
Ostern II

Ich nutzte die Eiersuche eiskalt zur Flucht. Sie hatten meinen Käfig offen gelassen, während sie wie ein paar Hyänen im Garten von Trudi Eier suchten.

»Oh, was hat der Osterhase wohl versteckt?«, leitete Trudi das Spektakel ein, wobei ihre Augen wieder kurz auf die Größe von zwei Tischtennisbällen anschwollen.

»Sag es!«, schrie Jana.

Und Hanno war schon davongelaufen, raus in den Garten.

»Sag es!«, piepte ich.

Weil ich es auch wissen wollte.

»Na, Eier!«, zischelte mir Trudi zu. »Wir suchen die Eier! Vom Osterhasen!«

Nur nebenbei gesagt, da, wo ich herkam, hatten Hasen keine Eier. Aber es gab dort auch keine schreibenden Sittiche. Oder hohe Mauern, die man mitten durch das Land gebaut hatte, nur um sie Jahre später wieder abzureißen. Deshalb ist der Osterhase wohl das Letzte, über das man sich hier wundern sollte. Das Einzige, was mich wirklich störte und was meinen Entschluss zur Flucht manifestierte, war die Tatsache, dass sie für ihr makabres Eierfest massenweise wehrlose Embryonen aus ihrem Häuschen pusteten – perverses Pack! Und dann hängten sie die leeren Schalen bunt bemalt in der Wohnung auf, oder sie verschonten die Embryonen, um sie dann ein paar Tage später bunt einzukochen und ihre Leichen im Garten zu verstecken. Um dann so zu tun, als hätte das ein Hase getan. Hallo?! Merken Sie was? Ich hatte einiges an brutalen Naturschauspielen erlebt, sogar in der Zucht. Aber so etwas war mir wirklich noch nie begegnet. Brutal sein und es dann auch noch anderen Lebewesen in die Schuhe schieben. Kranker Haufen. Ich musste da weg.

Trudi hatte seelenruhig die Tür zum Garten aufgelassen. Und während die drei also die bunten Eier des Hasen suchten, nahm ich einen letzten Schluck aus meinem kleinen Wassertrog, biss noch einmal kräftig vom grünen Salatblatt ab, knackte ein Korn – und flog Richtung Hintertür des Hauses. Es war seltsam, aber als ich die Schwelle überflog, hatte ich mit einem Mal das Gefühl, geschrumpft zu sein. Es begann direkt mit den ersten Schwüngen in der freien Luft. Trudi, Hanno und Jana suchten Eier im hinteren Teil des Gartens, und ich flog in die entgegensetzte Richtung, zur Straße vor das Haus. Ja, ich war ein kleiner Vogel. Ich begriff es. In diesem Moment. Das Haus, in dem ich mich schon so gut auskannte, wirkte von außen monströs. Ich dachte kurz darüber nach, ob es ein Fehler gewesen war, es zu verlassen, und ob der Weg nach Moondarra nicht mindestens so monströs wie Trudis Haus wäre, aber dann erinnerte ich mich an all die leeren Versprechen und an den Eierkonsum der Günthersens und wusste, es blieb mir keine andere Wahl.

Ich überflog den Weg vor Trudis Haus. Fasziniert betrachtete ich die Piste aus der Luft. Der Staub stieg hinter jedem Auto auf, wie ich es nur von Hanno kannte, wenn er in seinen Milchreis nieste und auf diese Art explosiv Zimt und Zucker auf Jana und den Küchentisch verteilte. Ich folgte dem Weg, der durch eine triste Wohngegend führte und schließlich zu einer Pflasterstraße wurde. Von oben sah sie schön aus, dachte ich. Im Dacia fühlte sich diese Straße immer an wie die pure Folter. Ich hatte wegen ihr schon so manch locker sitzende Feder verloren. In den Höfen und Gärten konnte ich hüpfende bunte Punkte erkennen, Kinder in hässlichen Anoraks, die auf der Suche nach Eiern waren. Mir war, als würden die feinen Stimmchen Tausender ungeborener Vögelchen zu mir hinaufkrakeelen: »Bördie!!«, krakeelten sie. »Hiiiiiilfe!!«

Auf keinen Fall würde ich in so einem Eier-Geister-Garten landen. Mein Plan war, in eine dieser Ferkeltaxen zu kommen, die Hedda erwähnt hatte, und damit nach Berlin zu fahren. Von dort aus musste ich irgendwie in den Bauch eines großen Flugzeuges gelangen, um die Reise nach Moondarra anzutreten. Zwischendurch musste ich aber unbedingt eines dieser geilen Spatzenweibchen begatten, die hier in Scharen, ich sage Ihnen, in rolligen Massen umherflogen! Das war ja unglaublich!

Ich entdeckte einen Kirchturm, der mir bekannt vorkam. Hier in der Nähe mussten die Günthersens ihr Haus haben. Ich senkte meine Flughöhe und ließ mich auf einem Baum vor der Kirche nieder, um Luft zu schnappen, na ja, sagen wir es, wie es wirklich war: um ausgiebig zu röcheln! Ich hatte in meinem Leben noch nie so einen Long-Distance-Flug gemacht. Schnappatmend saß ich auf einem dicken Ast und drehte meinen zuckenden Kopf von links nach rechts, um die Umgebung zu scannen. Im Nachhinein kann ich sagen: Ich bemerkte ihn eigentlich sofort. Seine Anwesenheit war, wenn ich mich so zurückerinnere, schon bei meiner Landung spürbar. Doch unendliche Stunden auf der Stange, und dabei Songs von David Hasselhoff zwitschernd, hatten anscheinend meine Instinkte getrübt. Die Tatze erwischte mich an der langen Schwanzfeder. Der Kater war fett und alt und hatte deshalb nicht sofort ins Schwarze getroffen. Ich flog sofort vom Ast weg, doch meine Schwanzfeder, mit der ich die Richtung meines Fluges navigieren konnte, war irgendwie kaputt. Ich trudelte zu Boden. Der Kater sprang hinterher. Ich wusste, auf dem Boden würde mein letztes Stündlein schlagen, denn dort war mir das Vieh haushoch überlegen. Ich gab alles, ich flatterte wie wild mit meinen Flügeln, doch der Flug von Trudi bis hierher hatte mich doch schon einige Kraft gekostet. Ich plumpste in das Gras und sah schräg über mir einen dunklen Schatten auf mich niedergleiten. Das war's, dachte ich und versuchte, noch einmal an was Schönes zu denken: die große Badeschale in unserer Voliere in Moondarra, das Innere des Sandelshausener Baumkuchens, Charlies Kloake … und dazu hatte ich die ganze Zeit diese Melodie im Ohr: »I've been looking for freedom …« Ich freute mich auf einen schönen Tod. Doch plötzlich kreuzte ein schmaler Schatten den fetten Schatten mit Gejaule. Knapp hinter mir fielen die Schatten zu Boden und keiften und miauten. Ich drehte meinen Kopf und sah: Soli! Soli kämpfte mit dem fetten Kater! Aber wie! Er schlug seine Tatzen in das graue Gesicht, bäumte sich auf, machte sich lang, sprang ihn an und fetzte mit seinen Tatzen an dem dicken Kater herum.

»Soli! Soli!«, feuerte ich ihn an.

Er schlug konzentriert auf den Kater ein, bis dieser sich endlich davontrollte. Soli setzte sich und leckte sich genüsslich die Kampf-Pfoten. Ich wusste nicht so recht, was ich tun sollte. Schließlich wollte mich Soli noch vor wenigen Wochen fressen. War das gerade nur ein Kampf ums Mittagessen gewesen? Er kam langsam auf mich zu, setzte sich vor mir ins Gras und schwang, ja ich möchte sagen, besserwisserisch seinen Schwanz hin und her.

»Alter, was war das denn?«, platzte es aus mir heraus.

»Hättest du nicht erwartet, was?«, sagte Soli.

»Warum hast du das gemacht?«, fragte ich.

»Weil du mir beigebracht hast zu fliegen!«, sagte Soli.

»Ach wirklich?«

»Ja. So wie gerade eben. Ich bin von einem anderen Baum direkt auf den Kater geflogen! Und das war nicht das erste Mal! Schon sechsmal hab ich so was geschafft!«

Insgeheim dachte ich, ach du lieber Schnabel! Soli hatte doch nur Zellstoff im Kopf. Er verwechselte auf die Fresse fallen mit fliegen. Und das hatte mir auch noch das Leben gerettet. »Stimmt!«, sagte ich stattdessen und: »Gut gemacht!«, lobte ich noch dazu.

»Ich hab noch nie einen Freund gehabt, der mir so was beigebracht hat«, sagte Soli nun etwas verlegen.

»Ja … äh … bitte schön«, versuchte ich eine Antwort.

»Danke schön.«

»Ja, und … nun?«

»Fress ich dich nicht.«

»Ach, toll! Leider muss ich los …«, ich versuchte wegzukommen, aber ich war immer noch etwas flügelschwach.

»Wohin denn?«

»Ich war auf dem Weg nach Moondarra, das ist, wo ich herkomm.«

»Ach ja, du warst ja von drüben.«

»Auf jeden Fall immer Richtung drüben, dann kommst du irgendwann an.«

»Und deine Familie?«

»Meine Familie?«

»Ja, die, die dir zu essen geben!«

»Sie essen Eier! Wusstest du das?«

»Natürlich. Sie ertränken auch Katzenbabys.«

»Ja, aber essen sie Katzenbabys?«

»Hast du dich schon mal gefragt, woraus deren Jägerschnitzel ist?«

»Ich bin ein vegetarischer Sittich. Manche Fragen muss ich mir nicht stellen.«

»Glück gehabt.«

»Lass uns los. Ich will keine Zeit mehr verlieren.«

»Gut, ja ... wohin?«

»Nach Moondarra!«

»Okay. Aber ich muss zum Sonnenuntergang wieder bei meinem Frauchen sein. Sie bekommt Atemnot, wenn ich nicht pünktlich an meinem Milchtöpfchen bin. Sie ist sehr alt, weißt du.«

»Meinetwegen. Wir müssen erst mal nach Berlin!«

»Berlin ist weit. Und auch nicht wirklich drüben. Also beziehungsweise es ist beides, sagen die Leute.«

Das interessierte mich nicht, ich wollte los. Doch ich merkte, dass meine lädierte Schwanzfeder mich quasi gefechtsunfähig gemacht hatte. Das ärgerte mich sehr! Denn nach Moondarra laufen kam nicht in Frage.

Mit leicht zerschlissenem Schwanz lag ich also darnieder im Grase, wie es ein gebildeter Sittich auszudrücken weiß, und dachte zum ersten Mal ernsthaft darüber nach, wie mein Leben nun weitergehen sollte, anstatt mich einfach nur vor dem Tod zu fürchten. Trotzdem nahm ich mit meinem siebten Vogelsinn einen Blick wahr, der auf meinem extrem schönen Gefieder ruhte. Irgendwer beobachtete uns, und mit einer Dreihundertsechzig-Grad-Drehung meines Halses stellte ich fest, dass sich uns ein kahlrasierter Junge in Hannos Alter näherte.

Er trug eine feine, sehr dicke Jacke aus schwarzem Satin, wie es schien (zumindest im Sonnenschein), und auf seiner Brust war ein großer Vogel auf weißem Hintergrund aufgenäht, dadrunter ein paar Farben, die eindeutig auch in meinem Gefieder vorkamen: Schwarz, Weiß, Rot! Mein Herz hüpfte. Ein radikaler Vogelfreund anscheinend, der die Szenerie beobachtet hatte und nun zu Hilfe eilte. Nun stand er vor uns und schaute auf Soli und mich herunter. Der Vogel auf seiner Jacke war ein schöner großer Adler.

»Na, mein kleiner Kamerad?«, fragte der Junge, dessen Kopf von nahem einem männlichen Geschlechtsorgan ähnelte.

»Erich, mach mal Piep!«, piepte ich.

Dafür bekam ich zunächst keine Reaktion von dem Vogelfreund, nur Soli rollte seine Katzenaugen.

»Was hast du gesagt?«

»Erich, mach mal Piep!«, wiederholte ich, und nun breitete sich in Zeitlupe ein Grinsen über das Gesicht des Vogelfreundes aus, gleichmäßig und schön wie ein Tintenklecks, aber so, als müsse er erst mal austesten, ob sein Gesicht das überhaupt konnte.

»Das ist ja klasse!«, sagte er, und: »Erich, mach mal Piep, fetzt ja wie Sau!« Dann riss er seinen Mund auf, und im ersten Moment dachte ich, er wollte eine große Portion Luft essen, aber dann begriff ich, dass er lachte. Lautlos und mit aufgerissenem Mund! Es war etwas seltsam, aber es amüsierte mich. »Du bist mir einer … aber recht hast du!«, sagte der Junge, als er sich erholt hatte.

Ich blickte auf seine schwarzen Stiefel, die das halbe Bein hochgeschnürt waren. Vielleicht gar nicht so eine schlechte Idee, an den Schnüren hinaufzuklettern und sich von ihm ein Stück tragen zu lassen. Ich hüpfte in Richtung des rechten schwarzen Stiefels.

»Oh, bist du verletzt, mein kleiner Freund?«, bemerkte der Junge.

»Piep!«, machte ich, denn es stimmte.

»Na, warte mal ... ich helfe dir!«

Nun gut, dachte ich. Falls er mich nicht aus Versehen aufessen sollte, wenn er das nächste Mal wieder so extrem lachte, dann wäre es gut, sich von ihm helfen zu lassen.

Sanft hob er mich hoch und hielt mich in seiner hohlen Hand. »Wie leicht du bist«, sagte er, »und wie schön!«

Das schmeichelte mir etwas, meine roten Federn glühten.

»Wie heißt du denn?«, fragte der Junge, und ich wunderte mich, wie leicht mir »Bördie!« aus dem Schnabel rutschte.

»Hallo, Bördie, ich bin Nico!«, sagte der Junge.

Soli mauzte laut. Aber Nico trug mich schon in der hohlen Hand davon. »Ey, Ronny!«, rief er, als wir vom Rasen der Kirche auf die Straße gingen. »Guck mal, ich hab einen Vogel!«

Ronny war ein sehr fetter Junge, der so viel Masse hatte, dass es schon einem Kraftakt gleichkam, wenn er seine Augen bewegen musste. Er saß auf der Treppenstufe eines Gebäudeeingangs, in einer Hand ein Bier, die andere hing schlaff über seinem dicken Schenkel. Ronny rülpste, noch bevor er es schaffte, in unsere Richtung zu gucken. »Das ist uns nicht neu, Kamerad«, rief Ronny, während wir auf ihn zusteuerten.

»Nein, ich meine einen echten«, sagte Nico und hielt mich seinem Freund hin.

Auch er war ein extremer Vogelfreund! Das kann ich Ihnen sagen! Er hatte den großen Vogel sogar auf seinem Hals tätowiert. Das muss ein wahrer Ornithologe sein, dachte ich. Ich hatte gehört, dass es Menschen gab, die sich wirklich fundiert wissenschaftlich mit anderen Arten auseinandersetzten, unter anderem auch mit Vögeln. Ja, da staunen Sie. Aber das gab es tatsächlich. Ronnys müder Blick ruhte schwer auf mir. In Zeitlupe streckte er einen Finger aus und versuchte mir ins Auge zu piken. Wahrscheinlich war das eine Art Untersuchungsmethode, ich wehrte mich trotzdem und hackte ihm in den Finger. Da machte ich keinen Unterschied: Ob Ornithologe oder Hanno Günthersen, zunächst sollte man sich immer verteidigen. So wie Hedda immer sagte, wenn sie keine Lust hatte, ans Telefon zu gehen: Wenn es wirklich wichtig war, dann versuchen sie es sowieso noch mal oder schreiben ein Telegramm.

»Scheiße, der ist gefährlich«, sagte Ronny und rülpste erneut.

»Nein, der ist verletzt«, sagte Nico und drehte Ronny mein Hinterteil mit der hängenden Schwanzfeder zu.

»Vielleicht hilft ein bisschen Garley«, sagte Ronny und hielt die Öffnung seiner Flasche über meinen Kopf.

»Ronny, hör auf!«, sagte Nico.

»Was bist denn du für eine Schwuchtel?«, fragte Ronny und spritzte Nico etwas Bierschaum auf die Jacke.

»Aus Versehen draufgewichst!«, kommentierte Ronny seine Aktion.

»Wir sehen uns später«, sagte Nico und drehte sich mit mir um.

Wir gingen durch das graue Sandelshausen. Nico trug mich etwas stolz, so schien es mir, vor sich her, wie eine kleine Taschenlampe, die überall ein bisschen mehr Licht machte. Schließlich blieb er vor einer Haustür stehen und drückte die Klingel. Eine Frau in einem sehr engen weißen Kittel machte uns auf.

»Tante Agatha, guck mal, was ich gefunden hab!«, sagte Nico. Die Frau sah mich an und geriet schockartig in Verzückung.

»Nico! Was hast du denn da?«

»Ich weiß nicht, vielleicht eine besondere Spatzenart, aber es ist verletzt!«, sagte er, wobei er mit »es« mich meinte, was mich etwas kränkte.

»Bördie!«, bestand ich tschilpend auf meinem Namen.

»Er ist verletzt!«, grinste Nico wieder mit seinem kahlen Kopf auf mich runter.

»Mensch, den zeigen wir gleich mal dem Doktor!«, und sie brachten mich durch einen kleinen Raum mit Stühlen, in ein Zimmer mit einer großen Metallliege und Gerätschaften, die mich an Heddas Kochwerkzeug erinnerten. Hinter einem Schreibtisch saß ein Mann und kämmte rauchend einen Pudel. »Herr Doktor Muggelmeißner, schauen Sie mal, was mein Neffe uns ins Haus gebracht hat!«

Der Herr Doktor Muggelmeißner sah von seinem Pudel auf, der Pudel knurrte, dem Doktor fiel die Zigarette in sein Fell, der Pudel jaulte, der Doktor nahm schnell die Zigarette aus dem Fell, schubste den Pudel vom Schreibtisch und bedeutete mit seiner freien Hand, mich auf seinem Schreibtisch abzulegen. Nico gehorchte und setzte mich vor dem Doktor auf den Tisch.

»Potzblitz!«, sagte Doktor Muggelmeißner und beäugte mich fachmännisch: »Platycercus eximius!«

Sag ich ja! Ein Ornithologe!

»Gesundheit, Herr Doktor!«, sagte Agatha, und Nico riss wieder lautlos seinen Mund auf. Das kannten wir ja schon. Das war ein gutes Zeichen.

»Ich glaube, das ist der Kleine von den Günthersens!«, rief der Doktor aus.

»Piep!«, machte ich, denn es stimmte.

»Rainer hatte mir neulich so etwas erzählt und gefragt, ob die geimpft werden müssen. Ist natürlich Quatsch. Eher müssen wir gegen die geimpft werden, nicht wahr? Nicht wahr, meine kleine exotische Parasitenschleuder?«, neckte mich der Doktor, aber ich fand es gar nicht lustig. Ich hackte in seinen Finger.

»Ich glaube, er hat was mit seiner großen Feder«, sagte Nico jetzt besorgt.

»Hm, hm, hm, nun gut. Ich verständige die Günthersens. Äh, Nico, du kannst gehen.«

»Aber ich will wissen, ob er wieder gesund wird!«

»Du bist doch mit Hanno auf einer Schule, du kannst ihn bestimmt nach den Osterferien fragen!«

»Wir reden nicht.«

»Tja, das ist natürlich nicht förderlich, wenn man etwas vom anderen wissen will. Nun gut, tschüss, Nico«, sagte der Doktor noch mal, Agatha zuckte die Schultern, und Nico sah mich traurig an: »Tschüss, Bördie«, sagte er und verließ den Raum.

SOMMER

1.

Abschied

Ich war durchaus erstaunt, wie warm es in Sandelshausen werden konnte. Auf den stinkenden Blechkutschen hätte man Spiegeleier braten können, und die weißen dauergewellten Menschen verwandelten sich in zweibeinige Broiler. Die Mittagshitze konnte einen fertigmachen. Jana und Hanno kamen jeden Tag mit aufgeschürften Knien nach Hause. »Sommerknie« nannte Hedda das. Für mich war es ein eindeutiges Indiz dafür, dass es hier mehr Beton als Rasen gab, aber was scherte es mich als Vogel? Eben. Meine Schwanzfeder war schnell wieder nachgewachsen. Ich konnte fliegen und buchstäblich auf den Beton scheißen, meine verehrten Leserinnen und Leser. Und fliegen durfte ich jetzt viel. Sogar bei offenem Fenster. Nach meinem großen Ausflug an Ostern hatte ich den Schnabel gestrichen voll von der Freiheit. Ich hatte mich innerlich erst mal davon verabschiedet. Schließlich hatte ich es hier mittlerweile schon richtig zu was gebracht. Eine Kuchenspezialität war mir nachempfunden, ich war das Maskottchen des Freikörper-Kegelclubs Sandelshausen e.V. und hatte mehrmals in der Zeitung gestanden. Ein Foto von mir hing seit

Wochen in der »Straße der Besten« in der Sandelshausener Baumkuchenfabrik. Und ich war zuversichtlich, dass ich auch im Entertainment-Bereich die Karriereleiter erklimmen würde, denn Hanno hatte angefangen, mich in seinen akrobatischen Showtanz einzubauen. Wenn er Witze erzählte, um sich zu erholen, saß ich auf seiner Schulter und rief auf sein Zeichen »Applaus, bitte!«. Dann lachten die Menschen und applaudierten. Das hatten wir jetzt ganz neu eingeübt. Was das anging, waren Menschen wirklich so abrichtbar wie ein paar Wellensittiche. Sowieso war auf einer Schulter sitzen und etwas rufen mein neues Hobby. Besonders auf weiblichen Schultern war es wunderbar, denn das, was ich anfangs für tote Artgenossen gehalten hatte, waren in Wirklichkeit riesige Polster, auf denen man bequem sitzen konnte! Hedda schimpfte zwar immer, wenn ich dabei meine Kloake zu sehr entspannte und mir so einiges durch die Lappen ging, trotzdem ließ sie es zu, dass ich mich immer wieder auf ihrer Schulter breitmachen konnte.

Eines Tages, ich saß gerade mal wieder auf ihrem körpereigenen Sitzpolster, schrillte das Telefon. Hedda ging mit mir in die Stube und nahm ab. Ich konnte auf ihrer Schulter sitzend mithören: »Günthersen, Kleine Aue 8?«

»Hedda ...«

»Hallo Raini!«

»Hedda ... Mutti ist im Krankenhaus.«

»Was?!«

»Herzinfarkt. Sieht nicht gut aus. Ich bin schon da.«

»Wir kommen, wir kommen!!«, Hedda rannte in die Küche, schnappte ihren Beutel, nahm mich auf ihren Finger, sah mich kurz scharf an, setzte mich wieder auf ihre Schulter und raste mit mir die Treppe des Hausflures hinunter. Sie holte Hanno und Jana vom Hof und stopfte die beiden, inklusive Hannos Skateboard, auf die Rückbank des Dacias.

»Mama, was ist denn?«, fragte Hanno, aber Hedda antwortete nicht. Sie fuhr über eine rote Ampel und blickte starr geradeaus.

Ich sage Ihnen, so hatte ich sie noch nie gesehen. Ich saß auf ihrer Schulter und fuhr zum ersten Mal auf dem Pilotensitz mit. Sie fuhr so schnell, dass mir die Bürzeldrüse sauste. Wir hielten vor einem monströsen Betonklotz mit einem roten Kreuz über dem Eingang. Hedda hatte das Auto halb auf dem Gehweg geparkt. Sie riss die Tür auf und lief, mit mir auf ihrer Schulter festgekrallt, zum Eingang. Ich drehte mein Kopf um hundertachtzig Grad und sah, wie Hanno seine Schwester und sein Skateboard nahm und versuchte, uns nicht aus den Augen zu verlieren.

»Gertrud Günthersen?«, fragte Hedda hektisch in die Glaswand hinter dem Eingang hinein, hinter der eine dicke Frau in Weiß saß.

Sie öffnete schwermütig eine kleine Luke im Fenster: »Wurde gerade operiert …«, sagte sie sanft rumpelnd wie ein Pferd, das schwer schleppte.

»Wo ist mein Mann?«, schrie Hedda jetzt fast.

»Wer ist Ihr Mann?«, rumpelte es zurück.

»Na, der Sohn?«

»Das müssen sie schon ein bisschen genauer …«

»Rainer, Rainer Günthersen, Mensch!«

»Hmmmmmmmm«, sagte sie sehr lange und nahm in Zeitlupe einen Telefonhörer in die Hand. Sie wählte eine Nummer und es rumpelte: »Empfang hier. Günthersen – ist die noch im OP? Hmmmmmmmmm. Verstehe. Ver-stehe. Ja. Ja. Ja. Guck mal nach. Ja? Hmmmmmmm.«

»Geht das nicht etwa schneller! Wenn Sie noch langsamer telefonieren, telefonieren sie rückwärts«, rief Hedda und haute gegen die Scheibe, dass es schepperte. Zum Glück war die Scheibe keine echte Scheibe, weil das wahrscheinlich zu teuer gewesen wäre, und so schepperte eigentlich nur ein riesiges Stück Plexiglas.

»Ihr Mann wartet auf Station sieben, Wartezimmer 7D. Der Vogel muss aber draußen bleiben«, sagte die Frau unbeeindruckt.

»Jaja ...«, sagte Hedda und rannte schon los.

»Heeeeeeee!«, rumpelte es uns noch nach.

Aber Hedda lief einfach weiter, Hanno und Jana so schnell sie konnten hinterher. Dann zog sie die Kinder auf das Damenklo. Sie nahm mich von der Schulter und setzte mich in ihre Frisur! Ich war zu erstaunt, um nach ihr zu picken. Sie warf einen prüfenden Blick in den Waschraum-Spiegel: »Was meint ihr, Kinder? Geht Bördie als Spange durch?«

»Mama, das ist aber schön!«, sagte Jana, und ich machte »Piep!«. Ich sah im Spiegel wirklich aus wie eine exotische Spange in Heddas blondierter, aufgegeilter Frisur. Es roch alles nach Klarlack und war so klebrig, dass ich, selbst wenn ich gewollt hätte, nicht mehr ohne fremde Hilfe aus diesem blonden Nest herausgekommen wäre.

»Gut, auf geht's ...«, und dann ging es im Laufschritt in den siebten Stock, weil die Aufzüge defekt waren. Klatschnass kamen Hedda und die Kinder oben an. Mir ging es ganz gut in Heddas Frisur, ich brauchte keinen Flügel krummmachen. Begriff aber immer noch nicht, was los war.

Rainer stürmte auf uns zu. Er sah furchtbar aus. Als wäre ein Trabbi durch sein Gesicht gefahren: »Hedda ...«

»Rainer!«

»Hedda, sie sagen, die OP ist durch. Es geht ihr sehr schlecht.«

»Papa, was ist denn?«, fragte Jana.

»Oma Trudi ist sehr krank«, sagte Rainer mit versagender Stimme. »Am Herzen.«

»Wegen Opa?«, fragte Hanno.

Rainer lächelte. »Nein ... nicht wegen Opa. Das Herz kann einem auch so weh tun. Wie deine Waden nach dem Showtanz, Hanno. Nur schlimmer ...«

Eine Schwester kam in den Warteraum. Ihre Uniform und ihr Gesicht waren eher grau als weiß, was irritierend gut zum grau-grünen Wartesaal passte. Fast als hätten die Wände durch sie ein Gesicht bekommen. »Herr Günthersen, Sie können jetzt zu Ihrer Mutter, wenn Sie wollen. Sie können sich von ihr verabschieden.« Sie sah an uns allen vorbei, als hätte sie hinter uns, vor dem Fenster, im Himmel, irgendetwas Spannenderes entdeckt.

»Was?«, sagte Rainer leise.

»Wo will Oma denn hin?«, fragte Jana.

»Das muss Ihnen der Arzt erklären. Ich bin nicht befugt. Wollen Sie den Arzt sprechen? Müssten Sie warten.« Sie blickte immer noch aus dem Fenster.

Hedda streichelte Rainer am Arm.

»Nein, wir wollen sie sehen«, sagte er.

Und so gingen wir in Trudis Zimmer. Ich begriff immer noch nicht so recht, was passiert war. Aber als die Tür aufging und ich Trudi im Bett sah, da wusste ich, dass sie sterben würde. Ich wusste es so instinktiv, dass ich mich lang und glatt machte wie ein bunter Handschuh – ich war in Alarmbereitschaft. Aber Trudi nicht. Trudi lag so tief eingesunken in den Kissen, dass es aussah, als würde sie davon verschluckt werden.

»Mutti …«, sagte Rainer und grub nach ihrer Hand unter der Bettdecke.

Hanno und Jana blieben an der Tür stehen. Hedda drehte sich mit mir auf dem Kopf zu ihnen: »Kommt … kommt doch ein bisschen näher ran.«

Dann kamen sie zum Bett. Auch Hedda stellte sich seitlich davon auf. Sie streichelte Trudis Wange. »Mensch, Mutti, was machste denn?«

Trudi öffnete die Augen. Sie sah uns an. Als sie mich auf Heddas Kopf entdeckte, lächelte sie. Sie sah Rainer an, öffnete den Mund und sagte mit einem scheinbar unglaublichen Kraftaufwand: »Gönnt … euch … endlich … mal was …«

»Was, Mutti?«, fragte Rainer.

»Hast mich verstanden«, sagte sie. Sie schaute Hanno und Jana an und machte die großen Augen, die sie immer machte, wenn sie böse, aber auch eigentlich nicht so richtig böse auf die beiden war. Hanno und Jana zogen die Luft ein, Trudi lächelte: »Oma hat euch alle lieb.« Dann schloss sie die Augen.

Es war still im Zimmer. Es war so still im Zimmer, dass es mir fast in den Ohren weh tat. Ich glaubte aber, ich konnte hören, wie der Staub in den Lichtstrahlen zwischen den zugezogenen Gardinen tanzte. Einen Abschiedstanz tanzte. Dann gab es auf einmal ein surrendes Geräusch aus einem Kasten neben Trudis Bett. Eine rote Lampe sprang an. Die Schwester kam ins Zimmer gerannt, hinter ihr eine andere Frau in einem langen Kittel: »Bitte verlassen Sie für einen Moment den Raum.«

Wir schlichen wie betäubt auf den Flur. Noch zwei andere Menschen im Kittel rannten in den Raum. Nach einer gefühlten Ewigkeit wurde die Tür wieder geöffnet, und Rainer brach in lautes Schluchzen aus.

2.
Ausflug mit Jana

Die nächsten Tage erlebte ich wie in Trance. Der Käfig stand immer offen, und ich bediente mich am Obstkorb auf dem Küchentisch. Keiner scheuchte mich weg. Rainer lag im Bett. Die Sommerferien hatten begonnen. Hanno gab mir regelmäßig frisches Wasser. Er saß meistens in der verdunkelten Stube vor dem Fernseher. Die Jalousien waren runtergezogen, damit die Hitze nicht in den Raum dringen konnte. Ich konnte es durch die offene Küchentür sehen. Wie eine dunkle Höhle sah es aus. Leise flimmerte der Fernseher. Jana spielte alleine auf dem Hof. Selbst Soli schien antriebslos in diesen warmen, drückenden Tagen. Er lag faul im Schatten und schwang den Schwanz nicht einmal, wenn eine Fliege ihn belästigte. Lediglich ein Zucken seiner Schnauze konnte er sich abringen. Hedda saß in der Küche und weinte, aber sie unterhielt sich nicht mit mir und reagierte nicht, wenn ich auf ihr landete.

Jana kam hoch und ging durch die Wohnung. Ich konnte sie durch die Zimmer stampfen hören. Dann kam sie in die Küche. Hedda schien sie nicht zu bemerken. Sie nahm meinen Käfig und ging mit mir runter. »Komm, Bördie, wir machen eine kleine Reise …«

Ich war ganz froh, mal rauszukommen aus dem Haus, das plötzlich so still geworden war. Jana spazierte mit meinem Käfig in der Hand durch Sandelshausen, Richtung Dumme. Ob Sie es glauben oder nicht, so hieß der kümmerliche Fluss, der durch die Stadt floss und von dem die Leute behaupteten, er gäbe Sandelshausen ein sogenanntes »Flair«. Was auch immer das heißen mochte. Jana stampfte eine trostlose Betonstraße zur Dumme herunter. Es war sogar für australische Verhältnisse ziemlich heiß. Wir hielten schließlich an einer Böschung.

Jana schleuderte ihre Sandalen Richtung Dumme. Als hätte sie beschlossen, dass sie die nicht mehr brauchte. Sie zog ihre goldene Haarklemme aus dem dicken Bauernzopf – die brauchte sie schon seit ungefähr heute Morgen nicht mehr, als Hedda sie ihr in die Kopfhaut gerammt hatte. Emsig fing sie an, damit den Teer zwischen den großen Betonplatten zu bearbeiten. Da konnte man doch was rausholen! Da konnte man doch ziemlich gute, hässliche Muster reinritzen, und das Beste war: Am Abend würde es wahrscheinlich regnen, der Teer würde abkühlen, und sie hätte ein Kunstwerk für die Ewigkeit geschaffen. Ich konnte ihr ansehen, dass sie das dachte. Ihr Gesicht war wie ein offenes Buch … oder eher wie ein »Lustiges Taschenbuch«.

Mühevoll stach sie den Umriss eines menschlichen Genitals in die weiche Teer-Masse. Das Schamhaar würde zu einer echten Herausforderung werden. Ich fragte mich ernsthaft, was bei diesem Kind schiefgelaufen war. Während sie da so hockte, hing ihr der halbe Arsch aus der Hose, und sie hörte nicht, wie ihr Bruder angefahren kam. Sogar das manische Klingeln überhörte sie. Selbst schuld. Hanno parkte den Vorderreifen seines Fahrrads in der Arschritze seiner kleinen Schwester.

Da musste selbst ich kurz grinsen. Also innerlich.

»Eeeeeeeeeey, Arschloch!!!«

»Dachte, is ’n Fahrradständer. Da gehören Fahrräder eben rein!«

»Du Arsch, ich blute!«

»Zeig mal.«

»Hier.«

»Ach, ist nur 'n Kratzer, stell dich nicht so an.«

»Ich hasse dich!«

»Es ist dreiviertel sieben. Wo warst du?«

»Na, hier!«

»Du solltest viertel sieben zu Hause sein. Abendbrot.«

»Hab meine Flik Flak verloren.«

»Du hast sie am Handgelenk!«

»Ja, aber die kann ich nicht lesen.«

»Warum kannst du schon Bücher lesen, aber keine Uhr?«

»Warum kannst du die Uhr lesen, aber keine Bücher?«

»Maul! Steig jetzt auf, Mama macht sich Sorgen!«

»Was gibt's denn?«

»Stulle mit Brot.«

»Sind immer noch alle so traurig?«

»Ja.«

»Wo ist denn Oma?«

Hanno überlegte kurz. »Siehst du Bördie?«

»Ja, klar!«

»Klar, weil er ja bunt ist, stimmt's?«

»Ja.«

»Siehst du, wenn Menschen sterben, dann verwandeln sie sich in Vögel. Aber sie sind dann durchsichtig … oder besser gesagt: so wie Chamäleons. Sie tarnen sich dann so gut, dass man sie nicht mehr sieht. Aber sie fliegen hier umher und beschützen uns. Und Oma Trudi auch. Sie ist jetzt ein getarnter Rosellasittich.«

Jana überlegte kurz. »Das heißt, sie kann uns die ganze Zeit sehen und hören, aber wir sie nicht?«

»Ja.«

Und dann flüsterte Jana: »So wie die Männer, die in dem grünen Auto bei uns vor der Tür saßen? Wo Mama gesagt hat, die sehen und hören alles?«

»Nein … die haben nur gedacht, dass wir sie nicht sehen.«

»Ja, stimmt.«

»Aber Oma Trudi sehen wir wirklich nicht. Wenn du deine Augen zumachst und ganz genau hinhörst, dann kannst du sie aber vielleicht zwitschern hören!«

Und dann schwiegen Jana und Hanno und lauschten dem Rauschen der Bundesstraße und dem Plätschern der Dumme, und tatsächlich, irgendwo fing ein Vogel an zu zwitschern.

Mit lädiertem Hintern stieg Jana schließlich auf den viel zu hohen Sattel. Mich samt Käfig hängte sie an das verdammte Lenkrad. Nur Gott weiß, welche Prüfung das jetzt wieder für mich sein sollte. Hanno, mit seinem Arsch auf dem Gepäckträger sitzend, trat die Pedale des Damenrads. So fuhren wir wie ein kleines Mensch-Vogel-Kunstwerk Richtung Kleine Aue 8 durch Sandelshausen.

3.
Badeanstalt

In den großen Ferien 1990 war es dann bereits so weit gekommen, dass ich mit den Günthersens regelmäßig auf der Schulter aus dem Haus durfte. Der Käfig stand nur noch pro forma in der Küche. Ich saß zum Körnerfressen drin und um ordentlich von der Stange zu kacken, denn Hedda hatte es nicht gerne, wenn ich in der Wohnung für eine »natürliche Politur« sorgte, wie sie es nannte.

Ich hatte keine Fluchtambitionen mehr. Warum auch? Die Günthersens merkten das natürlich, und so durfte ich sogar mit Jana und Hanno in die sogenannte Badeanstalt! Ich glaube, Rainer und Hedda waren ganz froh, wenn wir aus dem Haus waren. Die Stimmung war nach wie vor so, als würden wir uns jeden Raum mit einem verfetteten Elefanten teilen … also eher gedrückt. Und so ließen sie uns fast täglich in die Badeanstalt ziehen, wo ich mein Bestes tat, um ein bis zwei Augen auf die beiden zu werfen. Denn ganz in freier Wildbahn waren Hanno und Jana zu fett und zu übermütig, um gegenseitig auf sich aufzupassen.

»Zwei Schüler, ein Vogel«, sagte Hanno immer am Eingang, während ich ihm in der Mittagshitze von der Schulter schiss. Die Frau hinter der Glasscheibe guckte streng und warf den beiden dann zwei Papiertickets durch den Schlitz.

»Vogel geht umsonst, weißt du doch langsam! Aber wehe, der scheißt wieder auf die Rutsche!«

Und insgeheim dachte ich: Warum eigentlich nicht? Bisschen Schmiermittel tat diesem alten Blechrohr mal ganz gut! Dann müssten sich die Kinder nicht scharenweise ihr Textil in die Ritzen stopfen, um auf Höchstgeschwindigkeiten zu kommen. Wenn Sie mich fragen, war das sehr viel unansehnlicher als ein paar Kackklekse in der Rutsche! Und es führte zu zahlreichen Schürfwunden. Aber gut, mich fragte ja keiner.

Hanno sackte die Tickets ein, und wir betraten durch ein riesiges, rostiges Drehkreuz die Badeanstalt. Die Badeanstalt! Etwas Vergleichbares hätte ich mir in meinen kühnsten Träumen nicht ausmalen können. Es sah aus, als wäre meine Wasserschale ins Land der Riesen gezaubert worden. Und darin planschten kleine, weiße Fleischklöpse in hässlichen Textilien. Das Wasser war eine grünliche Brühe, an klaren Tagen konnte man erkennen, wie vom Beckenboden die Pilze und das Moos sprossen. Wie ein überfluteter Wald. Und so roch es auch. Irgendwie modrig. Von den Betonwänden des Beckens platzte rundherum die himmelblaue Farbe ab, die Farbsplitter sammelten sich in den Ecken des Beckens, wo sich das Wasser kaum bewegte. Wie ein paar versteinerte Monster ragten zwei Sprungtürme vom Beckenende hoch auf. Sie trotzten jedem Sommergewitter und jedem übergewichtigen Kind, denn sie waren aus Beton. Genauso wie die Umkleiden, die immer rochen wie Hannos Chemiebaukasten, wenn er damit mal wieder »experimentierte«. Barfuß und furchtlos steuerten Jana und Hanno von dort zunächst immer das Kinderbecken an, das nichts weiter als eine mit blauer Folie ausgelegte Kuhle war. Das Wasser reichte ihnen an der tiefsten Stelle gerade so bis zu den Waden, und der Witz war, sich in die Mitte des flachen Beckens wie ein Pottwal fallen zu lassen und dabei so viel Wasser zu verspritzen, dass die Kleinkinder am Rand anfingen zu plärren. Ich flatterte dann immer aufgeschreckt hoch, denn so sehr ich den Anblick der Badeanstalt und des Wassers liebte, so wenig wollte ich eins: nass werden. Plötzlich schrillte eine Pfeife.

»Sagt mal, Sportsfreunde! Wie alt sind wir denn?«, rief eine Frau, die aussah wie ein Broiler, der zu lange im Ofen gelegen hatte. Ihre weißblonden Haare waren dauergewellt, und wenn sie ihr Gesicht zwischen dem Schreien entspannte, konnte man sehen, dass ihre Falten tiefe, weiße Täler hatten, die von der Sonne verschont geblieben waren. Sie trug einen orangen Badeanzug, der am Beim viel zu weit ausgeschnitten war. Um ihren Hals baumelte die Trillerpfeife.

»Wir sind neunzehn!«, schrie Hanno.

»Willst du mich veräppeln? Raus da!«, schrie die Frau wieder.

»Sie ist sieben, ich bin zwölf. Es ist die Wahrheit!«

»Raus, hab ich gesagt! Seepferdchen ins Schwimmerbecken!«

»Aber ich bin ein Pottwal!«, rief Jana.

»Seepferdchen und Pottwale ins Schwimmerbecken!«, rief die Frau.

Hanno bewegte seinen Körper in Wellen, wie ein Seepferdchen, das gerade von einer starken Strömung erfasst worden war, und wieherte laut: »Wir sind Pferde und Wale der See, und mein Freeze ist so cool, er tut deinen Pommes weh!« Und Hanno freezte mitten im Planschbecken.

Jana lachte begeistert, und die Frau, die uns vom Beckenrand angeschrien hatte, warf ihren Schlappen nach Hanno.

»Rrrrrraus!«, brüllte sie, und die beiden trollten sich aus dem Becken.

Ich landete auf Janas Schulter, denn ich wusste schon, dass sich nun die Wege trennen würden. Hanno würde mit einer Arschbombe im großen Becken verschwinden. Meistens lieh er sich von irgendjemandem eine Taucherbrille aus und ging »Pilze sammeln«. Er verschenkte sie dann wie einen Strauß Blumen an die Dame seiner Wahl, und diese knallte ihm nicht etwa empört eine, nein, Hanno war sehr erfolgreich bei den jungen Damen von Sandelshausen. Das hatte ich nun schon zur Genüge beobachten können. Denn sie fühlten sich keinesfalls beleidigt, wenn Hanno mit einem Strauß frisch gepflückter Beckenpilze auf ihre Decken sprang. Im Gegenteil. Von Hanno konnte ich mir, was die Balz betraf, noch viel abgucken. Irgendetwas an ihm war so unterhaltsam, dass er, selbst wenn er sich Pommes in die Nase steckte, die Damenwelt immer noch verzauberte. Dabei besaß er nicht mal eine Bürzeldrüse! Und trotzdem hatte er nach fast jedem Besuch in der Badeanstalt eine neue Freundin. Eigentlich sollte er ja auf Jana aufpassen, was aber zunehmend zu meinem Job wurde, zumal ich dabei trocken blieb.

Jana übte mit ihrem Luftring um den Bauch sehr diszipliniert und selbständig Schwimmen im flachen Bereich des »großen Beckens«. Ich saß auf ihrem Kopf und unterhielt sie mit leichtem Ambient-Gezwitscher. Viele kannten mich schon aus der Zeitung. Die Leute grüßten mich deshalb im Vorbeischwimmen, und ich plusterte mich auf, um die paar Tröpfchen loszuwerden, die ich abbekam, wenn Jana mit der Hand auf die Wasseroberfläche platschte. Schwimmen – das war nicht so Janas Ding. Sie war ja nicht gerade grazil, was ihre Körpermasse anging, und

Schwimmen sah bei ihr eher so aus wie bei einem panischen Pitbull, den man ins Wasser geschmissen hatte und der jetzt versuchte, irgendwie zurück ans Ufer zu kommen. Auf diese Art und Weise zog sie tapfer ihre kurzen Bahnen.

»Wasser! Wasser!«, zwitscherte ich.

Und Jana sagte: »Keine Angst, Bördie!«

Einmal kam ein Junge in strammen Zügen an uns vorbeigeschwommen. Hinter ihm zwei Kumpels. Sie waren in Janas Klasse. Auf unserer Höhe hielten sie inne. Der Anführer hob seinen Kopf und grinste Jana an, die sich prustend fortbewegte: »Na, Günthersen? Ganz schön anstrengend, was? Aber keine Angst: Fett schwimmt oben!«, und er verzog seinen Mund zu einem hässlichen Grinsen. Seine Kumpels lachten.

Jana strampelte Wasser auf der Stelle und erwiderte nach kurzer Überlegung: »Scheiße auch.« Dann wandte sie sich ab und schwamm mit mir auf dem Kopf davon.

»Achtung, Achtung!«, kam es irgendwann aus den Lautsprechern, die auf der Liegewiese an langen Masten hingen. »Es ist 19 Uhr! Alle unter sechzehn Jahren raus aus dem Becken. Für euch ist Feierabend.« Und wie mit einem Magneten zog es die kleinen Menschen aus dem Becken in die Umkleide. Sie hinterließen eine Plörre, in der abgerupfte Pilze neben aufgeweichten Pommes schwammen und in die nun ein paar ältere Menschen dankbar hineinglitten. Ich verließ auf Janas oder Hannos Schulter die »Batze«, wie sie die Badeanstalt in cool nannten.

Falls Sie es noch nicht mitbekommen haben: Ich war längst ein cooler Vogel geworden. In der Umkleide, bevor wir die Batze verließen, stylte Jana meine Federn oft wie die von Sandra. Sandra, das war Janas Star. Sie hörte ihre Kassette im Wohnzimmer rauf und runter. Jana föhnte mein Federkleid, bis ich ihrer Meinung nach so aussah wie sie. Dabei trocknete ständig meine Augenflüssigkeit weg, so dass ich als Sandra-Bördie immer für einige Minuten blind auf Janas Schulter saß. Ich bin mir auch nicht sicher, ob ich wirklich anders aussah als sonst, denn meine Federn waren ja nicht einmal nass. Ich vermutete, dass es Jana eher um das Föhnen an sich ging als um das Ergebnis. Sie föhnte einfach unglaublich gerne. Ich war mir damals sicher, dass das bestimmt etwas war, was sie später studieren würde: Föhnologie. Denn es hieß, in der BRD konnte man alles studieren, was man wollte. Egal, woher man kam. Das sagten jedenfalls die Menschen.

»Maria Magdalena!«, sang sie, und ich bewegte meinen Kopf mit geschlossenen Augen im Takt.

Frisch gestylt verließen wir also die Batze. Meistens hatte Hanno ein Weibchen an der einen Hand und eine Tüte Pommes in der anderen. Jana und ich mussten mit dem Fahrrad vorfahren, weil Hanno zum Schnäbeln zurückbleiben wollte. »Du fährst vor! Hier hast du zwei D-Mark!«, sagte er, wenn Jana protestierte. »Geh dir beim Kiosk am Bahnhof 'ne Gummischlange kaufen, und warte da auf mich. Wehe, du fährst allein nach Hause, klar?«

Dazu muss man sagen, verehrte Leserinnen und Leser: Der Kiosk am Bahnhof war quasi schon fast zu Hause. Die Günthersens lebten wenige Flugsekunden davon entfernt. Das Entscheidende war, dass Jana nicht allein zu Hause ankommen durfte, denn dann würde es für Hanno eng werden.

»Aber du musst auf mich aufpassen!«, schimpfte Jana.

»Du hast doch 'nen Vogel!«, sagte Hanno trocken, und er hatte ja vollkommen recht!

Sie stieg auf ihr rosa Fahrrad, ich landete auf ihrem Lenker und hackte zweimal mit dem Schnabel auf ihre Klingel. Dann ging es los. Jana strampelte quer durch Sandelshausen. Und das Verblüffende war: Sie fuhr zwar immer zum Kiosk am Bahnhof, aber kaufte sich nie eine Gummischlange.

Irgendwann in diesen langen Sommerferien geschah es, dass Jana in der Stadt vor einem auffällig bunten Laden hielt, aus dem es roch wie das eine Mal, als Hanno mich in die Waschmaschine gesteckt hatte, weil er wissen wollte, ob sich meine Farben rauswaschen ließen. Jana ging mit mir auf der Schulter in den Laden, in dem sie zielstrebig ein sehr pinkes Regal ansteuerte. Sie griff nach einem Mini-Menschen aus Plaste mit goldenen Haaren. Es war eine Barbie, Sie haben es sich wahrscheinlich schon gedacht. Jana konnte kaum über die Theke gucken. Deshalb sprang ich als Verlängerung auf ihren Kopf und sah zu, wie ihre kleinen fetten Händchen lauter Ein- und Zwei-D-Mark-Stücke auf die Theke knallten.

»Wo hast du das denn alles her, meine Dame?«

»Hab meine Kaugummisammlung verkauft«, log die kleine Dame.

»Aha«, sagte der Verkäufer, »womit man heutzutage so Geld machen kann …« Gespielt nachdenklich kassierte er das Geld.

Die Frage war eher, womit Hanno eigentlich in so kurzer Zeit so viel Geld machen konnte, aber dieses Thema stellen wir noch ein wenig zurück, es sollte sich bald aufklären.

»Das ist Fantasy-Barbie!«, erklärte mir Jana ihren Kauf und riss die Verpackung auf. »Ihr Rock kann eine Maske sein!«, erklärte sie weiter und zog der Barbie den Rock vom Leib. Sie hielt ihn sich vors Gesicht. Ich erschrak so sehr, dass ich kurz aufflog und auf ihrem Gepäckträger landete.

»Keine Angst … ist nur ’ne Maske. Jetzt aber schnell zum Bahnhof, Bördie! Und wehe, du sagst was!«, und sie stopfte alles in ihre Badetasche und trat in die Pedale.

Wir kamen gerade rechtzeitig, um den wie gewohnt zerzausten Hanno zu treffen.

4.
Grillen

Etwas lag in der Luft, meine Damen und Herren. Ich bemerkte es an Rainer. Irgendwann Ende Juni hatte ihn so etwas wie eine magische Macht, die den Fernsehbildschirm grün und die Männerwaden stramm machte, wieder aus dem Bett geholt. Er trug zwar immer noch Schwarz, aber an manchen Tagen zog er sich nun ein weißes Trikot an, mit schwarz-rot-goldenen Dreiecken über der Brust.

Ich hatte das Gefühl, dass die Spannung stieg! Ich konnte von der Küche aus nur nicht genau herausfinden, warum. Ab und zu flog ich ins Wohnzimmer zur grünen Magie, aber dort konnte ich nur feststellen, dass Hanno, Jana und Rainer auf den Fernseher glotzten, wo ein paar Männchen versuchten, eine weiße Kugel in einen offenen Käfig zu treten, was meiner Meinung nach ungefähr so viel Sinn ergab wie Hannos »Füttern im Fliegen«-Training. Er warf dann immer kleine Kartoffel- oder Obststücke in die Luft, und ich versuchte, sie in den Schnabel zu bekommen. Zugegeben, es war lustig, aber sinnlos, und satt machte es schon gar nicht. Genau wie das, was da auf dem Bildschirm passierte. Wenn ein Männchen den Käfig mit der Kugel traf, dann schossen Jana, Hanno und Rainer von der Couch hoch und brüllten so laut, dass ich mich lang und glatt machte wie ein Handschuh: Sie wissen ja – das bedeutet Alarmbereitschaft!

Sie brüllten so laut und so offenherzig, dass ich die Zäpfchen in ihren Hälsen klingeln sehen konnte! Wie eine

Alarmglocke zuckten die! Ihre Augen waren dann so groß wie Trudis, wenn sie böse und irgendwie doch nicht böse gewesen war, und manchmal, wenn die grüne Macht besonders schicksalhaft zuschlug, umarmte Rainer seine Kinder und stieß sein Bierglas an ihre Cola-Gläser, von denen sie immer zwei Stück pro Spiel trinken durften. Ich stieß hohe, enervierende Laute aus, um Feinde abzuschrecken und die Familie zu schützen, denn so ein Gebrüll konnte ja nur Feinde anlocken! Also brüllten und zwitscherten wir schrill um die Wette, bis Hedda ins Zimmer kam und »Ruhe!« schrie. Dann setzten sich alle brav wieder hin, Rainer rückte sein Bierglas wieder ein Stück von den Cola-Gläsern weg und richtete Jana die geflochtenen Haare, während er weiter auf den Bildschirm glotzte. Hedda schüttelte meistens den Kopf, nahm mich auf den Finger und trug mich zurück in die Küche. Die Spannung hatte also etwas mit diesem seltsamen Sommerritual zu tun, und an einem Wochenende war sie fast so greifbar, dass ich das Gefühl hatte, sie mit einem einzigen »Piep!« zum Platzen bringen zu können.

Rainer kam nach Hause, er war immer noch sehr blass und hatte abgenommen, seit Trudi zum Vogel geworden war. Aber er lag nicht mehr so viel im Bett. Das war ja schon mal gut, nicht wahr? Er kam also etwas zerzaust zu Hedda in die Küche. »Ich kann kein Geld holen«, sagte er.

»Wieso denn nicht?«

»Die Automaten werden alle auf D-Mark umgerüstet bis zum 9. Juli.«

»Kannst du nicht beim Konsum anschreiben lassen?«

»Theoretisch schon, aber ich war grad da. Helga hat fast nichts mehr in den Regalen.«

»Und in der Kaufhalle?«

»Heißt jetzt Supermarkt. Hast du schon gesehen?«

»Nein, noch nicht.«

»Es gibt auch ein paar neue Mitarbeiterinnen. Ich glaub, da kann ich nichts anschreiben lassen. Meine Karte will ich nicht benutzen. Ich weiß ja gar nicht, was da jetzt an Gebühren anfällt.«

»Na, dann telefoniere ich mal rum, dann müssen eben alle was mitbringen.«

»Oh Gott, Hedda, ich bin so aufgeregt!«

»Mensch, Rainer, ist doch nur Fußball«, sagte Hedda im Weggehen.

»Ich bekomme schon wieder Schweißausbrüche! Können wir nicht doch FKK machen während des Spiels?«

»Rainer! Wir hatten das besprochen. FKK nur beim Kegeln und in Boltenhagen«, rief sie aus dem Flur.

»Okay, okay …«

Hanno kam in die Küche gerannt: »Papa, Papa! Rudi Völler ist im Fernsehen! Er sieht wunderschön aus!«

»Ich komme! Ich komme!«

Und die beiden verschwanden in der Stube. Hedda kam mit rollenden Augen auf meinen Käfig zu. Sie drückte mir einen Apfel zwischen die Gitterstäbe und flüsterte: »Verrat es keinem, Bördie, aber: Ich bin für Argentinien. Die haben einfach die schöneren Dauerwellen …«, und sie zwinkerte und drehte das Radio lauter.

Am nächsten Tag hatte Rainer auf dem Hof den Fernseher aufgebaut, eine Antenne daneben, an der er nervös herumfummelte. Davor waren vier Reihen Bänke und Klappstühle aufgebaut. Langsam trudelten die ersten Gäste ein. Ich erkannte einige vom Kegeln wieder und war fasziniert, wie seriös diese fleischfarbenen Kugelschwinger plötzlich in Textil wirkten. Ich stellte mir vor, wie es wäre, wenn sie FKK grillten. Das wäre ja richtig gefährlich gewesen! Stellen Sie sich das mal vor: Man hätte nicht gewusst, welche Wurst da jetzt auf dem Teller lag. Und wo man hätte hingreifen sollen, schon gar nicht!

Ich saß auf meinem Käfig in der Küche und konnte sowohl Rainer auf dem Hof beobachten als auch Hedda in der Küche, die mit Gitte redete. Wie das möglich war? Ein Hoch auf Augen, die sich seitlich am Kopf befinden, sage ich da nur! Und da behaupte noch einer, der Mensch sei die fortschrittlichste Art, die diesen Planeten bevölkert. Dass das Quatsch ist, hatte ich spätestens bemerkt, als ich die Familie Günthersen beim Essen beobachtet hatte: Anscheinend hatte keiner von ihnen gelernt, Nahrung mit dem Mund aufzupicken. Sie benutzten tatsächlich ihre Hände! Pfff … und wenn sie die verlören? Tja, dann sähen sie alt aus! Ich hingegen konnte auch ohne Krallen essen, fliegen und argumentieren. Denn ich verfügte über Schnabel, Flügel und – Sie ahnen es – eine Bürzeldrüse!

Wo war ich? Ach ja! Gitte war also zu Besuch aus Berlin gekommen: »… und Kalle dann so: Wir holen uns die Erlaubnis für die Nutzung des alten Gefängnisses persönlich von der Treuhand! Aber die haben uns da natürlich sofort rausgeschmissen. Dann haben wir versucht, so ein offizielles Schreiben von denen zu fälschen, wir haben uns die Erlaubnis für die Party einfach selbst geschrieben. Ich sag dir, Hedda, das war 'ne Party!«

»Aber wie seid ihr denn darauf gekommen? Auf ein altes Gefängnis?«

»Kalle hat nach einer Location für eine Ausstellung gesucht. Du, er betreut jetzt Künstler!«

»Aha? Damit kann man was verdienen?«

»Wir verdienen mit den Partys. Ich mach die Deko, Kalle den Ausschank.«

»Aber, das geht so einfach? Was ist denn, wenn die Treuhand herausfindet, dass ihr da einfach gefeiert habt – in einem alten Gefängnis!«

»Na ja, der Witz ist, da kamen dann um drei Uhr morgens Bewaffnete in Uniform!«

»Das ist doch nicht witzig!«

»So haben wir mitbekommen, dass das ein Gefängnis vom Grenzschutz war! Von denen! Wir haben den gefälschten Brief vorgezeigt von der Treuhand, und die nur so: Ist unser Gefängnis, hat die Treuhand nichts mit zu tun, aber macht mal. Verstehst du, Hedda? Hast du das einen Soldaten schon mal sagen hören?! Macht mal?«

»Nee.«

»Es sind wirklich verrückte Zeiten!«

»Hast du die Büchse Ananas dabei? Für den Salat?«

»Klar, ja. Wir überlegen, ob wir eine Firma gründen. Oder eine Bar aufmachen. Ist ja alles möglich. Aber da brauchen wir Investoren. Am besten welche, die uns Geld geben, aber sich sonst raushalten. Wir wollen selbst entscheiden. Hörst du mir überhaupt zu?«

»Ja! Ich weiß nicht, was ich sagen soll, Gitte.«

Gitte schenkte etwas Sekt in zwei Gläser ein. »Na, prost wäre doch ein Anfang, oder?«

Rainer kam in die Küche. Mir schien, er war lang und glatt wie ein Handschuh! In absoluter Alarmbereitschaft. »Was macht ihr denn noch hier? Gleich geht es los, Mensch!«, und mit drei Flaschen Ketchup war Rainer schon wieder verschwunden.

»Ja, wir kommen ja schon! Gitte, nimm mal den Vogel!«

»Der Vogel kommt mit? Ohne Käfig?«

»Na, soll er hier oben alleine bleiben, oder was?«

»Warum denn nicht?«

»Gitte, sag mal, würdest du gerne hier oben am Fenster sitzen, während da unten alle grillen und feiern? Du kannst ihn auch in den Käfig setzen und mit runternehmen, wenn es dich beruhigt.«

»Hedda, das ist ein Vogel!«

»Na, eben! Hast du die schwarz-rot-goldenen Winkelemente?«

»Klar!«

»Dann los!«

Schließlich nahmen alle Menschen auf den Holzbänken Platz und meinen Käfig hatten sie mit offener Tür auf einen kleinen Schemel gestellt, so dass ich auch auf das flimmernde Grün starren konnte, das irgendetwas mit meinem Vogelhirn machte. Verstehen Sie mich nicht falsch, ich habe keine Epilepsie oder so was, aber irgendetwas lösten die Farbe und diese weißen kleinen Männchen in mir aus. Es war ein Pritzeln in der Schwanzfeder, ein Klirren in der Bürzeldrüse, eine Lust zu stampfen in der rechten Kralle! Ich war ein elektrisierter Sittich, ohne dass mich jemand irgendwo angeschlossen hätte! Es war der Wahnsinn.

Noch nie habe ich die Menschen so still und gleichzeitig so aufgeregt erlebt wie in diesen Minuten. Manche hatten nun schon eine halbe Stunde lang ihre Bratwurst auf den Tellern, unangeschnitten. Juppi aus dem Kegelverein hatte seit circa fünf Minuten die Kelle vom Schichtsalat in der Hand und war nicht in der Lage, sich seinen Teller aufzufüllen, weil er die ganze Zeit auf den Bildschirm glotzte. Schließlich nahm er eine Kelle, ohne hinzuschauen, haute alles akkurat daneben und setzte sich wieder hin, ohne zu bemerken, dass er nichts auf dem Teller hatte. Für mich als

Vogel war es faszinierend, Millionen Jahre menschlicher Evolution für die Dauer dieses Spiels aussetzen zu sehen. Diese Menschen konnten absolut nichts mehr.

Und dann, liebe Leserinnen und Leser, kam Andi Brehme in der fünfundachtzigsten Minute. Ich weiß es deshalb so genau, weil ich den Satz »Andi Brehme in der fünfundachtzigsten Minute« danach noch ungefähr hundertmal hörte und ihn irgendwann auch zwitscherte, denn es war der Satz des Jahres bis zu diesem Zeitpunkt. Dabei hätte es so viele gute Sätze gegeben in diesem Jahr, oder? Aber nun ja. Zwei Männer, ein Ball. Und dann schießt der eine dem anderen das Ding in seinen Käfig, und das Brüllen, das können Sie sich gar nicht vorstellen! Das Brüllen hätte jede Mauer zum Einstürzen gebracht, wenn bis dahin noch eine gestanden hätte. Die Menschen sprangen von den Bänken, nicht gegessene Bratwürste flogen durch die Luft, der Schichtsalat regnete auf den Fernseher, Bänke kippten um, Menschen umarmten sich, Menschen schüttelten sich, Menschen zeigten sich die klingelnden Zäpfchen!

Hanno kam zu meinem Käfig, hob ihn hoch und lief mit mir im Käfig Runde um Runde über den Hof, schwang mein Häuschen wie einen großen Pokal. Ich kotzte alles voll. Völlig erschöpft lag ich auf dem Boden. Die BRD, sagten die Menschen im immer noch grünen Fernseher, ist Fußballweltmeister 1990! Schön und gut, aber was zur Hölle hatte das mit uns zu tun?

5.
Alles anders

Kurz nachdem Trudi zu einem Vogel geworden war, ereignete sich noch etwas höchst Seltsames, von dem ich rückblickend behaupten würde: Es änderte alles. Und nein, damit meine ich nicht »Andi Brehme in der fünfundachtzigsten Minute«.

Es war ein Sommertag, immer noch sehr heiß, Deutschland war nun also dieses »Fußball-Weltmeister«, und die Günthersens hüllten sich abermals ganz in Schwarz. Ich hatte schon Angst, dass wieder jemand zu einem unsichtbaren Vogel geworden war, aber Rainer hob meinen Käfig an und sagte nur: »Ich möchte, dass die ganze Familie mitkommt.«

»Familie!«, piepste ich, und er sagte: »Genau.«

Wir fuhren zu fünft mit dem Dacia in die Stadt und hielten vor einem großen Gebäude, das ein bisschen aussah wie die Burg von Nepomuk in *Hallo Spencer*. Kennen sie *Hallo Spencer?* Das war Janas und meine neue Lieblingsserie! Sie war pädagogisch sehr wertvoll und half Jana und mir, die Regeln der Gesellschaft zu lernen. Zum Beispiel, dass man etwas zurückgeben sollte, wenn man es sich ausgeliehen hatte, und dass man schlechte Laune nicht an anderen sprechenden Handpuppen auslassen sollte! Zum Glück kannten Jana und ich sehr wenige sprechende Handpuppen, und so waren wir nach einer Folge *Hallo Spencer* immer sehr erleichtert, wenn wir wieder unter Menschen und Vögeln waren, wo das alles natürlich nicht galt. Diese Menschen, schon eine witzige Gattung. Machen sich aus Stoffresten lustige Gesichter, stecken die Hand rein und tun so, als wenn sie damit sprechen könnten. Ich sag Ihnen, hätte das einer bei uns in der Sittichzucht gemacht, den gäbe es nicht mehr. Wir irrten jedenfalls durch Nepomuks Schloss, bis wir schließlich das richtige Zimmer fanden. Darin saß ein sehr ernsthafter Ritter im grauen Anzug und mit dicken Brillengläsern, der seinen Kugelschreiber benutzte wie eine Lanze, um uns so unsere Plätze im Raum zuzuweisen. »Bitte schön!«, sagte er dabei laut, aber es hätte auch heißen können: »Keine Widerrede!«

Etwas verunsichert nahmen die Günthersens Platz. Mein Käfig stand auf dem Boden, vor mir sah ich nur die hässliche braune Rückseite des Holztisches und einen Käfer, der sich durch das Dickicht des Teppichs kämpfte. Also hörte ich geduldig zu.

»Schönes Tier.«

»Danke«, sagte Rainer.

»Großsittich?«

»Ja. Platycercus eximius.«

»Schön, ja. An so einen versuche ich schon seit Jahren zu kommen. Ist schwierig.«

»War ein Begrüßungsgeschenk. Statt Joghurt, haben wir gedacht, nehmen wir lieber den Sittich. Wird nicht so schnell schlecht.« Und der Mann brach in ein derartiges Lachen aus, dass ich mich vor Schreck aufplusterte und Jana und Hanno verschreckt die Luft anhielten.

»Wirklich! Sie sind ja ein richtiger Scherzkeks! So, jetzt muss ich aber mal wieder …«, er schneuzte sich laut, und ich konnte sehen, wie das benutzte Taschentuch unter den Schreibtisch fiel. »Gut, also, den Nachlass der Gertrude Günthersen betreffend, geboren am 7. März 1929 in Breslau als Gertrude Backbeutel, verstorben am 20. Juni 1990 in Sandelshausen, sind folgende Punkte testamentarisch festgelegt worden: An meinen Sohn Rainer Günthersen wird mein ganzes Vermögen im Werte von …«

Es folgte eine Zahl, liebe Leserinnen und Leser, die wiederum Hedda und Rainer zum Luftanhalten bewegte.

Ich durchbrach das Schweigen mit einem mutigen »Piep«.

Hedda sagte: »Wie bitte?«

»Nun ja, Ihre Schwiegermutter ist in den letzten Wochen ziemlich schnell zu ziemlich viel Geld gekommen. Oder sagen wir mal: Sie hatte ihre Fühlerchen danach ausgestreckt. Sie hat wohl deshalb vor ein paar Monaten noch einmal das Testament geändert.«

»Fühlerchen?!«, rutschte es Rainer raus.

»Sehen Sie, als Gesellschafterin der Baumkuchenfabrik ist Ihre Mutter natürlich am Gewinn beteiligt. Das ist ja seit Inkrafttreten des Staatsvertrages so, also seit kurzer Zeit, in dieser Form bei uns möglich. Dieser Teil der Gesellschaft geht auch an Sie über, Herr Günthersen. Außerdem hat sie vor zwei Monaten eine Immobilie erworben in Boltenhagen. Dazu gibt es sogar einen Kaufvertrag. Und sie hat eine Rinderherde gekauft und dafür ein Stück Land in der Nähe gepachtet … also drüben! Im Westen! Und da wäre natürlich noch ihr eigenes Haus …«

»Mutter hatte eine Rinderherde?«

»Im Westen, ja! Verrückt, oder?«

»Warum hatte sie Rinder?«

»Nun ja … äh … Manche investieren in Gold. Manche in Comics. Manche in Rinder. Das macht man so im Kapitalismus.«

»Und jetzt?«

»Jetzt geht alles auf Sie über, Herr Günthersen. Die Kühe auch.«

»Ich denke, es sind Rinder?!«

»Damit kenne ich mich nicht aus.«

»Ach so. Und was machen wir jetzt?«

»Sie könnten sich zum Beispiel freuen. Wenn ich das so sagen darf. Ihre Mutter hat gut für Sie alle vorgesorgt. Eine sehr kluge Frau.«

»Aha.«

Wieder eine Runde Schweigen. Ich nieste. Hanno machte: »Psssst!« Warum machte der denn psssst?

»Na, nu lassen Sie den Kopf nicht so hängen. Es gibt Familien mit viel schlimmeren Geheimnissen als der ein oder anderen Summe auf dem Konto und der ein oder anderen Kuh auf einer Westweide, nicht wahr? Hier müssen Sie unterschreiben, wenn Sie das Erbe antreten wollen!«

»Gut, ja.«

»Sagen Sie … ist Ihr Vogel käuflich erwerbbar?«

»Wie bitte?«

»Der Vogel? Wie viel wollen Sie für den?«

»Der ist unbezahlbar!«

»Ach, kommen Sie, Herr Günthersen, jetzt haben Sie es doch wirklich nicht mehr nötig, große Summen aus so einem Verkauf zu schlagen! Na los, sagen Sie mal an! Wie viel? Ich hab eine Voliere, bei mir geht's dem Kleinen gut!«

»Auf Wiedersehen!«, sagte Rainer entschieden, und das war das Zeichen für alle, sich zu erheben.

Hedda nahm meinen Käfig, und im Hinausgehen traf mich der scharfe Blick des grauen Ritters, der direkt vom Schreibtisch auf mich zielte. Zum Glück konnten Menschen mit ihren Augen nichts anderes als gucken.

Die Günthersens standen vor der Ritterburg. Hanno zog Jana an den Zöpfen, Hedda hielt meinen Käfig, und Rainer stemmte etwas irritiert die Hände in die Hüften. »Warum hat sie nichts gesagt?«

»Aber warum hätte sie denn was sagen sollen, Raini? Es war doch ihre Angelegenheit.«

»Wie hat sie es geschafft, das alles aufzubauen in den wenigen Monaten?«

»Sie war eben ein Genie!«

»Ich versteh das alles nicht …«

»Raini, erinnerst du dich, was sie im Krankenhaus gesagt hat?«

»Dass sie uns alle liebhat?«

»Nein, ja, auch, aber davor: Gönnt euch mal was, hat sie gesagt! Mensch, Raini, sie hat das auch für uns gemacht. Vielleicht hat sie gespürt, dass ihr nicht mehr viel Zeit auf diesem Planeten bleibt. Und sie hat gewusst, dass sich alles ändert! Vielleicht hat der Mann da oben recht, und wir können uns einfach ein bisschen freuen.«

»Freuen? Hedda, meine Mutter ist wahrscheinlich eines der ersten Opfer des Kapitalismus!«

»Ach Mensch, Rainer, so ein Quatsch! Du hörst dich ja an wie eine rote Socke!«

»Ja …«

»Jetzt kaufen wir den Blumenladen leer, übergießen ihr Grab mit Fong Dong, und dann lecken wir ein Eis. Und weißt du, warum?«

»Nein.«

»Weil wir es können.«

»Das würde ihr gefallen.«

»Und danach gehen wir uns die Rinder angucken und überlegen, was es weiter zu tun gibt.«

»Gut, ja. Hedda?«

»Ja?«

»Meinst du, Bördie braucht eine Voliere?«

6.
Freiheit

Liebe Leserinnen und Leser, ich frage Sie: Was macht man, wenn man unverhofft zu sehr viel Geld kommt und sich das politische System im Umbruch befindet? Na …?

Richtig! Man baut dem buntesten Vogel der Familie eine Voliere! Hahahahaha!

Wissen Sie, mein Züchter in Down Under, der hat einfach mal richtig einen gehoben, von dem guten Bier, meine ich, wenn er einen Haufen von uns gut verkauft hatte. Oder er hat sich ein neues Tattoo stechen lassen. Einmal hat er sich einen Überwurf für seinen Campingstuhl mit Brillies gekauft. Aber nie und nimmer hätte er Geld für eine neue Voliere ausgegeben! Hahahahahaha!

Ich wünschte, Sie könnten mein kehliges Lachen tatsächlich hören, aber dafür ist das Medium des Buches leider noch zu rückständig. Sie müssen es sich also vorstellen, wie Soli und ich auf und unter der Gartenbank im Hof dösten und dabei zusahen, wie Rainer seine beiden fetten Küken-Kinder zu Höchstleistungen antrieb: Hanno hielt den Maschendrahtzaun, Jana die Pfähle. Wenn Rainer kurz weg war, um sich ein Bier zu holen, versuchte Hanno immer sofort, Jana in den Maschendrahtzaun zu wickeln. Es war ein riesiger Spaß. Schon zweimal war Rainer rechtzeitig zurückgekehrt. Nun war er gerade zum dritten Mal verschwunden.

»Weißt du, Bördie, es ist echt seltsam ...«, stellte Soli schläfrig fest und verjagte mit seinem Schwanz eine Fliege.

»Was denn?«

»Ich dachte am Anfang, du würdest keine Woche hier überleben. Entweder würden ich oder die beiden Küken dich fressen.«

»Das dachte ich auch!«

»Jetzt bekommst du eine echte Voliere von den Günthersens, und ich ...«, Soli schluckte etwas sentimental seine Tränen runter, »ich kann dank dir wirklich fliegen! Wer hätte das gedacht, Kumpel?«

»Äh ... ja.«

»Weißt du, ich würde dich immer noch fressen, so ist es nicht ...«

»Wie meinst du das?!«

»Na ja, bei einer Hungersnot oder so ... würde ich schon eher dich fressen als einen Artgenossen.«

»Bei einer Hungersnot wirst zuerst *du* gefressen, Soli. Ich weiß nicht, ob es dir bewusst ist, aber Katzen werden hier sowieso schon zu Lebensmitteln verarbeitet. Wenn die auch noch hungern, dann fällt einfach nur die Verarbeitung weg, verstehst du? Einer kommt und steckt dich einfach in den Mund. So sind die Menschen hier.«

»Hast du eigentlich Heimweh?«

»Was ist das denn jetzt für eine Frage?«

»Na, ich hab ja schon manchmal Heimweh nach Halle an der Saale. Denn das ist, wo ich herkomme. Und es ist nicht so weit, glaube ich. Ich frage mich, wird Heimweh schlimmer, je weiter man weg ist?«

»Solche Fragen solltest du dir nicht stellen.«

»Warum?«

»Weil du eine Katze bist.«

»Heißt das, du hast dich aufgegeben?«

»Nein, Mann, ich hab mich nicht aufgegeben. Guck mich an: Ich bin fett, ich bin bunt, ich beziehe eine Voliere. Es macht nichts, wenn ich vielleicht erst nächste Woche nach Hause fliege. Oder nächsten Monat oder nächstes Jahr, verstehst du? Es hat nichts mit Aufgeben zu tun, man nennt das Optimismus. Stay positive! Seize the day, mate! Da, wo ich herkomme, denkt man so.«

»Wie bist du so klug geworden?«

»Sonnenblumenkerne.«

»Verstehe.«

Plötzlich schrie Jana wie am Spieß. Hanno hatte sie erfolgreich eingewickelt und hielt nun ein Feuerzeug unter ihre Füße, die an einem Ende der Maschendraht-Jana-Wurst herausguckten. »Neeeeeein!«, schrie sie.

Rainer kam angerannt und rastete, gelinde gesagt, aus: »Kann man hier nicht mal in Ruhe kacken gehen!?«, schrie er ohne Rücksicht auf Frau Weissner, die den ganzen Vorgang neugierig vom nachbarlichen Gartenzaun beobachtete. »Hanno! Roll deine Schwester aus! Sofort!«

»Okay!«, sagte Hanno und trat beherzt gegen die Maschendraht-Jana-Wurst, so dass die über den Hof rollte, bis sie Jana wieder freigab: Sie rollte direkt in den Komposthaufen. Sehr zu Hannos Freude. Jana heulte und ging, kaum freigerollt, mit Eierschalen im blonden Haar auf ihren Bruder los.

»Hau ab, du stinkst!«

»Ich hasse dich!«, rief sie und drückte Hanno eine verrottete Banane ins Gesicht.

»Aufhören! Sofort aufhören!«, ging Rainer dazwischen. »Hanno Günthersen, musst du dich immer so an deiner kleinen Schwester vergehen? Wenn die mal groß ist und

Bundeskanzlerin wird, will sie mit dir vielleicht nie wieder was zu tun haben, wegen der Aktion gerade. Du musst mal lernen, über Konsequenzen nachzudenken!«

»Sie passt da perfekt rein!«

»Weil du sie eingewickelt hast!«

»Ich verstehe nicht, warum Bördie 'n neues Haus bekommt und Jana und ich uns immer noch ein Zimmer teilen müssen!«

Berechtigte Frage, wenn Sie mich fragen.

»Wenn du willst, kannst du mit Bördie auf den Hof ziehen«, sagte Rainer wütend.

»Ja!«

Nein, bitte nicht!

»Ich will mit Bördie auf den Hof ziehen!«, quengelte Jana.

»Du kannst doch jetzt in seinen leeren Käfig oben ziehen«, bot Hanno an.

»Halt die Fresse!«, schrie sie, und die beiden gingen wieder aufeinander los.

Hanno nahm Jana an einem Arm und einem Bein hoch und holte mit dem kleinen Schwergewicht ordentlich Schwung, indem er sich mit ihr um die eigene Achse drehte. Jana quiekte, bis Hanno sie plötzlich losließ. Sie flog wieder Richtung Komposthaufen, aber der kleine Fleisch-Diskus verfehlte sein Ziel um einige Zentimeter und landete mit einem leichten Knacken auf dem Boden. Es war kurz still.

»Ich glaub, ich bin in irgendwas reingetreten«, sagte Hanno und sah unter seiner Sohle nach.

»Aua, mein Arm«, sagte Jana leise.

»Mensch, ihr spinnt doch! Hanno! Bist du verrückt geworden?!«, Rainer stürzte zu Jana. »Zeig mal her. Kannst du ihn bewegen?«, fragte er besorgt.

»Nee«, sagte Jana.

»Kannst du das hier? Oder das?«, fragte Rainer und machte Verrenkungen mit seinem Unterarm.

»Nee, kann ich nicht«, sagte Jana.

Soli und ich beobachteten das Spektakel weiter von der Gartenbank aus. Diese Familie würde sich irgendwann noch gegenseitig umbringen. Hoffentlich erst nach dem Fertigbau meines pompösen neuen Anwesens.

»Ich bin froh, dass ich kein Mensch bin. Da hat man nur Probleme«, stellte Soli schwanzwedelnd fest.

»Aber man ist frei«, sagte ich und drehte zuckend meinen Kopf, denn Hanno heulte jetzt, und Jana war mittlerweile so weiß wie zuletzt im Winter.

»Pff … frei? Ich bitte dich! Die saßen doch hier jetzt auch vierzig Jahre lang in einer riesigen Voliere. Bisschen größer als deine. Aber raus durften die auch nicht. Da war man als Katze schon freier«, gab Soli zurück.

»Hedda!!«, rief Rainer jetzt hoch zum Küchenfenster.

Hedda steckte genervt ihren Kopf raus.

»Hedda, Janas Arm ist gebrochen!«, brüllte Rainer.

»Was?!«, brüllte sie zurück.

»Es tut mir leeeeeeeiiiiiiid«, brüllte Hanno.

Jana war weiterhin mucksmäuschenstill. Hannos Kopf war rot, und er schwitzte aus allen Poren. So hatte ich ihn bisher nur nach der ersten Runde akrobatischem Showtanz erlebt. Jana saß im Gras. Mit großen Augen und etwas, das so aussah wie der Rest einer Orange auf der Schulter. Dann stürmte Hedda in Pantoffeln auf den Hof und stopfte ihre ganze Familie in den Dacia. So fuhren sie davon und vergaßen glatt, dass ich mit einer Katze unter freiem Himmel auf der Gartenbank saß.

Ich war frei! Und ich wurde weder gefressen, noch flog ich davon.

7.
A star is born

Da saß ich nun in meiner Voliere unter dem Apfelbaum der Günthersens. Rainer hatte sie in einem Kraftakt doch noch selbst zusammengeschustert und mich triumphierend hineingesetzt, während in einem kleinen Radio »Volaaaaare« gesungen wurde, was er rhythmisch mit »Voliere« überkrächzte. Im Outback konnte man mit solchen Schreien Feinde abhalten.

Dass ich eine Voliere bekam, war schön, aber ein wenig sinnlos, wenn Sie mich fragen, denn der kompletten Familie schien entgangen zu sein, dass ich keine Fluchtgedanken mehr hegte. Ich werde nun auch aufhören, diese Stellen mit Ausrufezeichen oder besonderer Fantasie zu beschreiben, denn anscheinend juckte es sowieso keinen, dass ich freiwillig blieb. Ich fühlte mich ein wenig wie ein indoktrinierter DDR-Genosse, der sich seinem Schicksal ergeben hatte, doch ich musste zugeben: Es fehlte mir an nichts.

Am ersten Abend in der Voliere gesellte sich Hanno zu mir. Er machte etwas akrobatischen Showtanz zwischen meinen Stangen, während Jana vor der Voliere stand, der eine Arm weiß und dick verpackt, mit dem anderen versuchte sie Regenwürmer durch die Maschen zu drücken. Sie war der Meinung, dass ich jetzt auf Fleisch umstieg, wo ich ja quasi in der Wildnis lebte. Falsch gedacht. Auf Würmer stand und stehe ich überhaupt nicht, aber ich verzichtete darauf, es ihr zu sagen, denn bei diesen Kindern wusste man nie, ob sie nicht vielleicht auch auf die Idee kamen, mich durch die Maschen zu quetschen. Einfach so. Um es mal auszuprobieren. Die Hysterie des Vortages war jedenfalls verflogen. Hannos Tränen getrocknet.

»Hanno?«, sagte Jana und suchte auf dem Boden nach weiteren Opfern.

»Ja«, erwiderte Hanno während er kurz vor meiner nigelnagelneuen Wasserschale freezte.

»Woher hast du das ganze Geld?«

»Welches Geld?«

»Na das, das du mir immer in der Batze gibst, wenn du mit deinen Freundinnen abhaust.«

»Auftritte.«

»Auftritte?«

»Ja.«

»Was für Auftritte?«

»Im Feierabendheim in der Karl-Marx-Straße.«

»Du trittst im Altersheim auf?«

»Jo, jo, jo!«, sagte Hanno, während er so tat, als würde er eine Treppe raufgehen, die gar nicht da war. Dabei schwitzte er schon wieder heftig.

»Und wer bezahlt dich?«

»Die Alten. Ich geh mit meinem Käppi rum, und sie schmeißen eifrig die D-Markse rein!«

»Darfst du das?«

»Wahrscheinlich darf ich es nicht, also halt lieber dein Maul. Ich erzähl Witze zwischen meinen Tanzeinlagen. War deine Idee. Also bist du mit schuld.«

»Ich hab 'ne Fantasy-Barbie«, platzte es auf einmal aus Jana raus.

»Was?«

»Ich hab mir 'ne Fantasy-Barbie gekauft, im Intershop.«

»Dein Ernst? ’ne Barbie?«

»Nicht so laut!«

»Zeig!«

Jana holte sie unter ihrem T-Shirt hervor. »Ihren Rock kann man zu ’ner Maske machen«, betonte sie geheimniskrämerisch und versuchte mit ihrem verbundenen Arm, den Rock der Barbie vor ihr Gesicht zu schnallen.

»Geil!«, sagte Hanno und riss ihr den Rock aus der Hand. »Guck mal, das passt Bördie!«, sagte er, und ehe ich mich versah, hatte ich den glitzernden Masken-Rock der Fantasy-Barbie um meinen Hals gebunden. Etwas straff. Meine Erinnerung verblasst an dieser Stelle, und ich finde mich auf dem Boden der Voliere wieder. Röchelnd.

»Das war wohl zu eng, was, kleiner Mann?«, sagte Hanno.

Das glitzernde Ding hing immer noch an mir dran, aber ich bekam wieder Luft.

»Bördie, du bist so schön«, sagte Jana mit Herzchen in den Augen. Ich stand auf und versuchte mich zu bewegen, doch irgendwie war das Ding zu schwer und ich lief auf der Stelle.

»Zieh dir das rein! Er macht Moonwalk!«, rief Hanno.

Was mache ich?

»Hammer!«, sagte Jana.

»Seit wann kann der das?«, wunderte sich Hanno.

»Warum tretet ihr denn nicht zusammen auf?«

Ich wusste wirklich nicht, was die meinten, ich wollte einfach wieder auf meine Stange.

»Du bleibst schön hier!«, sagte Hanno und ließ mich noch eine Weile auf der Stelle zappeln.

»Das ist genial! Damit werden wir reich!«, sagte Hanno begeistert.

»Ich dachte, das sind wir schon jetzt«, sagte Jana.

»Nein, ich meine, so richtig reich! Nicht nur für den Intershop.«

Genau eine Woche. Dann hatte ich mir die Hälfte meiner Federn ausgerupft. Dieses einsame Leben unter dem Baum. Das war leider nichts für mich. Ich sah aus, als hätte mich eine Geschlechtskrankheit befallen. Überall kahle Stellen und Schleim in meinen Augen, weil ich mit der Zugluft nicht klarkam. Ich sag Ihnen, es war der Horror. Ich wollte zurück. »Zurück nach Erich, mach mal Piep!«, sagte ich, weil ich glaubte, es würde meine Absichten klar verständlich zum Ausdruck bringen.

»Rainer, der Vogel spricht wieder mit uns«, bemerkte Hedda sehr intelligent, als die beiden vor meinem neuen Haus standen.

»Vielleicht hat er die Syphilis? Guck ihn dir doch mal an!«

»Wo soll er sich die denn geholt haben?«

»Wer weiß das schon. Krankheiten kennen keine Grenzen, Hedda.«

»Vielleicht braucht er einfach eine Gefährtin? Was nützt das schönste Häuschen, wenn man allein drin wohnt? Und mit Charlie hat er sich ja prima verstanden!«

Allerdings! Ich könnte mal wieder auf Touren kommen. Aber immer diese leeren Versprechungen. Ich hatte die Schnauze voll, das können Sie sich vorstellen.

»Urlaub!«, piepte ich, weil mir eben danach war.

»Hat er gerade Urlaub gesagt?«

»Na ja, da war ja was …«

Richtig! Da war was! Vielleicht hätten Sie es auch beinahe vergessen, aber ein Vogelhirn vergisst nie! Sie können sich sicherlich erinnern, dass Hedda und Rainer, bevor sie nach fucking Dänemark abzogen, im Frühling versprochen hatten, dass sie mit uns Urlaub machen. Ich witterte nun also meine Chance: »Urlaub, Urlaub, Urlaub!«, forderte ich.

»Gott, wir können doch den Vogel nicht mit nach Boltenhagen nehmen!«

Boltenhagen? Da war also schon was in Planung. Und ich war nicht informiert!

»Australien!«, piepte ich. Denn wenn schon Urlaub, dann richtig!

Hedda und Rainer lächelten geheimnsivoll.

8.

The Breaking Sea

Hanno trat jetzt immer öfter auf. Er hatte ja längst begonnen, mich in seine Show mit einzubauen. Und seit der Entdeckung meines Moonwalks war unsere Zusammenarbeit noch intensiver geworden. Ich wusste ja immer, dass ich Showtalent besaß, aber Hanno war der erste Mensch, der es bemerkte.

Unser Grundrezept für die Show sah folgendermaßen aus: Ich flog, wenn Hanno breakte, und zwitscherte, wenn er nach Luft schnappte. In den großen Ferien hatten wir Auftritte in verschiedensten Institutionen der Stadt und konnten so unsere Performance verfeinern. In einem Frauenhaus, in einem Feierabendheim, in einem Ferienhort, im Garten des Kegelvereins, einmal auch im Kinderbecken der Badeanstalt. Dafür bekamen wir alles zwischen Applaus, der ersten D-Mark und Hausarrest für eine Woche. Aber der Hausarrest passte ganz gut, denn es war die Woche, in der wir nach Boltenhagen fuhren, um dort unseren Sommerurlaub zu verbringen. Genau, Boltenhagen.

Hedda und Rainer wollten sich die Immobilie anschauen, die Trudi dort kurz vor ihrem Vogelwerden erworben hatte, und so kam ich einmal mehr nicht nach Australien. Trudis Immobilie war zudem recht heruntergekommen, so dass wir in ein kleines Hotel zogen. Kaum dort angekommen, trat Hanno ungefragt im Foyer auf. Und zwar sehr penetrant, zweimal am Tag. Man konnte Hanno Günthersen vieles unterstellen, aber mangelnder Ehrgeiz war es bestimmt nicht. Er verfolgte seine noch junge Karriere sehr zielstrebig. Und niemand hinderte ihn daran. Im Gegenteil.

Es war immer das Gleiche: Mit seinem sogenannten Abspielgerät und einem Jogginganzug, auf dessen Seiten Hedda drei goldene Streifen genäht hatte, zog er in das Foyer ein. Mich auf seiner Schulter. Ich trug den glitzernden Maskenrock von Janas Fantasy-Barbie um meinen Hals, Hedda hatte ihn so bearbeitet, dass er nun gerade so groß war, dass er mich weder erwürgen noch beim Fliegen stören würde. Hanno trug eine große Sonnenbrille, seine Haare hatte er sich wachsen und vorne kürzer schneiden lassen. Sie werden es längst bemerkt haben: ein klassischer VoKuHiLa, wie ich aber erst später erfuhr. Vorne kurz, hinten lang – es kam mir damals nicht weiter schlimm vor, denn genauso trug ich meine Federn, wenn Jana mich nicht gerade zu Sandra stylte.

Hanno drückte auf Play, und das Besondere war jetzt, dass nicht irgendein harter Breakdance-Song lief, sondern: Michael Jackson! Es ging ganz harmlos los: »The way you make me feel« war noch etwas für sanfte Körperwellen und einen ersten Flirt mit dem Publikum. Die Leute stoppten auf dem Weg zu ihrem Zimmer oder auf dem Weg zum kleinen Hotelrestaurant und schauten sich um.

Hanno schwang die Beine, verdrehte den Körper. Ich flog durch die Luft in meinem goldenen Cape und versuchte, die Leute zusammenzutreiben wie ein Schäferhund seine Schäfchen. So hatte ich es in meiner Heimat mal als Jungsittich beobachtet, und dieses Wissen wandte ich nun im Showbusiness an. Dann ein erstes Highlight: »Smooth Criminal«! Ich war die Pistolenkugel, die Hanno durch den Raum schoss, die Kugel, die verwunden wollte! Ich raste quer durchs Foyer, und Hanno tat in ekstatischen Zuckungen so, als würde er den tödlichen Schüssen, also mir, ausweichen und schließlich doch getroffen werden und in Zeitlupe zusammenbrechen. Dann verwandelten sich seine Finger in eine Pistole und sannen auf Rache! Er versuchte damit in fließenden, wellenartigen Bewegungen auf mich zu zielen. Jedes Mal, wenn er schoss, machte er »Pui, pui, pui!« im Takt der Musik, und ich fiel, das hatten wir geübt, von jetzt auf gleich plötzlich zu Boden, um dann kurz vor dem Aufprall meine Schwingen auszubreiten und sanft zwischen die Beine der Zuschauer zu gleiten. Jedes Mal gab es einen leichten Aufschrei genau in dem Moment, in dem ich plötzlich fiel. Und dann, wenn ich mich sanft abfing – großer erleichterter Applaus! Der Vogel war gar nicht tot! Haha! Spätestens da hatten wir sie!

Hanno war leider immer noch etwas zu fett, um eine ganze Breakdance-Show durchzustehen, deshalb hackte ich nach »Smooth Criminal« auf die Pausentaste, und Hanno begann leicht keuchend einen Witz zu erzählen: »'n Abend! Mein Name ist Hanno Günthersen, und das ist mein fliegender Revolver BöRDie! Genau! BöRDie. Wie die BRD, nur auf Ostdeutsch und in Bunt. Wir begrüßen Sie zu unserer tollen Sause on the Sea. On the breakin' Baltic Sea!« Und er ließ eine Welle durch die Arme und Schultern gehen, als hätte ihn gerade eine echte Meereswelle getroffen. »Ich weiß, Sie sehen mich an und sehen in mein Gesicht wie auf eine halbfertige Pizza Margherita. Meine Damen und Herren, das nennt sich Pubertät! Mein Vater sagt immer: ein Schlag auf den Hinterkopf, und vorne ist Silvester!« Und in einem plötzlichen Zucken schnellte Hannos Kopf nach vorne, so dass die erste Reihe zurückzuckte. Dann lachten die Leute erleichtert und klatschten! Es war doch ein Witz! Kein Pickel ist explodiert! Und Hanno sagte: »Richtig so! Ja, klatschen Sie! Es muss weh tun beim Klatschen, wie beim Sex!« Und ehe die Leute verstanden, was er gerade gesagt hatte, hackte ich mit dem Schnabel auf Play, und es ging weiter: Hanno breakte zu »Wanna be startin' somethin'«.

Oh ja, meine Leserinnen und Leser, das ging ab. Nun war er auch auf dem Boden. Da war er! Der epileptische Krake! Und dann am Höhepunkt des Liedes: sein Headspin! Die Leute klatschten im Takt und waren völlig aus dem Häuschen. Wenn er mit dem Spin fertig war, stellte er sich auf, ich landete auf dem Boden vor ihm, dann moonwalkten wir zusammen durch den Raum und brachten die Leute zum »Whohohohoooo«-Machen, was für mich bis dahin ein nie gehörter menschlicher Laut gewesen war. Und ja, das können Sie sich kaum vorstellen, aber ich machte meiner Herkunft aus Moondarra alle Ehre. Denn in diesem Moment moonwalkten wir in so perfekter Harmonie, dass wir schwerelos schienen, die Leute mussten glauben, dass wir tatsächlich vom Mond kämen.

Ich hackte wieder auf die Pausentaste, und Hanno schob noch mal nach: »Nun ja, aber keine Witze über meinen Vater! Er ist ein sehr guter Vater, er fährt jedes Wochenende mit uns in die Natur, in den Wald. Er guckt nur immer ein bisschen verkniffen, wenn meine Schwester und ich am Montag alleine wieder zurückgefunden haben!« Und Play: »Black or White«, oh yeah! Plötzlich war ich ein Rennkuckuck aus einem semiariden Verbreitungsgebiet und trippelte über den Boden, als würde ich durch heißen Sand laufen. Dann war ich ein Kolibri und flog zart und flirrend um Hannos Kopf, während er sich die Seele aus dem Leib breakte. Kurz darauf war ich ein korrekter Spatz und pickte an den Falten der Zuschauerhemden herum. Und schließlich war ich ein kleiner Madenhacker und tat so, als wäre Hanno das Nilpferd, mit dem ich in Symbiose lebte. Oh, ich liebte es! Ich war ein so wandlungsfähiger Sittich! Ich war Black or White, verstehen Sie?!

Schwitzend und ausgepumpt holten wir uns den johlenden Applaus der Menge ab. Hedda, Rainer und Jana standen meistens an der Seite und tanzten alles mit. Sie waren die ersten und immer unsere größten Fans.

Nach dem dritten Auftritt im Hotelfoyer kam der Direktor aufgeregt auf uns zu: »Ich will euch buchen! Ich will, dass ihr das hier die ganze Saison macht! Ihr seid wahre Diplomaten im Trainingsanzug. So etwas habe ich noch nie gesehen.«

»Nein, nein, auf keinen Fall«, sagte Rainer entschieden: »Das ist ein Ferienspaß. Hanno muss erst die POS fertig machen. Also Schule. Oder wie auch immer das jetzt bald heißt.«

»Aber, Papa!«, sagte Hanno.

»Nein. Erst der Abschluss ... dann kannst du alles werden. Vom Pfarrer bis zum Breakdancer.«

Hanno verzog das Gesicht.

»Herr Günthersen, das ist angesichts des Talents Ihres Sohnes geradezu unverantwortlich, was Sie da sagen. Aber ich habe auch einen Sohn und verstehe Sie. Lassen Sie es sich dennoch gesagt sein: Ihr Sohn hat großes Talent, und ich hoffe, keine Schule dieser Welt wird es verderben.«

»Danke!«, sagte Rainer und wurde so rot vor Stolz, wie es sein sonnenverbranntes Gesicht noch zuließ.

Der Direktor verabschiedete sich noch einmal mit dem ausdrücklichen Wunsch, die Show morgen wieder zu sehen. Sie würden an der Rezeption mit einem kleinen Schild darauf hinweisen. »Wie sollen wir euch denn nennen?«, fragte er.

»Hanno flippin' DD-Air mit Bäm Bäm BöRDie – akrobatischer Showtanz. Zum Beispiel?«, sagte Hanno wie aus der Pistole geschossen.

»Gut, ja!«, und der Direktor entfernte sich verzückt. Dann machte er auf dem Absatz kehrt und kam zurück: »Wie schreibt man das?«

»Ich schreib es Ihnen gleich mal auf!«

»Hervorragend!«

Dann fragte Rainer: »Woher hast du das eigentlich mit dem Klatschen …?«

»Was meinst du?«, tat Hanno unschuldig.

Hedda stieß Rainer in die Seite.

»Ach, egal.«

9.
Gran-Turismo-Injektion

Nach einer Woche erfolgreicher Performances in Boltenhagen ging es zurück nach Sandelshausen. Die Gesichtsfarbe der Günthersens hatte sich im Verlauf der Woche von Soljanka-Rot in Männerhandtaschen-Braun verwandelt. Männerhandtaschen, ja! Die waren sehr angesagt damals, auch Rainer trug manchmal so ein Exemplar bei sich. Mit einem Notizblock und einem Stift darin, denn er machte sich beim Zeitungs- oder Speisekartenlesen immer mal wieder Notizen. Außerdem immer dabei: ein Taschenmesser und ein Stück Faden, falls doch der Klassenfeind angreifen sollte und man in der Wildnis die Männerhandtasche flicken oder zu einer Gasmaske umnähen musste. Und Menthol-Bonbons, die Rainer stets zu einem frischen Atem und mir, wenn er mich damit anhauchte, zu einer Spontan-Mauser verhalfen. Hedda bezeichnete die Männerhandtasche ihres Gatten als »Opa-Marotte«, aber da der Opa in der Familie ja sowieso fehlte, war es vielleicht ganz praktisch, wenn Rainer von beidem was hatte: Vater- und Opa-Marotten. Frisch mentholisiert packten die Günthersens also ihre Koffer in ihren Dacia und wollten die Heimreise antreten, als plötzlich der Direktor des Hotels aufgeregt auf uns zukam.

»Fahren Sie etwa?«

»Ja, hatten wir vor.«

»Hören Sie mal, wegen Ihres Sohnes … also.«

»Erst die Schule, Herr Direktor!«

»Ja, natürlich, das weiß ich, aber ... ich hab Kontakte nach Monaco.«

»Nach was?«

»Monaco? Das Fürstentum?«

»Fürstentum?«

»Hören Sie, ich habe dort einen Freund mit einem ausgezeichneten Hotel, ganz nah am großen Casino. Die Menschen dort lieben gute, ausgefallene Shows! Es ist das Las Vegas Europas! Ihr Sohn könnte da mit seinem Vogel richtig Eindruck machen ...«

»Ich verstehe nicht so recht.«

Der Direktor gab Rainer eine Visitenkarte. »Hier, das ist sein Name und seine Nummer. Falls Sie irgendwann einmal in diese Richtung ... tuckern«, sagte er langsam mit einem Blick auf den vor Gepäck überquellenden Dacia. »Schreiben Sie ihm ein Telegramm, oder rufen Sie ihn doch kurz an. Ich hab ihm schon von Ihnen erzählt, und er würde sich sehr freuen ...«

»Also, wir können gar kein Französisch oder so was.«

»Er ist Deutscher ... aus der Zone. Hat rübergemacht kurz vorm Mauerbau. Er ist ein alter Paradiesvogel, wenn Sie wissen, was ich meine, aber man kann ihm vertrauen.« Und der Direktor zwinkerte Rainer und Hedda verschwörerisch zu.

»Also wir müssen jetzt mal. Danke und so weiter. Boltenhagen ist und bleibt einfach spitzenmäßig!«, antwortete Rainer etwas irritiert.

»Denken Sie mal drüber nach, Herr Günthersen. Das ist die Zeit der großen Träume. Und manche werden ja vielleicht wahr!«

»Ja, klar!«, lachte Hedda, und wir stiegen und flogen alle in das kleine Auto.

Ich ließ mich auf der Mittelkonsole nieder.

»Was meint er denn mit Paradiesvogel?«, sagte Rainer und kicherte.

»Der wird vom anderen Ufer sein.«

»Meinst du?«

»Interessieren täte es mich schon …«, sagte Hedda und schaute aus dem Fenster.

»Schwul sein?«, fragte Rainer gespielt empört.

»Nein, Mensch!«

»Was denn?«

»Na, Monaco!«

»Wie kommt man da hin?«, fragte Jana von der Rückbank.

»Wohin?«, fragte Hedda.

»Zum anderen Ufer?«

»Mit dem Auto«, entgegnete Rainer und guckte prüfend in den Rückspiegel.

Sicher, der Dacia war okay und immerhin ein Auto. So wie ein Spatz eben auch ein Vogel ist, aber wenn ich mich danebensetzte, dann würde man sofort erkennen, wie viel Luft nach oben da noch wäre beim verehrten Genossen Spatz. Und so ähnlich war es, als Rainer auf dem Weg von Boltenhagen zurück nach Sandelshausen kurz mal »rübermachte« und bei einem VW-Händler hielt. Er war dafür extra einen kleinen Umweg gefahren.

Der Dacia parkte zwischen den neusten Modellen vor einem riesigen gläsernen Kasten und hatte noch nie so traurig ausgesehen. Falls Autos überhaupt nach etwas aussehen können. Bücher schreiben sie jedenfalls noch nicht. Während Hanno und Jana versuchten, mich mittels eines Reifendruckkontrollgeräts »größer zu machen«, wie sie es nannten, waren Hedda und Rainer im Inneren des Glaskastens verschwunden. Es dauerte eine halbe Ewigkeit, in der ich ungefähr sieben Mal fast geplatzt wäre, als die beiden freudestrahlend und mit ein paar Papieren in der Hand zurückkamen.

»So, Kinder, Auto ausräumen, wir ziehen um!«, sagte Hedda.

»Wohin?«, fragte Hanno.

»Werdet ihr gleich sehen!«, versprach Rainer, verschwand mit einem Mann im Anzug und kam wenige Minuten später in einem knallroten, kastigen, aber windschnittigen Gefährt wieder.

»Wow!«, sagte Hanno und ließ eine Welle durch seinen Körper rollen, als Ausdruck seiner Euphorie.

»Ein GTI«, sagte Hedda noch ganz benebelt vor Glück.

Ich verstand nicht wirklich, was da vor sich ging. Bis ich schließlich im Wagen saß und Rainer aufs Gas drückte. Meine Damen und Herren, ich war mir vorher nicht bewusst, dass man so etwas wie Druck auf den Augäpfeln verspüren kann, aber nun war es so weit. Die Beschleunigung im sogenannten GTI war so stark, dass ich das Gefühl hatte, ich konnte mich selber im Rückspiegel sehen, so nah schien es an der Lichtgeschwindigkeit dran zu sein. Rainer hupte und lichthupte sich über die Autobahnen. Wenn das so weiterging, waren wir gleich in Moondarra.

»Wir müssen damit auf jeden Fall noch irgendwohin!«, brüllte er Hedda im Cockpit an.

»Raini, das hast du ganz weise gesagt, aber die Sommerferien sind jetzt bald zu Ende, und die Kinder ...«

»Dann im Herbst! Wir lassen es krachen, Hedda!«

»Sollten wir nicht langsam ein bisschen aufs Geld achten? Für den harten Winter ... sozusagen?

»Hedda, niemand hört uns mehr ab. Schon gar nicht in einem GTI.«

»Du weißt schon, was ich meine. Wir wollen nicht übermütig werden.«

»Das sagst du zu einem, der gerade zweihundert fährt, Schatz … ist dir das bewusst? Zweihundert! Hahahahahaha!«

Für einen Moment brach uns der Schweiß aus, denn diese Art von Lachen hatte noch keiner in der Familie von Rainer gehört. Es war das neue GTI-Lachen, das Lachen eines fast wiedervereinigten Landes, das Lachen der freien Marktwirtschaft und der freien Geschwindigkeit. Hahahahahaha – so klang der Kapitalismus, liebe Leserinnen und Leser.

»Wo willst du denn hin?«

»Ich weiß nicht … hast du dich noch nie gefragt, wie es in Monaco ist? St. Tropez, Cannes?«

»Inspektor Clouseau?«

»Ja! Wie lebt eigentlich Inspektor Clouseau? Haben wir nicht ein Recht, es zu erfahren?«

»Wer kümmert sich denn jetzt um den Betrieb, hast du darüber mal nachgedacht?«

»Ja …«

»Und wer?«

»Ich.«

»Du??«

»Aber, Papa, du kannst doch gar nicht backen!«, schaltete sich Jana ein, die neugierig mitgehört hatte.

»Sicher kann ich backen! Du warst noch gar nicht auf der Welt, als ich damit begonnen habe. Meine erste Ausbildung war zum Konditormeister. Ich hab sie aber abgebrochen, als Papa abgehauen ist. Zu viel Verantwortung.

Mama hat den Laden dann geschmissen, bis sie in den Knast kam und uns alles weggenommen wurde. Ich glaube, sie hatte recht. Es ist und bleibt ein Familienbetrieb.«

»Du wirst also Konditormeister?« fragte Hedda.

»Nicht ganz, ich werde Geschäftsführer. Ich stelle einen Konditormeister an. Einen, der gute Arbeit leistet.«

»Ich werde Chefin«, brüllte Jana wieder von ihrer Sitzbank, wofür Hanno ihr eine wischte.

»Halt's Maul, werd erst mal dünn!«, sagte er.

»Du bist so fett, dass man dich als Butter auf eine Stulle schmieren kann!«, sagte Jana.

»Du bist so fett, dass du deine Füße nicht sehen kannst!«

»Du bist so fett, dass du bald in 'nem Stadion auftreten musst, weil du nicht mehr ins Kulturhaus passt!«

»Du bist so fett ...«

»Ruhe!«, schrie Hedda, und es half sogar kurz.

»Rainer, bist du dir sicher, dass du das durchziehen willst?«

»Wenn du mich unterstützt.«

»Heißt das, wir bleiben in Sandelshausen?«

»Erst mal schon, ja ...«

»Dann gehe ich in die Politik, Rainer, und verhindere, dass sie unsere Gehwege mit Buntsteinpflaster sanieren.«

»Großartig!«

»Hanno kommt immer auf meine Hälfte!«, beschwerte sich Jana.

»Da, wo mein Körper ist, ist mein Territorium! Das ist wie bei Honecker!«

»War Honecker fett?«

»Nö, aber überall.«

HERBST

1.

Im Westen gibt's Neues

Monaco also. Ich stellte es mir in etwa so vor wie Moondarra, nur dass die Menschen wahrscheinlich, über das Jahr gesehen, etwas mehr Geld zur Verfügung hatten für Brillanten und teure Tattoos, und ihre Vögel alle in eigenen Volieren lebten, genauso wie ihre Katzen und ihre Autos. Denn ich wusste ja nun, Volieren bauen, das war es, was Menschen taten, wenn sie zu Geld gekommen waren. So hatte ich es erlebt. Und ich wusste auch, dass es in Monaco viel Geld gab. Das hatte ich schon mitbekommen in den letzten Tagen. Denn kurz bevor es losging, rannte Rainer fluchend durch die Wohnung: »So eine Scheiße«, schrie er, »Hedda, ich kann die ganzen Hemden nicht mehr anziehen. Die erkennen uns doch sofort als Ostdeutsche! *Eine* Lee-Jeans! Ich hab *eine* Lee-Jeans! Soll ich die den ganzen Urlaub tragen? Die wächst doch fest am Arsch bei der Hitze, verstehste? Und dann bin ich ein Ossi mit festgewachsener Lee-Jeans und werd so steif, dass ich nicht mal mehr meinen gottverdammten GTI fahren kann!!!«

»Rainer, jetzt beruhige dich mal, das ist doch nur Monaco.«

»Nur Monaco??!! Es geht um die Karriere unseres Sohnes und darum, uns nicht als Witzfiguren zu verkaufen. Schon mal was von Grace Kelly gehört, Hedda?! Grace Kelly! Ist dir das überhaupt klar?!«

So hysterisch hatte ich Rainer noch nie gesehen. Er wühlte seinen Kleiderschrank nach Klamotten durch, die er in den letzten vierunddreißig Jahren per Westpaket erhalten hatte, und fluchte leise vor sich hin: »Nutella und Apfelsinen, verdammte Scheiße. Die hätten uns auch mal was schicken können, womit man drüben auch was anfangen kann! Aber nein, immer schön Nutella und Apfelsinen ins Westpaket. Na klar, macht ja Sinn. Da freut sich der Ossi. Das ist doch der pure Hohn! Der pure Hohn! Da bleib ich lieber nackt!«

Hedda blieb bemerkenswert ruhig. Der Urlaub hatte sich nun doch etwas verschoben. Es war Ende September geworden, denn der Paradiesvogel in Monaco wollte Hanno und mich genau zu dieser Zeit in seinem Hotel haben. Jana und Hanno hätten eigentlich schon wieder in die Schule gehen müssen. Obwohl Rainer darauf beharrte, dass die Schule vorging, hatten er und Hedda sich darauf geeinigt, dieses eine Mal eine Ausnahme zu machen. Sie wollten den Kontakt nach Moncao nutzen, um unsere erste große gemeinsame Reise unternehmen zu können. Doch nur unter einer Bedingung: Die Kinder sollten danach wieder zurück in ihre Klassen kommen.

Hedda kümmerte sich am Telefon um die bürokratischen Hürden: »Ja, wir nehmen die Kinder für vierzehn Tage aus der Schule«, sagte sie ruhig in den roten Apparat, während ich auf ihrer Schulter verweilte. »Ja, das ist mir bewusst, dass der Stoff nachzuholen ist. Natürlich. Aber es handelt sich hierbei um eine einmalige Chance, und Sie wissen ja, wie es gerade ist, nicht wahr, Frau Schmitt-Bruse? Stehen wir nicht alle irgendwie vor einer einmaligen Chance, Frau Schmitt-Bruse? Natürlich, Frau Direktorin, da haben Sie allerdings recht. Nein, wir werden nicht ›abhauen‹, geht ja auch gar nicht mehr, die Grenzen sind ja auf, man würde es einfach ›umziehen‹ nennen, nicht wahr? Nein, ich möchte Sie nicht provozieren. Ja. Nein. Ja. Nein. Ja. Nein. Okay. Also Ihr Einverständnis habe ich? Ja natürlich, Hanno wird Ihnen was mitbringen aus Monaco. Aus dem Casino, na klar! Ein was? Ein Cola-Glas? Tja, gut, also ... klar! Ein Cola-Glas, klar, das bringen wir Ihnen mit, so was haben die im Casino bestimmt! Natürlich, das ist der Wahnsinn, ja, ein echtes Cola-Glas aus Monaco. *Coca*-Cola, ist schon klar Frau Schmitt-Bruse. Gut, Frau Schmitt-Bruse, ich bedanke mich. Schönen Abend noch!«, und sie legte auf, schüttelte den Kopf und kümmerte sich wieder um ihren hysterischen Mann: »Rainer, zieh doch einfach deinen Jogginganzug an, so wie immer. Im Auto sieht dich sowieso keiner!«

»Meinst du, wir müssen uns dann umziehen, wenn wir da aussteigen?«

»Ich werde mich da bestimmt nicht umziehen. Ich geh so, wie ich bin.«

»Was meinst du damit, du gehst so, wie du bist? Bist du verrückt geworden, Hedda? Du hast eine Dederon-Schürze an! Eine *Dederon-*...«

»Ich meine natürlich nicht so, wie ich *jetzt* bin. Nur generell einfach so, wie ich *bin*. Mensch, Rainer, selbst wenn ich da in Schürze runterfahre – wir sind halt von woanders! Wo sind eigentlich die Kinder?«

»Die üben unten auf dem Hof. Hanno wollte noch ein paar Sachen ausprobieren.«

»Ohne Bördie?«

»Ich glaub, er konzentriert sich jetzt eher auf die Witze … jetzt lass mich mal in Ruhe weiterpacken, Hedda, bitte!«

»Ist ja gut, ist ja gut …«

Ja, Sie haben richtig gehört: Hannos Plan war, sich mehr auf die Witze zu konzentrieren. Jetzt fragen Sie sich vielleicht: Wie soll das funktionieren? Ein zwölfjähriger Ossi, der in einem Hotel in Monaco Witze erzählt? Nun, das werden Sie noch früh genug erfahren! Reißen Sie sich bis dahin einfach mal am Riemen mit Ihrer vorschnellen Logik, die mich übrigens schon seit einigen Seiten richtig nervt. Ich bin ja nicht blöd! Ich merk doch, wie Sie immer noch denken: Ist das wirklich wahr, was der hier verzapft? Und ich sag Ihnen: Gucken Sie doch einfach mal in ein verdammtes Geschichtsbuch! So, nun ist aber gut. Beruhigen Sie sich!

2.
Sandelshausen – Monaco

Der Tag der Tage kam schließlich, und wir quetschten uns mit allen West-Produkten, die wir hatten, um nicht wie Ossis auszusehen, in den Golf GTI. Rainer ließ den Wagen an. Es war früh am Morgen. Wir standen noch in der Einfahrt.

»Hedda?«, fragte Rainer etwas zögerlich.

»Ja?«

»Rechts oder links raus?«

»Was meinst du?«

»Rechts oder links raus? Aus der Einfahrt?«

»Na, rechts!«

»Wieso nicht links?«

»Weil wir auf die Bundesstraße Richtung Magdeburg müssen.«

»Wir müssen nach Monaco!«

»Rainer, ich weiß, aber erst mal nach Magdeburg.«

»Und warum fahren wir nicht gleich Richtung Wolfsburg, Richtung Westen, wo wir ja hinmüssen – das wäre dann nach links!«

»Rainer, weil es über Magdeburg kürzer ist.«

»Über Magdeburg ist es kürzer nach Monaco als über Wolfsburg? Das ist die wahnwitzigste Aussage, die ich je gehört habe!«

»Aber es stimmt!«

»Wo steht das?«

»Das sieht man doch! Auf der Karte!«

»Hast du es ausgemessen?«

»Nein, hab ich nicht! Ich messe doch nicht die Strecke nach Monaco aus!«

»Woher willst du es dann wissen? Wie ist der Maßstab? Zeig mal her!«

»Rainer, selbst wenn wir links rausfahren, können wir auch noch eine Straße weiter wieder nach rechts abbiegen. Es ist also völlig egal, ob du rechts oder links aus der Ausfahrt fährst.«

»Also erst mal, Hedda, ist das eine Einfahrt! Ich sehe die Dinge nämlich positiv! Und zweitens sollte man sich prinzipiell vorher überlegen, ob man nach rechts oder links fährt!«

»Mir reicht es gleich. Fahr doch lang, wo du willst!«

»Es ist dir egal?!«

»Ja!«

»Die größte Reise unseres Lebens, und dir ist es egal, ob wir rechts- oder linksrum fahren?«

Ich schaltete mich mit »Erich, mach mal Piep!!« ein, um die Situation zu entspannen.

Hedda sagte nach kurzer Pause: »Links.«

So fuhren wir los. Aus der Ausfahrt, Entschuldigung Einfahrt, der Kleinen Aue 8 in Sandelshausen nach Monaco. Es war der erste von ungefähr tausendzweihundert Kilometern Streit.

Wenn man es anhand der Klamotten nicht merkte, dann spätestens an dem Verhalten auf der Autobahn – jedes Mal wenn Rainer die zweihundert Kilometer pro Stunde erreichte, brüllte er: »Zweihundert, hahahahahaha!«, und hinten flogen Hanno und Jana die Eierbrote und Klöpse aus der Hand, und Hedda hielt sich an der Tür fest.

Als ob das etwas bringen würde, verehrte Leserinnen und Leser! Schon mal einen Autounfall mit Totalschaden erlebt, bei dem es am Ende hieß: »Alle Insassen sind ums Leben gekommen! Außer einer Person! Sie wurde unverletzt unter der Autotür gefunden!«? Na? Genau. Aber das nur nebenbei. Hedda jedenfalls schien es zu beruhigen.

Sie hatten mir einen kleineren »Reisekäfig« besorgt, den man auf den mittleren Sitz der Rückbank stellen konnte. Einen Gurt für mich gab es nicht, aber Hanno oder Jana hatten permanent einen ihrer fetten Unterarme auf meinem Häuschen liegen, so war ich ganz gut festgeklemmt. Zwar würde ich es im Falle eines Unfalls wahrscheinlich nicht unter Heddas Autotür schaffen, aber wissen Sie, ich bin ein Vogel, und da denke ich über den Tod genauso philosophisch nach wie über die Nahrungsaufnahme: muss halt. Was nicht bedeutet, das ich nicht auch in Todesangst geraten kann! Der Tod ist etwas Unausweichliches für uns lebendige Organismen, aber sterben will schließlich niemand, nicht wahr?

Und so fuhren wir, und je mehr Kilometer wir abrissen, desto bewusster wurde mir, wo ich eigentlich gelandet war. Es war was anderes, es auf einer politischen Karte in Hannos Schule gesehen zu haben, als es mit einem GTI in Lichtgeschwindigkeit zu durchfahren, das kann ich Ihnen sagen. Wir verließen unseren gewohnten Lebensraum mit einem einzigen Kommentar Rainers: »Westen«, sagte er knapp, als wir einen offenen Schlagbaum passierten. Die kleinen Häuschen links und rechts dieser Grenze waren leer. Sie erinnerten mich an meine Voliere auf dem Hof, nur, dass man in die Häuschen nicht so gut reingucken konnte und die Lebewesen, die sich darin befunden hatten, wahrscheinlich nur über ein paar Luken an der Vorderseite Luft bekamen. Grausame Haltung, wenn Sie mich fragen. Kein Wunder, dass die keinen Bock mehr hatten! Gleich hinter der Grenze hingen große Bettlaken: »Willkommen, liebe Mitbürger«, »Wir sind ein Volk«, las Hanno vor, was auf den Laken stand.

»Das wollen wir erst mal sehen«, kommentierte Hedda leise.

Rainer drehte das Radio lauter: »Jetzt erst mal schön Westradio! In bester Qualität!«, er trommelte auf das Lenkrad und jagte durch die Pampa.

»Taaaaaake on meeeeee!«, sang er laut mit.

Die Fahrt kam mir unendlich vor. Irgendwann döste ich nur noch dahin. Hedda und Rainer wechselten sich am Steuer ab, bis die Gegend von flach und grün in bergig und blau wechselte und die Günthersens beschlossen zu übernachten. Solche Berge hatte ich noch nie gesehen. Ich fragte mich zwischendurch immer wieder, wie genau ich eigentlich über sie drübergekommen war. Ich musste ja irgendwie nach Sandelshausen gekommen sein. Ich erinnere mich natürlich, dass ich mich dabei im Bauch eines Flugzeuges befunden hatte, aber wie genau es dieses Ding über die hohen Berge geschafft hatte, das war mir völlig unverständlich. Mit jedem weiteren Kilometer im Auto begriff ich, wie weit ich von meiner eigentlichen Heimat entfernt war. Und ich sage Ihnen: Begreifen ist für einen Rosellasittich ungefähr ein so schmerzhafter Prozess wie harter Stuhlgang. Schließlich ist die Größe meines Gehirns nur ein Bruchteil Ihres! Da ist gar nicht viel Platz für so viele Gedanken. Ich begriff aber trotzdem, es lag eben in meiner Natur, genauso wie – unter uns gesagt – harter Stuhlgang.

»So, wir sind erst mal angekommen, Kinder«, sagte Hedda auf dem Parkplatz vor einem schönen großen Holzhaus. »Jana, Schatz, leg mal das Buch weg jetzt und hilf mit tragen …«, sagte sie, während sie sich abschnallte.

Jana war die ganze Reise über vertieft in ein hellrosa Buch, das sie ihren Angaben nach »gefunden« hatte. Ich vermutete, dass schon wieder diverse Geschäfte der Geschwister dahintersteckten, dank derer sie sich so ein Buch hatte leisten können.

»Meister Dachs und seine Freunde?«, las Rainer interessiert den Buchtitel vor, als er zu uns nach hinten schaute. »Verstehst du überhaupt, was da geschrieben steht?«, fragte er.

Jana sah ihren Vater mit Unverständnis im Blick an: »Ist eine Horde Waldtiere um einen fetten Dachs herum, die aus ihrem gewohnten Lebensraum fliehen müssen, weil sie vom Menschen bedroht werden. Was gibt es daran nicht zu verstehen?«

»Okay, okay«, sagte Rainer, »aber … die Tiere?«, setzte er noch mal an.

»Ja?«, sagte Jana.

»Sprechen die?«

»Natürlich!«

»Und … glaubst du das?«

»Was?«

»Dass Tiere sprechen können?«

»Papa, ich *weiß*, dass Tiere sprechen können«, sagte Jana mit hochgezogenen Augenbrauen und sah mich an.

»Siehst du, Hedda! Die Kinder haben es auch schon bemerkt!«

»Pssst, nicht vor dem Vogel!«, gab Hedda zurück.

»Gibt's ein Problem?«, rutschte es mir raus, denn ich wusste natürlich, dass es um mich ging.

Hedda sah aufgeregt in den Rückspiegel. Rainers Augen vergrößerten sich auf das Doppelte.

»Nein, Bördie, alles gut …«, sagte Hanno, ohne von seiner *Bravo* aufzusehen: »Mutti und Vati denken nur, sie sind verrückt, weil du sprichst.«

»Erich, mach mal Piep!«, piepte ich, weil mir eben danach war.

»Dabei sind sprechende Tiere das Normalste, was es gibt. Alle meine Bücher sind voll von ihnen … als wäre das das Wichtigste, was man Kindern beibringen muss: Tiere sprechen und haben Probleme, so wie du und ich«, murmelte Jana und blätterte weiter in ihrem rosa Buch. »Aber ich wünschte, Meister Dachs würde einmal die Fresse halten, ist 'n echter Idiot. Ein Hase musste schon dran glauben.«

»Na gut«, sagte Hedda noch etwas verunsichert, »dann steigen wir mal aus und gehen einchecken.«

»Wir sind in der Schweiz«, sagte Rainer mit einem Augenzwinkern zu uns nach hinten.

»Na und?«, sagte Hanno und stieg *Bravo* lesend aus dem Auto. Denn sehen konnte man sowieso nicht mehr viel von dieser Schweiz, es hatte längst angefangen zu dämmern.

3.
Mitlachen, mitleiden

»Monaco! Monaco! Monaco!«, ich krächzte es beinahe unaufhörlich. Wir waren angekommen! Wir hatten zwei ganze Tage im Auto verbracht, trotz Lichtgeschwindigkeit im GTI. Wir hatten gestritten, uns verfahren, das erste Mal mit französischen Francs bezahlt, gleich zu viel, verarscht worden vom Tankwart, wieder verfahren, Croissants in einem Dorf gegessen, worauf ich grünen Schleim erbrach, die Günthersens haben sich wieder gestritten, Hanno hatte mich leer gedrückt, weil er der Meinung war, der grüne Schleim müsse raus, und jetzt waren wir da.

Es war wunderschön. Es war fast noch schöner als die Baumkuchenfabrik, denn hier gab es viel schönere, reichere Menschen und süßere, verrücktere Früchte, ich roch sie sogar durch das Fensterglas des Autos. Die Menschen selbst sahen aus wie große bunte Vögel, und so fühlte ich mich fast unter Artgenossen und -genossinnen, obwohl sie nicht meiner Art waren. Alles roch nach Fortpflanzung: die Menschen, der Strand, die Restaurants. Ich witterte eine Fruchtbarkeit, die ich in Sandelshausen so nie registriert hatte. Und die Häuser! Wie steil aufragende Fruchtbarkeitssymbole! Davor das blaue Nass des Meeres und die fruchtigen Wiesen der tropischen Parks! Mit dem GTI schlängelten wir uns durch das Stadtzentrum und konnten kaum fassen, wo wir gelandet waren. Hanno und Jana drückten sich am Fenster ihre Nasen platt, als ob auch sie die neue, fruchtbare Fährte dieser Welt aufnehmen wollten. Heddas Kiefer schien sich seit der Einfahrt in die Stadt nicht mehr schließen zu lassen. Und Rainer? Die Fensterscheiben runtergekurbelt, sang er laut das Lied im französischen Radio mit: »I've been looking for FREEDOM!« Seine Hysterie war einer unbändigen Euphorie gewichen. Er kam mir fast vor wie der größte Fan einer Band, die nicht existierte. Und als wir vor einem protzigen Bau ankamen, mit einem kleinen Kreisverkehr davor, drehte er ein paar Extrarunden im Kreisverkehr und rief: »Ich bin Senna!! Ich bin Senna! Ayrton Senna! Hahahahaha!! Wrummm Wrummmm! Wrrrrrrr!«, machte er die Motorengeräusche nach, von denen er sich einbildete, dass sie genauso klangen.

»Papa, ich kotz gleich!«, schrie Jana von hinten.

»Hahahahahahaha! Weiter!!«, schrie Hanno und pikste seiner Schwester in den Bauch.

»Hier fahren sie immer lang! Vor dem Casino! Mit einem Affenzahn!«

»Rainer! Reiß dich mal zusammen jetzt! Hihihihi!!«, machte Hedda, die sich nicht so richtig entscheiden konnte.

»Erich, mach mal Piep!«, rief ich aus der geöffneten Scheibe, so dass der ganze Vorplatz des schicken Gebäudes es hören musste.

Generell schien es mir an diesem Ort auf einmal viel einleuchtender, was es bedeutete, ein Mensch zu sein. Die Menschen hier freuten sich nämlich den ganzen Tag vor sich hin, einfach weil das Wetter gut war, die Sprache wie die Wellen des azurblauen Meeres vor sich hin plätscherte und man eben das tat, was wichtig war als Lebewesen: gut essen, gut vögeln. Es machte alles Sinn. Warum war das bloß in Sandelshausen nicht so gewesen? Warum hatte man in Sandelshausen vergessen, den Farbfilter über das Leben zu streifen? Die Heimat der Günthersens schien so grau gegen das hier, dieses Leben, das den Knalleffekt einer bunten Dederon-Schürze versprühte, nur aus besserem Material. Geradezu paradiesisch.

Wir checkten in das Hotel des Freundes des Direktors aus Boltenhagen ein, und noch am selben Abend hatte Hanno seinen ersten Auftritt auf der hoteleigenen kleinen Bühne. Wir zogen unsere Show aus Boltenhagen ab. Sie war ein voller Erfolg. Fast das ganze Publikum kam aus Deutschland, Österreich und der Schweiz, Hannos Humor war für sie so exotisch wie für uns die langen Stangen-Brötchen, die sie hier an Tankstellen und beim Bäcker verkauften und von denen ich ganz furchtbaren Durchfall bekam.

Die Günthersens fuhren voll drauf ab. Auf das Brot und auf die Show. Rainer klatschte stolz. In seiner einzigen Lee-Jeans und einem weißen T-Shirt eigentlich sehr angepasst gekleidet, verriet er sich dann doch durch seine Tränchen in den Augen und ein sehr ostdeutsches »Jawoll!«, und als hätten es nicht schon alle begriffen, sagte er zu seinem Nachbarn gewandt, laut klatschend: »Wir sind nämlich ausm Osten, weißte?«

Ich konnte es von Hannos Schulter aus hören, als wir während des Applauses zu Rainer, Hedda und Jana rübergingen, und kicherte etwas in mich hinein. Das war doch typisch Mensch, oder? Erst mal alles tun, um sich anzupassen, und danach trotzdem darauf aufmerksam machen, dass man was Besonderes war. So wäre man in der freien Wildbahn auf jeden Fall gefressen worden.

»Das tut mir sehr leid für Sie!«, antwortete der Mann, mit dem Rainer geredet hatte.

»Was jetzt?«, sagte Rainer noch klatschend und lachend.

»Dass Sie ein Ossi sind.«

»Wie meinen Sie das?«, fragte Rainer etwas irritiert.

Ich putzte mein Gefieder auf Hannos Schulter sitzend.

»Na ja … die Repressionen, die Grenzen, die Überwachung. Alles! Es tut mir einfach alles von Herzen leid für Sie. Ich meine: ein ganzes Menschenleben einfach komplett versaut, nicht wahr?«

»Welches Menschenleben soll denn versaut sein?!«, etwas Ärger hatte sich nun in Rainers Stimme gemischt.

»Na, Ihres! Und das Ihrer Kinder! Obwohl … die kann man vielleicht noch retten …«

»Unser Leben war super!«

»Hahaha, also das muss man Ihnen lassen: Humor haben Sie ja wirklich. Davon hatte ich gehört, aber nun erleb ich es mal live … und Ihr Sohn erst! Grandios!«

»Hören Sie mal! Wir hatten ein schönes Leben. Wir haben gerne da gewohnt, wo wir gewohnt haben. Wir wohnen da immer noch! Gerne!« Rainer war jetzt ganz aufgeregt.

»Raini, lass mal … der versteht das doch nicht«, beschwichtigte Hedda Ihren Gatten.

»Aber, Hedda, sie glauben, wir hätten wie Tiere in einem Käfig gelebt oder so was!«

»Ich finde das toll, dass das alles so friedlich über die Bühne gegangen ist. Na ja, willkommen im Westen jedenfalls«, sagte der Mann lächelnd und drückte Rainer einen grünen Schein in die Hand, bevor er ging.

»Hedda, die bemitleiden uns.«

»Na ja, ein bisschen bemitleidenswert sind wir vielleicht auch. Guck dich doch mal um hier … was wir jahrelang verpasst haben.«

»Der Idiot hätte uns wenigstens Francs zustecken können«, sagte Rainer erbost und steckte den Geldschein in sein Portemonnaie.

»Mama, was wollte der Mann?«, fragte Jana, die dem verschwitzten Hanno ein schneeweißes Handtuch reichte.

»Der wollte uns helfen … glaub ich.«

4.
Mitten im Meer

Das Mittelmeer, unerforschte Tiefen, jedenfalls für eine ostdeutsche Familie und für mich – unerträgliches Nass. Und trotzdem fanden wir schon am zweiten Tag den Weg hinunter zum Strand. Aufregung lag in der Luft, das erste Mal ein anderes Meer als das, was es an der Küste nördlich von Sandelshausen gab. Meiner Meinung nach war das auch eher ein großer See.

»Plage du Larvotto!«, las Rainer laut vor. »Da wollen wir hin, oder?«

»Ich will keine Plage! Ich will in die Batze!«, schnauzte Hanno von unserer Rückbank aus, wo er sich unter einem riesigen Käppi und hinter einer verspiegelten Sonnenbrille verschanzt hatte.

Seit unserer Ankunft kristallisierte sich heraus, dass er mit südfranzösischen Eiskreationen weit mehr anfangen konnte als mit dem Klima. Er verließ das Hotelzimmer auch in den kommenden Tagen eigentlich nur für seine Auftritte im Foyer des Hotels und ab 18 Uhr, wenn der Poolbereich im Schatten lag und er in Ruhe eine Arschbombe nach der anderen ausführen konnte. Aus diesem Grund sah er selbst nach ein paar Tagen noch ungefähr genauso weiß aus wie im Winter, während Hedda, Rainer und Jana langsam »knusprig« wurden, so schien es mir. Das war schon wieder eine Marotte, die ich nicht verstand. Woher kam der Drang, sich selbst zu garen? Nun ja. Wir erreichten also den »Plage du Larvotto« und fanden nach langer Suche einen Parkplatz.

»Ich hab mein ganzes Leben noch nie so lang nach einem Parkplatz gesucht. Das ist doch unglaublich, Hedda. Von wegen, im Westen ist alles verfügbar …«

»Beruhige dich, Rainer!«

Wir fanden den Strandzugang und blickten hinunter zu den vielen Menschen, die in Reih und Glied auf Liegestühlen vor sich hin garten. Ab und zu gab es etwas anarchischere Bereiche, in denen Menschen auf Handtüchern verstreut waren wie Streusel auf einer Geburtstagstorte. Ein seltsamer Anblick, wie die Menschen sich auf diesen schmalen Sandstreifen pressten, links und rechts eingeengt vom azurblauen Meer und von grauen Hochhausschluchten. Natürlich war es beeindruckend, aber es war auch voll, und ein wenig, meine Damen und Herren, vermisste ich den Geruch nach Seetang und vergammelndem Fisch, auch wenn Geruch an sich für mich eine eher untergeordnete Rolle spielt. Aber die Luft war so schwer von Sonnencreme und teurem Parfüm, dass es mir das Vogelhirn völlig vernebelte.

»Hier ist es voll!«, bemerkte Hanno, der seinen Kopf unter einem Handtuch versteckt hatte.

»Ziemlich viel Textil!«, bemerkte Rainer.

»Ich glaube, die sind hier katholisch, oder?«, fragte Hedda.

»Nee, ich glaub, die sind einfach nur prüde. Ohne Grund.«

»Was ist prüde?«, fragte Jana.

»Das ist, wenn man sich nur in Textil zeigen will, sogar beim Umziehen«, sagte Rainer.

»Also eigentlich bedeutet das, dass man sich in Bezug auf seine Sexualität oder den eigenen Körper unfrei fühlt.«

»So unfrei wie die DDR?«, fragte Jana weiter.

»Nein, nein, die DDR war überhaupt nicht prüde«, sagte Rainer.

»Aber unfrei?«

»In Bezug auf das Reisen, ja«, sagte Hedda.

»Und bei Sexualität?«, fragte Jana weiter.

»Nein, nicht so …«, sagte Hedda.

»Und warum waren dann nicht alle nackt?«

»Ist eine berechtigte Frage!«, gab Rainer zu. »Weißt du, Jana, wir sind hier zwar am Strand, also in der Natur, aber auch mitten in der Stadt. Menschen kommen hierher und wollen sich wohl fühlen und zeigen, was sie sich Teures anziehen können. Deshalb wäre es ja quasi bescheuert, wenn sie es am Strand wieder ausziehen«, erklärte Rainer.

»Ich möchte gerne nackt sein!«, sagte Jana wieder. »Ich bin nämlich nicht unfrei! Und mein Nicki war nicht teuer, oder, Mama?«

»Nein, war er nicht«, sagte Hedda.

»Und ihr?«

»Wir?«, sagte Hedda und schaute Rainer an.

»Wir bleiben heute mal angezogen«, sagte Rainer.

»Warum?«, fragte Jana wieder.

»Weil sie sich anpassen«, sagte Hanno mürrisch unter seinem Handtuch, während er versuchte, sich in Rainers Schatten zu stellen.

»Warum passt ihr euch an?«, fragte Jana weiter.

Hedda und Rainer wurden langsam unruhig. »Wir gehen jetzt mal runter, hier ist es einfach zu heiß!«, unterbrach Hedda das Gespräch und schnappte sich entschieden die große Badetasche.

Jana zuckte mit den Schultern, zog sich komplett aus, schnappte sich meinen Käfig und lief Nackedei bis an die

Wasserkante hinunter. Ein paar Leute guckten, aber eigentlich schien es niemanden zu stören. Mit meinem Käfig in der Hand betrat sie das Mittelmeer und kicherte: »Mama, guck mal! Ich bin im Mitten Meer!«

»Toll!«, rief Hedda.

»Pass auf Bördie auf!«, rief Rainer.

»Ja!«, schrie sie und stellte mich in den nassen Sand, wo die Wellen seicht an die Plastikschale meines Käfigs klatschten.

Hedda hatte mir ein weißes Tuch durch die Gitter meines Käfigdaches gefädelt, so dass ich mich von der Sonne geschützt mit den Günthersens bewegen konnte. Ich saß also auf meiner Stange im »Mitten Meer« und sah auf die glitzernde Wasseroberfläche. Ein braves, ein glitzerndes, ein angezogenes Meer, dachte ich. Als hätte es sich ebenfalls entschieden, nichts auszuziehen, um zu zeigen, was es hat. Ja, da gucken Sie, was? Aber zu solchen Gedanken war ich durchaus in der Lage. Bevor ich aber zu einem weiteren intellektuellen Höhenflug ansetzen konnte, ging die Käfigtür auf. Hanno nahm mich heraus und sagte: »Komm, wir üben tauchen!«

Und na ja, Sie können sich denken, wie das lief. Hanno tunkte mich in das ach so brave Meer, bis ich akute Schnappatmung bekam. Er bemerkte es und versuchte mich dann in seine Taucherbrille einzudrücken, um mich vor der Nässe zu schützen. Als meine Sinne bereits schwanden, hörte ich noch Rainers Stimme in der Ferne.

Das Nächste, an das ich mich erinnere, waren die Gesichter der Günthersens, die über mir wie ein leuchtender Kranz aus Glühlampen eine nach der anderen angingen. Und wenn Glühlampen besorgt gucken könnten, dann hätten sie so geguckt wie Hedda, Rainer, Jana und Hanno in diesem Moment.

»Bördie?!«, fragte eine Stimme.

Dann spuckte ich ungefähr die Hälfte vom »Mitten Meer« in einem steilen Strahl in den Kranz der Glühlampen-Gesichter und kam wieder zu mir.

»Oh Gott, er lebt!«

»Hanno, entschuldige dich!«

»'tschuldigung, Bördie!«, sagte Hanno mürrisch und zog sich wieder ein Handtuch über den Kopf.

Und so hatte ich einen weiteren Tag überraschenderweise überlebt.

5.
Coucou heißt nicht Kackhaufen

Wir schlenderten die palmenbewachsene Promenade Monte Carlos entlang, Hanno mit seinem ungefähr zehntem Eis an diesem Tage, ich lauschte versonnen den Günthersens, die schon wieder eifrig am Diskutieren waren: »Ich sage ja nur, Rainer, die Leute meinen es nicht böse …«

»Aber, Hedda, wir können das doch nicht auf uns sitzenlassen. Überall belächelt man uns! Es ist unerträglich!«

»Warte doch mal ab, bis die Ersten zu uns kommen, zum Urlaubmachen. Die werden schon noch sehen, was sie verpasst haben.«

»Hedda, sieh dich mal um: Du glaubst doch nicht wirklich, dass jemand von hier freiwillig zu uns kommt, um Urlaub zu machen? Ich meine, den Baumkuchen in allen Ehren, aber jedes Baguette ist aufregender!«

»Für dich vielleicht!«

Und plötzlich entdeckte ich sie auf einer weißen Bank sitzend und zwitschernd. Es war, als würde ich in einen leicht verstaubten Spiegel schauen, denn sie glich mir bis auf die letzte Feder, nur war alles etwas blasser an ihr und schmaler. Mit offenem Schnabel ließ ich mich zunächst an ihr vorbeitragen. Doch ich fasste Mut und flog schließlich von Rainers Schulter zur Bank.

»Hallo«, piepste ich in unserer Sprache.

»Hallo«, piepste sie zurück.

»Wer bist du?«, fragte ich.

»Sie nennen mich Coucou.«

»Coucou …«, überlegte ich, »heißt das nicht Kackhaufen?«

»Ist das deine Art, Freundschaft zu schließen, da, wo du herkommst?«

»Nein, nein, sorry … manchmal sage ich einfach, was mir durch mein Vogelhirn schwirrt. Und das hängt meistens eng mit meiner Peristaltik zusammen.«

»Du bist süß.«

»Süß? Ich würde es eher als sauer bezeichnen … mein Speichel wird nämlich sauer, wenn ich auf Balz bin.«

»Ach ja …?«

»Meine Partnerin ist gestorben, ich bin frei. Du?«

»Ungebunden.«

»Tja, also dann …«

Und ich spannte meine Flügel an, spreizte sie in heller Aufregung vom Körper ab, zuckte etwas mit dem Schädel, sträubte mein Kleingefieder, und – tja was soll ich sagen – das war es auch schon.

Coucou drehte sich, und schon ging es rund. »Ist nicht gerade viel Auswahl hier«, tschilpte sie, während ich die Begattung vollzog.

»Frag mich mal! Meine Letzte war ein Wellensittich!«, antwortete ich, als ich Coucou mit meinem Samen befruchtete.

»Wie bist du auf dieses Festland gekommen?«, fragte Coucou, während ich den letzten Saft aus der Kloake presste.

»Ich war der Begrüßungs-Hunni für die Günthersens.«

»Für wen?«

»Das ist der Schwarm, in dem ich lebe. Manchmal versuchen sie mich umzubringen, aber zwischendurch sind sie in Ordnung. Ich spreche ihre Sprache.«

Und ich stieg von ihr herunter und schüttelte mich kurz. Da bemerkte ich, dass die ganze Familie Günthersen mit offenem Mund vor der Parkbank stand.

Hannos Eis lief ihm über seine Hand und hatte neben seinem Turnschuh bereits eine Pfütze gebildet.

»Bördie, du Sau!«, rief Hedda aus.

»Mama, was macht Bördie da?«, fragte Jana neugierig.

»Bumsen!«, sagte Hanno trocken und grinste sich das Gesicht schief.

»Tja, also dann sind wir jetzt wohl ein Paar«, sagte Coucou ganz nonchalant und plusterte sich auf.

»Denke schon, ja.«

»Gut, wohin gehen wir?«

»Nach Sandelshausen. Das ist im Osten. Das ist da, wo die herkommen«, sagte ich.

»Ich bleib hier«, sagte Coucou, »ich will, dass du auch bleibst. Unsere Eier sollen im Königreich Monaco schlüpfen. Hier soll es unseren Küken gutgehen.«

»Okay«, sagte ich, denn irgendwie machte alles, was Coucou sagte, unglaublich viel Sinn.

Ich war programmiert, ihr zu gehorchen, nun, da wir ein Paar waren. Und so kam es, dass ich abermals meine Flucht plante.

6.
Fluchtversuch Part Two

Die Fluchtplanung war nach ungefähr drei Sekunden beendet. »Gut, komm, wir hauen ab!«, sagte ich zu Coucou, und wir flogen davon. Unter mir sah ich, wie sich die Köpfe der Günthersens nach uns verdrehten.

»Bööööööördie!!!«, rief Jana laut.

Ich kann aber nicht sagen, dass ich so etwas wie Schuldbewusstsein oder Abschiedsschmerz fühlte. Ich glaube, in Zeiten der Paarung bin ich nicht in der Lage, etwas anderes als die Paarung zu fühlen. Weil nur dieses Gefühl zu einem ultimativen Erfolgserlebnis für den Erhalt meiner Art führt.

Wir flogen also davon. Der Blick über die weite Bucht von Monte Carlo war geradezu berauschend. Korkende Eichen und duftender Lavendel, ich sage Ihnen, ich fühlte mich wie ein Flaschengeist in einer viel zu großen Flasche. Plötzlich machte das Vogelsein wieder Sinn. Für solche Ausblicke lohnte es sich, fliegen zu können.

Coucou flog vorneweg. Sie steuerte auf einen kleinen Park zu, mit echten Palmen! Solche, wie ich sie aus meiner Heimat kannte. Hier, in diesem kleinen Park, mitten in der Stadt, hatte sie sich eingerichtet.

»Wie bist du denn zu einem Leben in Freiheit gekommen?«, fragte ich sie.

»Sonnenblumenkerne.«

»Aha«, sagte ich, denn das kam mir bekannt vor.

»Und du?«

»Ich bin nicht frei.«

»Du bist doch hier!«

»Ja, aber ich bin eigentlich ein Zuchtsittich und lebe bei den Günthersens. Wahrscheinlich werden sie sich jetzt fragen, wo ich bin, und Hanno wird denken, er hat mich für immer als seinen Show-Partner verloren.«

»In Monaco geht nichts verloren. Alles, was die Menschen liegen lassen, bekommen sie wieder, hier hat es keiner nötig, was zu klauen, geschweige denn umsonst mitzunehmen.«

»Warst du schon mal im Osten?«

»Du meinst in Saint Roman oder Larvotto? Die haben da nicht so schöne Parks ...«

»Nein, äh, ich meine im Osten. Im richtigen Osten.«

»Wo soll der sein, der richtige Osten?«

»Na, da, wo wir herkommen!«

»Und wo ist das?«

»Mit dem GTI ist es ungefähr zwei Tage weg, und man kann über Magdeburg oder Wolfsburg reinfahren.«

»Das sind eine Menge Burgen bei euch.«

»Ja!«

»Habt ihr auch einen Fürsten?«

»Erich-mach-mal-Piep hat vor kurzem abgedankt. Aber das ist ganz gut, weißt du, denn die Menschen sind jetzt frei. Vorher durften sie nicht aus ihrem Land raus.«

»Schon armselig, wenn man nicht fliegen kann.«

»Allerdings! Dafür wurde dort alles geteilt. Essen, Grundstücke, das Badewasser, Katzenfutter, Babys – einfach alles. «

»Ich hasse es, zu teilen. Was meins ist, ist meins.«

»Das Problem war: Dadurch, dass es alles, was da war, für alle gab, haben sich alle die ganze Zeit um alles geprügelt. Denn wenn etwas alle war, dann war es alle!«

»Du sprichst in Rätseln.«

»Sorry!«

»Ich finde es gerecht, wenn ich behalten kann, was ich finde. Jetzt hab ich dich gefunden. Wollen wir noch mal vögeln?«

»Unbedingt!«

Und so verging der erste Tag in Freiheit.

Coucou war ein besonderer Vogel. Das haben Sie sicherlich schon verstanden. Sie war relativ intelligent, jedenfalls intelligent genug, um sich ein Leben in Freiheit zu ermöglichen. Wie sie das genau geschafft hatte, erfuhr ich aber leider nie, denn sie sagte, daran könne sie sich nicht erinnern. Prinzipiell hatte sie einige Probleme mit der Vergangenheit. Sie konnte sich schon einen Tag später nicht mehr erinnern, wie wir uns kennengelernt hatten. Dafür allerdings hatte sie eine besondere Gabe für die Zukunft. Ja, meine Leserinnen und Leser, ich weiß, es klingt für Ihr menschliches Bewusstsein etwas irrational, aber es war tatsächlich so, dass Coucou bis zu einem gewissen Grad die Zukunft vorhersagen konnte. In etwa so wie ein bewusstes Déjà-vu!

»Vorsicht«, sagte sie zum Beispiel, als wir am zweiten Tag auf unserem Ast saßen.

»Warum?«, fragte ich, aber sie antwortete nicht. Einen kurzen Moment später löste sich aus der Krone des Baumes eine Nuss und traf mich am Flügel.

»Aua, Scheiße! Woher wusstest du das?!«

»Na, das hat man doch gesehen!«

»Wie kannst du das sehen, bevor es passiert?«

»Wie kannst du etwas sehen, nachdem es passiert?«

»Coucou, du machst mir Angst.«

»Ich bin deine Frau!«

»Ich weiß, trotzdem … wir kennen uns erst seit vierundzwanzig Stunden.«

»Das weiß ich doch nicht!«

»Deshalb sag ich es dir ja!«

»Ich bin schwanger.«

»Was?!«

7.
Wieder vereint

Kaum hatte sie diese Worte in die Welt gepiept, legte sich ein Netz über Coucous und meinen Kopf!

Ja, Sie haben richtig gelesen! Ein Netz! Und zack!, riss es uns die Beine weg, und wir fielen hinunter Richtung Boden. Doch bevor wir aufprallten, hielt uns das Netz fest in seinem Griff, und ein knolliges riesiges Gesicht erschien vor unseren Schnäbeln. Leider konnte ich zu diesem Zeitpunkt nur die Sprache der Günthersens, und so verstand ich nicht wirklich, was der Mensch zu uns sagte. Es klang aber sehr danach, als hätte er am Morgen etwas Falsches gegessen und würde nun an Verdauungsproblemen leiden. Vielleicht wollte er sich nun mit Coucou und mir den Magen füllen? Coucou war in eine Art Schockstarre verfallen.

»Warum hast du das denn nicht vorhergesehen!?«, fragte ich, aber sie antwortete nicht.

Der Mensch trug uns von unserem Baum weg und durch den Park. Er verfrachtete uns im Kofferraum seines Autos in eine Pappbox mit Löchern. Coucou und ich hatten sie in Nullkommanix vollgeschissen und versuchten in den Kurven verzweifelt Halt auf dem glitschigen Pappboden zu finden.

Mein Verstand hatte ausgesetzt. Ich kapierte nicht ansatzweise, was los war. Ich hatte gehört, dass Menschen von Dunkeldeutschland sprachen, und dachte für einen Moment: Vielleicht war es das? Vielleicht war ich nun in

Dunkeldeutschland angekommen? Ich hatte ja keine Ahnung, wo das geografisch lag. Es hätte für mich auch in einem Karton sein können! Im Prinzip störte es mich wenig, denn gefährlicher als mit den Kindern der Günthersens konnte es nun auch nicht werden. Aber diese Kurven und das Hin- und Herrutschen in der eigenen Scheiße – also das empfand ich schon als problematisch.

»Coucou«, versuchte ich die Kontaktaufnahme in Dunkeldeutschland, »geht es dir gut?«

»Ja«, röhrte sie, »hier ist alles voller Scheiße!«

»Ich weiß«, sagte ich, »das waren wir!«

»Das ist dieser Scheiß-Vogelfänger von Monaco-Ville! Ich hätte dich warnen sollen, ich bin ihm sonst immer entkommen, aber in diesem Moment hab ich nur an meine Eier und an unsere ferne Zukunft gedacht – nicht an die unmittelbare!«

»Coucou, wir schaffen das schon! Solange wir nicht in dieser verrückten Familie sind, kriegen wir die Eier schon irgendwie durch!«

»Aber er sperrt uns ein, Bördie! Verstehst du das nicht?«

»Ach, die waren auch eingesperrt, alle! Jahrelang! Ich sag dir, das hier ist kein Vergleich!«

Wir kamen schließlich an. Der Mann packte Coucou und mich mit seinen zwei riesigen Händen, so dass nur unsere zuckenden Köpfe aus seinen Fäusten guckten, und brachte uns in ein Geschäft. Dort wurden wir in eine große Voliere gesetzt, die zu einer Seite hin ans Schaufenster des Ladens grenzte. Und ich sage Ihnen, das war ein Traum! So viel Platz! Und ungefähr ein Dutzend anderer Artgenossen und -genossinnen. Nicht nur von unserer Art, auch von verwandten Arten. Es war ein Feuerwerk der Sittichkultur! Es tschilpte und piepte von allen Seiten. Wir hatten ein riesiges Bassin in der Mitte, in dem heiße Sittich-Girls ein Bad nahmen, und richtige Äste verbanden die Wände der Voliere, auf denen ebenso heiße Sittich-Boys ihre geilen Lieder tschilpten. Überall hingen Stangen voller Körner von der Decke. Es war das schönste Gefängnis, das ich je gesehen hatte! Und mein Frauchen Coucou begann schon mit dem Nestbau. Es war merkwürdig, wissen Sie, aber ich hatte zum ersten Mal in meinem Leben für einen kurzen Moment das Gefühl, dass ich angekommen war.

»Hi«, tschilpte ein Genosse hinter mir.

»Hi!«, sagte ich.

»Wo kommst du her?«

»Aus Sandelshausen in Ostdeutschland, aber eigentlich aus Moondarra, Down Under …«

»Das tut mir leid für dich«, antwortete der Genosse.

»Was?«, fragte ich.

»Dass du ein Ossi bist, ein Artgen-Ossi«, sagte er, und ein paar der anderen gackerten, so wie nur eine Horde Großsittiche gackern konnte. Es hörte sich an, als würde man eine Packung Knusperflocken durch einen Flipperautomaten jagen.

Da kam Coucou und hackte ihm in den Kopf. Einfach so! »Halt deinen Schnabel!«, sagte sie, und der Piepmatz zog beleidigt ab.

»Ich versteh das gar nicht«, sagte ich, »warum sind die so feindlich?«

»Wir sind die Neuen, Bördie. Wir sind eben fremd und fangen in der Hackordnung ganz unten an. Warst wohl noch nicht so oft unter Genossen?«

»Nee, nur die ersten Monate in Moondarra.«

»Wir müssen nur aufpassen, dass sie unsere Eier in Ruhe lassen. Du musst mich füttern, während ich unser Nest baue. So ist es biologisch vorgesehen. Okay?«

»Okay!«, sagte ich und begann, Coucou alles anzuschleppen, was ich an Nahrung finden konnte.

Als sich der Nachmittag dem Ende zuneigte, kam ein kleines Mädchen an das Schaufenster und zeigte aufgeregt auf uns. Minuten später griff ein riesiger Arm in die Voliere und packte knapp an uns vorbei den Piepmatz, der mich ein paar Stunden vorher noch ausgelacht hatte. Er flatterte panisch durch seinen neuen kleinen Käfig, den das Mädchen stolz von einer Seite zur anderen schwang, während sie dem Ladenbesitzer zuwinkte.

Ich verstand das System. Coucou und ich mussten möglichst un-niedlich und gefährlich wirken, damit wir nicht von kleinen Mädchen weggekauft und auseinandergerissen wurden. Noch am selben Abend rupften wir uns gegenseitig unsere Federn aus.

Am nächsten Tag standen der Vogelfänger und der Ladenbesitzer mit großen Fragezeichen im Gesicht vor uns. Wahrscheinlich vermuteten sie, dass wir sterbenskrank waren, dabei waren wir einfach nur sauschlau! Ich hielt mich bei Coucou auf dem Boden auf, wo sie schon eine ansehnliche kleine Höhle zusammengezimmert hatte. Sie ließen uns in Frieden. Und eigentlich glaubten wir, mit unseren Vogelhirnen, die Welt sei in bester Ordnung. Als plötzlich ein Junge vor unserem Schaufenster auftauchte. Es war nicht einfach nur ein Junge. Es war ein fetter Junge, mit zerzauster Frisur und weißem Mondgesicht, auf einem Arm Sonnenbrand, wo das Handtuch wahrscheinlich nicht ganz hingereicht hatte. Er trug eine Jogginghose mit drei aufgenähten goldenen Streifen. Er presste jetzt sein fettes Gesicht gegen die Scheibe, so dass kein Zweifel bestand: Das war Hanno Günthersen.

»Coucou!«, rief ich. »Versteck dich!!«

Wir pressten uns in unsere Eierhöhle. Doch es war zu spät. Hanno hatte mich erkannt. Die Tür der Voliere ging auf, und ein Arm reichte hinein. Ich versuchte mich spitz und schlank zu machen wie ein Handschuh und hackte um mich wie ein Blöder, doch die Hand war stark und schmerzunempfindlich, und so landete ich in der Faust des Ladenbesitzers.

»Bördie!!«, sagte Hanno und hielt dem Ladenbesitzer ziemlich viele Scheine unter die Nase.

»Nein!!«, piepte ich.

»Bist du blöd! Wir vermissen dich! Wieso bist du nackt?!«

»Nein!!«, piepte ich wieder und versuchte mich an die Sprache der Günthersens zu erinnern. »Ich bin jetzt der Gatte von Coucou!«

»Wer ist Coucou?«, fragte Hanno während der Vogelfänger mich immer noch, aber mittlerweile mit offenem Mund festhielt. Er sagte etwas, woraufhin Hanno erwiderte: »Keine Ahnung, no idea, no Französisch. My Vogel! My Bördie! Weggeflogen, weißte?«

Der Mann erwiderte aufgeregt etwas und machte eine Sprechgeste mit der anderen Hand, zeigte dann auf mich und machte wieder diese Geste.

»Ja … korrekt, Bördie sprechen Menschsprache, Bördie talking la langue de Mensch«, sagte Hanno und schaute mich dann wieder an. »Coucou, heißt das nicht Kackhaufen?«, fragte Hanno.

»Meine Gattin!«, rief ich.

»Ah, die von der Promenade?«

»Töte uns nicht!«

»Hä, wieso soll ich dich töten? Ich brauch dich doch für meine Auftritte, du Vogel. Wir haben dich überall gesucht!«, und er guckte in die Voliere und sah die kleine Bruthöhle auf dem Boden.

»Ist das Coucou da?«

»Ja!«, piepte ich.

»Na dann, los!«, sagte Hanno, griff in die Voliere und holte Coucou raus, die mich verständnislos ansah.

»Das ist Hanno Günthersen aus Ostdeutschland«, zwitscherte ich ihr zu. »Er versucht uns nicht zu töten.«

»Gut«, sagte Coucou.

Hanno hielt dem Ladenbesitzer jetzt den grünen Schein unter die Nase, den Rainer am Abend seines ersten Auftritts im Hotel zugesteckt bekommen hatte. Der Ladenbesitzer zog erfreut die Augenbrauen hoch. Er griff zu und holte eine Pappbox hinter dem Tresen hervor. Die kannten wir ja schon. Hanno warf uns hinein, und diesmal rutschten wir darin nicht nur hin und her, sondern auch hoch und runter, weil Hanno weiß Gott wie mit uns durch Monacos Gassen zog. Als die Pappbox wieder aufging, guckten drei sehr braune und ein sehr weißes Gesicht zu uns hinunter.

»Oh, Bördie ist nicht prüde!«, sagte Jana beim Anblick unserer zerrupften, nackten Vogelkörper.

»Und er hat sich vermehrt«, sagte Rainer und guckte auf das Ei, das nun neben Coucou lag.

Ja, sie hatte während des Transports tatsächlich ihr erstes Ei gelegt. Fragen Sie mich nicht, wie sie das gemacht hat, aber ich dachte, das war schon einmal eine gute Voraussetzung, um in dieser Familie zu überleben. Denn das war, worum es ab jetzt wieder ging. Tschüss, Paradies im Ladenfenster, hallo, Familie Günthersen. Es gab kein Entkommen.

8.

Zurück in die Zukunft

Am Abend, nachdem uns Hanno wiedergefunden hatte, fanden sich die Günthersens zusammen vor dem Fernseher in ihrem Hotelzimmer ein. Coucou und ich hatten es uns in der Schublade des Nachttisches gemütlich gemacht. Sie hatte ein zweites Ei gelegt. Die Günthersens saßen auf dem Bett. Im Fernsehen wurde ein Mann mit einem Keyboard auf der Krawatte auf einem Kran über eine Mauer gehoben, während er »I've been looking for freedom« sang. Nein, das denke ich mir nicht aus. Jana summte leise mit, Hedda weinte und lachte gleichzeitig, Hanno übte Moonwalk auf der Stelle, Rainer öffnete krachend ein Büchsenbier.

»Tja«, sagte er während die Büchse noch zischte.

»Jetzt gehören wir zum Westen«, meinte er und trank einen kräftigen Schluck, »wo sogar das Bier nach Geld schmeckt …«, fügte er nachdenklich hinzu und guckte auf seine Büchse.

»Keine Sorge, Raini«, erwiderte Hedda, »unser Geld wird schon bald nicht mehr aus Alu sein …«

Beim Auschecken am nächsten Tag war Hedda eingefallen, dass sie ja jemandem ein Souvenir versprochen hatte.

»Scheiße!«, rief sie, »Frau Schmitt-Bruse! Ich muss noch ins Casino.«

»Was?«, rief Rainer.

»Ich muss da rein, die will ein Cola-Glas!«

»Was trägt man denn in so ’nem Casino?« Panisch durchwühlte die Familie ihr Gepäck nach adäquaten Klamotten.

»Schwarz, würde ich sagen. Dezent und cool«, meinte Hedda.

»Aber mit teuren Accessoires!«, sagte Jana und überlegte. »Irgendetwas muss unsere Outfits veredeln.«

»Also ich hab goldene Streifen auf meiner Jogginghose«, sagte Hanno, und Heddas Augen blitzten auf. Sie holte eine goldene Sprühdose aus der Handtasche, schüttelte sie kräftig und veredelte drauflos! Jana bekam goldene Punkte auf ihr schwarzes Trägerkleid und goldene Sandalen. Hanno bekam goldene Ärmel, Rainer goldene Locken in sein dunkelbraunes Haar gesprüht, und Hedda sprühte ihren Holz- und Plastikschmuck an. Mir veredelten sie meinen Stummel, an dem normalerweise meine Schwanzfeder wuchs, und Coucou bekam goldene Krallen. Wir sahen alle ziemlich edel aus.

»Super, los geht’s! Wir fahren mit dem GTI vor.«

Und so fuhren wir abermals in den Kreisverkehr, hielten vor dem Haupteingang und ließen unseren Wagen parken. Weit kamen wir nicht, denn wir konnten nicht genug Millionen auf dem noch sehr spärlich mit D-Mark gefüllten Konto nachweisen. Aber sie ließen uns in das Foyer, und siehe da! Es gab Cola! Coca-Cola! In schönen Coca-Cola-Gläsern. Jana verschüttete ihre auf die goldenen Sandalen, die sofort ihre Farbe verloren. Nun hieß es schnell sein! Die Günthersens zogen das braune Gesöff weg. Dann ging einer nach dem anderen auf die Toilette und ließ die Gläser dort unter den edlen, schwarzen Klamotten verschwinden.

Rainer standen die Schweißperlen auf der Stirn: »Was für eine bescheuerte Aktion!«, zischelte er Hedda beim Hinausgehen zu.

»Es geht um die schulische Laufbahn unserer Kinder!«

»Unsere Kinder sind spätestens nach dieser Aktion sowieso total verdorben! Da hilft auch keine Schule mehr!«

Und plötzlich wurde Rainer beim Hinausgehen von einem Portier zurückgehalten. Er packte ihn am Arm. Rainer zog scharf die Luft ein.

»Monsieur!«, sagte der Portier sehr streng.

Ich saß auf Janas Schulter und versteckte mich in ihrem dicken Zopf.

»Äh, oui, yes, ja?«

Der Portier nickte in Richtung von Rainers Kopf. Rainer verstand nicht, und der Portier zog ein Taschentuch aus seinem Jackett.

»Pardonnez-moi!«, sagte er, und Rainer verstand immer noch nicht, ließ es aber geschehen. Der Portier wischte dem erstarrten Rainer mit dem Taschentuch über Stirn und Schläfen. Dann zeigte er ihm das vergoldete Stück Stoff. Rainer starrte ungläubig darauf, als wäre er unfähig, das Gold im Taschentuch mit dem Gold in seinen Locken in Verbindung zu bringen.

So etwas ist mir völlig unverständlich, meine Damen und Herren. Wie kann man dermaßen verdrängen, wie man aussieht? Das kann meiner Meinung nach nur über Jahre antrainiert worden sein. Der Portier jedenfalls sagte etwas auf Französisch und lächelte freundlich. Rainers Gesichtsfarbe hatte nun von Gold zu Rot gewechselt. Er begriff langsam, dass er vor Aufregung seine Goldlocken weggeschwitzt hatte. Nun erst sah auch der Rest der Günthersens, dass die Farbe in sein Gesicht gelaufen war. Hastig sagte er: »Merci!«, und bedeutete seiner in Schockstarre befindlichen Familie zu gehen.

Wir entfernten uns vom Eingang des Casinos. Jana drehte sich noch einmal um und winkte dem Portier zu, der etwas verdattert, aber immer noch lächelnd zurückwinkte. Schließlich wurde der GTI vorgefahren, und wir stiegen hastig ein. Mit einem Reifenquietschen, das Ayrton Senna sicherlich beeindruckt hätte, schossen wir aus Monaco hinaus. Nach einer Weile zog Hedda als Erste ihr Glas hervor: »Ich hab eins!«, sagte sie grinsend, und alle anderen zogen nach.

»Vier Stück!«, freute sich Hedda. »Mensch, Hanno, da kannst du bestimmt 'ne Klasse überspringen!«

Die Angespanntheit fiel ab, mit jedem Kilometer, den wir uns von Monaco entfernten. Wir hatten die Gläser, das Schuljahr war gerettet!

Und trotzdem: Der Weg zurück war lang und seltsam. Aber auch die Günthersens waren seltsam ruhig. Die Euphorie der Hinreise war nun einer Art Kater gewichen. Ein reicher Reisekater. Es wurde nicht einmal mehr gestritten.

Hedda fuhr und starrte stumm geradeaus, während Rainer die fremdsprachlichen Verkehrshinweise kommentierte: »Sauf Service! Hedda, die haben hier sogar Sauf Service!«

»Hmm«, machte Hedda.

Coucou legte noch zwei Eier. Eins in der Schweiz und eins kurz nach dem Bodensee. Nun waren es insgesamt vier. Sie saß lethargisch auf den Eiern und wachte nur wirklich auf, wenn ich ihr Nahrung in den Schnabel stopfte. Aber ich nahm es so hin. Ich war furchtbar aufgeregt, wer da wohl schlüpfen würde. Und gleichzeitig hatte ich nicht die geringste Lust, mir den Käfig zu sechst zu teilen! Stellen Sie sich das mal vor! Da kam man ja gar nicht mehr zur Ruhe!

Als wir in Sandelshausen reinfuhren, sah Coucou das erste Mal auf, seit die Reifen vor dem Casino gequietscht hatten. Ich glaube aber nur, weil wir plötzlich über Pflastersteine fuhren und sie Angst hatte, die Eier würden vorzeitig aufbrechen.

»Wo sind wir?«, fragte sie irritiert.

»Wir sind in Sandelshausen!«, piepte ich ihr zu.

»Was für ein Höllennest!«, piepte Coucou zurück und plusterte sich empört auf.

Schließlich fuhren wir in die Einfahrt der Kleinen Aue 8. Anscheinend hatten Freunde von Rainer und Hedda sich einen Spaß erlaubt und ein großes Bettlaken aufgehängt, auf dem etwas geschrieben stand: »Willkommen in der BRD!«, las Hanno laut vor. Die Familie saß eine gefühlte Ewigkeit in ihrem GTI, braun gebrannt von Monegassischer Sonne, vier neue Lee-Jeans im Gepäck, und starrte auf das Bettlaken.

»Rainer«, sagte Hedda schließlich, »hier sind wir doch zu Hause, oder?«

»Vielleicht hätten wir am Anfang doch andersherum rausfahren sollen …«, sagte er nachdenklich.

Schließlich verkündete Hanno, dass er kacken müsse, und riss die Tür auf. Damit war die Denkpause vorbei, und die Günthersens begannen, das Auto zu entladen.

Die Wohnung war kühl und dunkel. Kalle und Gitte waren da gewesen und hatten einen Zettel hinterlassen. Sie hatten den kalten Schrank mit Leckereien gefüllt und sogar eine Passionsfrucht für mich besorgt. Sie lag auf meinem Käfigboden.

»Passionsfrucht … Maracuja«, murmelte Hedda. »Wisst ihr noch, das Maracuja-Eis in Monaco?«

»Ja!«, rief Jana.

Hedda packte ihre Tasche mit den Strandsachen aus, und plötzlich erfüllte ein intensiver Duft von Sonnencreme und teurem Parfum die Küche der Günthersens.

»Hmmm, wie das riecht: Maracuja, Malaga, Mango …«, murmelte sie.

»Mama, hier riecht es nach Monaco«, sagte Jana.

»Ich glaub, daran müssen wir uns gewöhnen«, antwortete Hedda und begann, die Strandtasche im Waschbecken mit giftgrünem Fit auszuspülen.

9.
Schlüpfrigkeit

Diese kleine graue Kater-Wolke, sie hing über den Köpfen der Günthersens und wollte sich nicht verziehen. Während Jana, Hanno und Hedda die Koffer auspackten, war Rainer zum Einkaufen in die Stadt gefahren. Er kam voll beladen mit bunten Cornflakes und Coca-Cola zurück. Und: mit einem Porno.

Ja, meine Damen und Herren, Sie haben richtig gelesen. Ich hütete mit Coucou die Eier in unserem Käfig in der Küche, als Rainer hineingestürmt kam: »Hedda, guck mal, in der Straße der Jugend gibt es jetzt Beate Uhse!«

»Wen?«

»Beate Uhse! Ich hab 'ne halbe Stunde angestanden, aber es gab sogar einen Sekt in der Schlange, und drin sind mir fast die Augen ausgefallen. Guck dir das an: You drive me crazy – Heiße Raststätten-Orgien in Farbe! Das müssen wir gucken!«

»Rainer! Psst … der Vogel …«

Aber es war zu spät. Ich hatte alles mit angehört. Ich war es schon gewohnt, dass Rainer und Hedda über die Balz sprachen wie andere über ihr Mittagessen, aber bisher waren keine schlüpfrigen Filme involviert gewesen.

»Ich hab mit dem Besitzer des Ladens gesprochen – er meinte, es würde gerade eine Sexwelle durch den Osten rollen. Es ist jetzt alles legal und alles zu haben! Zimmer mieten kann man bei dem aber nicht, also der handelt ganz diskret nur mit Filmchen und Spielzeug. Ist ein netter Typ! Aus Thüringen!«

»Das muss ich gleich Gitte erzählen, die flippt aus!«

»Leider ist unser Obststand zu, am Marktplatz. Verriegelt und verrammelt. Aber im Supermarkt hatten sie sogar Bananen. Da bin ich durch die Obstabteilung und dachte kurz, ich wär noch in Monaco.«

»Zwei Wochen weg, und der Westen ist da.«

»Ich weiß, ich weiß! Das ist doch verrückt, oder? Ich muss gleich mal in Muttis Betrieb und nach dem Rechten schauen. Gitte haben sie im Supermarkt erzählt, dass es ein riesiges Chaos gäbe mit Steuern und Versicherungen. Und sie sagen, die Treuhand wird kommen.«

»Na ja, wenn es Beate Uhse schafft, dann schaffen wir es auch irgendwie, oder?«

»Was ist das denn jetzt für eine Logik?«

Jana und Hanno kamen in die Küche gestürzt. Hanno hatte eine Schere in der Hand, und Jana hielt heulend den Saum ihres Kleides hoch, der tief eingeschnitten war.

»Mama, Hanno hat mein Kleid zerschnitten!«

»Wir haben Schneiderei gespielt. Sie wollte, dass ich eine Änderung vornehme. Sie hat gesagt, ich soll es machen!«

»Ach, Hanno ... das war ein neues Kleid!«, schimpfte Hedda.

»Mama, was ist das für ein Film?«, Jana hatte abrupt aufgehört zu weinen.

»Eine ... Doku«, antwortetet Hedda.

»Worüber?«

»Über Fortpflanzung bei Säugetieren.«

»Warum sitzt die Frau nackt auf der Motorhaube und hat einen Schwamm vor ihrer Mumu?«, fragte Jana weiter.

Hannos Augen wurden groß: »Ein Porno?! Iiiihh, ey!«

»Also manche Säugetiere machen das eben so mit dem Schwamm ... also Menschen, manche Menschen machen das so. Das erhöht dann den Spaß, und der Spaß ist sehr wichtig bei der Fortpflanzung, weißt du? Ohne Spaß gibt es nämlich keine Nachkommen. Generell ... ohne Spaß ist es wirklich witzlos. Aber das erklär ich dir ein andermal.«

»Iiiihh, ein Porno!«, rief Hanno weiter und lief davon.

»Rainer, gehst du mal mit Hanno reden? Mama und Papa haben sich lieb und so? Ich denke, es ist an der Zeit«, sagte Hedda mit einem Seufzer.

»Der liest doch sowieso die *Bravo* ...«, raunte Rainer und stampfte aus dem Raum.

»Darf ich das mal gucken?«, fragte Jana.

»Nein, Jana, auf keinen Fall.«

»Warum nicht?«

»Weil wir gar keinen VHS-Player haben«, antwortete Hedda.

»Wann kriegen wir einen Pfau-Hass-Pleee?«

»Das hat noch ein bisschen Zeit ...«, sagte Hedda und tätschelte Jana, die ausnahmsweise mal nur Bahnhof verstand, den Kopf. »Ich würde mich aber nicht wundern, wenn es bei Elektro Puttke bald welche gibt.«

»Elektro Puttke macht Dokus über Säugetiere?«, sagte Jana, war aber bereits abgelenkt von den schönen Coca-Cola-Gläsern, die Hedda nun abwusch.

Rainer kam zurück in die Küche: »Ich weiß nicht, ob das jetzt ein so gelungenes Gespräch war.«

»Wieso?«, fragte Hedda.

»Weil ich glaube, die einzige relevante Information für unseren Sohn war, dass es jetzt Beate Uhse bei uns gibt.«

»Da können wir ihn sowieso nicht vor beschützen, Raini.«

»Da muss man ja auch nicht vor beschützt werden. Ich hoffe nur, dass er sein Geld da nicht verprasst.«

»Das hoffe ich für uns alle«, sagte Hedda geistesabwesend, während sie die Gläser abtrocknete. »Zumindest seine schulische Laufbahn ist hiermit erst mal gesichert.«

Coucou hütete weiterhin unsere Eier und bekam von dem ganzen Gerede über diese neue Beate in der Stadt wenig mit. Sie war eine besonnene Brüterin, und es erfüllte mich mit Stolz, Nahrung in ihren Schnabel zu würgen oder ihr ein Nüsschen anzureichen. Eines Nachts, keiner konnte damit rechnen, aber eigentlich musste man damit immer rechnen, kam Hanno an unseren Käfig, in seinem Monstertruck-Schlafanzug, der ihm viel zu klein geworden war, und sagte: »Habt ihr eigentlich schon mal überlegt, was mit euch passiert, wenn es ein Erdbeben gibt?«, und rüttelte an unserem Käfig als würde es ein Erdbeben geben.

Natürlich lässt sich seine Sorge rational nicht nachvollziehen, aber im Grunde seines Herzens meinte er es wahrscheinlich gut. Trotzdem waren Coucou und ich einigermaßen geschockt. Und dann: Platz! Das erste Ei hatte einen Riss! Und platz!, platz!, das zweite und das dritte auch.

»Es geht los!«, trötete ich, und Hanno wurde bleich. Noch bleicher als sonst. Ich glaube, er war sogar kurz durchsichtig! Dann schrie er: »Mamaaaaaa! Papaaaaa!«, und starrte geschockt auf die krachende Eierschale, die jetzt tatsächlich wie bei einem Erdbeben von Rissen durchzogen wurden. Je ein großer Riss pro Ei zog sich rund um die Schale und wurde stetig größer. Von innen hörte man schon erste Fiepser, als müssten die drei erst noch austesten, was ihre Vogelkehlen so hergaben. Die Günthersens versammelten sich um unseren Käfig, und ich dachte, jetzt kommen sie, um uns zu fressen. Aber sie kamen eigentlich nur, um zu gucken. Mit dem rhythmischen Knacken der Schalen sagte Rainer *»Dig«* beim ersten Knacken, *»Dag«* beim zweiten und *»Digedag«* beim dritten, und so waren die Namen unserer Jungen schon vergeben, als sie noch mit einer Kralle im Ei hingen. Sie sahen furchtbar nackig und furchtbar hässlich aus, aber ich musste sie sofort lieben. Ich hatte keine Wahl – es war wie Harndrang oder Hunger.

Dig, Dag und *Digedag* hatten ihr erstes großes Erdbeben überlebt! Und ich empfand, sofern man es für einen Vogel so ausdrücken kann, Glück! Das vierte Ei blieb geschlossen. Und, um diesen vielleicht für Sie leicht emotionalen Moment schon einmal vorwegzunehmen: Es blieb für immer geschlossen. Das vierte Ei schlüpfte nicht, und irgendwann, ein paar Stunden nachdem *Dig, Dag* und *Digedag* auf der Welt waren, hörte Coucou auf, es zu brüten. Und ein paar Tage später, als das Ei schon stank wie Solis Mundgeruch, nahm Hedda es raus, und wir sahen, wie sie es auf dem Hof unter dem Apfelbaum begrub.

10.
Neuland

Ein paar Tage nachdem unsere Küken da waren, zogen wir runter in die Voliere auf den Hof der Günthersens, die nun doch einen Zweck hatte. Rainer hatte uns ein Häuschen reingebaut, so dass wir dem Wetter nicht so ausgesetzt waren, und in Gemeinschaft lebte es sich tatsächlich nicht schlecht in unserer Voliere. Gitte und Kalle waren zu Besuch aus Berlin gekommen. Sie sahen gut aus, alle beide, ein bisschen wie mit einer Glanzcreme eingeschmiert. Vielleicht lag es auch am Selbstbräuner, der jetzt modern geworden war. Kalle war oben geblieben und trank mit Rainer Bier, die beiden Frauen standen vor unserer Residenz.

»Ich kann euch nächstes Mal ein bisschen Grünes mitbringen für die Voliere!«, bot Gitte an.

»Och, schön, ja!«, sagte Hedda, »Wie läuft denn dein Laden?«

»Gut. Die Menschen sind nett, fassen langsam Vertrauen zu mir. Bestellen auch mal Gestecke für ’ne Beerdigung und so. Eine Kundin hat mir neulich im Laden erzählt, dass ihre Bude durchsucht wurde, weil alle Welt dachte, ihre Familie sei bei der Stasi, und weißt du, warum?«

»Nö«, sagte Hedda, während sie einen Ast in unsere Voliere klemmte.

»Weil die Kinder in der Schule eckige Uhren gemalt haben!«

»Eckige Uhren gibt es nur in der Tagesschau!«, überlegte Hedda.

»Genau!«, sagte Gitte.

»Westfernsehen!«, stellte Hedda nüchtern fest.

»Ganz genau! Und da haben sie gedacht, jetzt kriegen wir euch dran! War natürlich Quatsch … die Kinder malen auch eckige Sonnen, die sind halt einfach dumm. Das hab ich ihr natürlich nicht gesagt, aber im Endeffekt war das … Hedda?«

»Ja?«

»Ist das der Kopf von Ernst Thälmann?«

»Ja«, sagte Hedda ganz beiläufig.

»Wieso liegt der denn in der Voliere?«

»Na ja, sollen wir ihn auf die Straße stellen, Gitte? Is doch vorbei!«

»Nee, aber … entsorgen?«

»Wir können doch nicht Ernst Thälmann wegschmeißen! Wir hätten ihn auch zurückgegeben, haben aber ziemlich schnell festgestellt, dass ihn keiner vermisst. Und hier passt er doch super her!«

Ernst Thälmann war vor ein paar Tagen von Rainer aus dem Schuppen in unsere Voliere gerollt worden. Sie wissen schon, das war der Typ, der schon als Kind seine Butterbrote geteilt hat, wie es uns Frau Mahnke erklärt hatte. Ich wusste also Bescheid. Ich hatte kein Problem damit, mit ihm meine Voliere zu teilen. Ich war eben ein echter Artgenosse geworden.

Hanno kam runtergerannt, mit Sack und Pack für einen Auftritt. Seit meine Federn nachgewachsen waren, performten wir wieder zusammen. Er nahm mich auf seine Schulter, und wir machten uns auf den Weg zum Kegelverein, während Coucou sich liebevoll um *Dig, Dag* und *Dige-*

dag kümmerte. Es war natürlich nicht Monaco, aber dafür versuchten wir seit kurzem, ein wenig Monaco nach Sandelshausen zu bringen. Wenn wir eins gelernt hatten während unserer Reise, dann war es, glamourös zu sein! Zur Not mit aufgesprühtem Gold!

Diesmal saß eine Frau im Publikum, die irgendwie anders aussah als die Frauen aus Sandelshausen: Ihr Blazer war aus einem seidigen silbernen Stoff und ihr Haar frisch blondiert, sie trug so rotes Rouge, dass es meiner Federpracht Konkurrenz machte, und kam am Ende der Show mit einem glänzenden Stift auf uns zu. »Hallo, ihr zwei!«, sagte sie und lächelte ziemlich freundlich. Ungefähr so freundlich wie in diesen amerikanischen Serien, die Hanno nun manchmal guckte.

»Hallo«, sagte Hanno, während er mir mein Cape abnahm.

Eine Wolke aus Weichspüler zog langsam von ihr zu uns. »Das ist ja wirklich eine fetzige Show, die ihr da auf die Beine gestellt habt!«, tastete sie sich langsam vor.

»Also ich weiß ja nicht, wo Sie herkommen, aber fetzig sagt hier keiner mehr. Fetzig ist Achtziger.«

»Ach so? Was sagt man denn jetzt?«

»Jetze? Jetze sind wir in den Neunzigern, und da sagt man eindeutig geil.«

»Gut, also dann eine geile Show!«

»Da sag ich danke. Das ist zeitlos.«

»Soso … und wo tretet ihr als Nächstes auf?«

»Seniorenheim, *Ein Kessel Buntes*, Frauenhaus. Wir sind für alles offen.«

»Kennst du *Wetten dass …??*«

»Ja.«

»Seid ihr denn dafür auch offen?«

»Ich wette nicht.«

»Du müsstest nicht wetten, du müsstest nur auftreten.«

»Ich kenne auch die *Versteckte Kamera,* falls Sie hier gerade versuchen …«

»Nein, es ist mein Ernst. Ich würde dich gerne zu einem Casting einladen. Weißt du, was das ist, ein Casting?«

»Ich bin aus Ostdeutschland, aber ich bin nicht behindert oder so.«

»Natürlich nicht, tut mir leid. Also ich bin die Barbara Schumann, und ich würde dich gerne beim Casting sehen, in Köln. Warst du da schon mal?«

»Das geht Sie nichts an. Haben Sie eine Visitenkarte?«

»Äh, ja!«, und die etwas verwirrte Frau holte eine Karte heraus. Ich pickte sie ihr misstrauisch aus der Hand. »Huch!«, machte sie vor Schreck.

»Ja und? Habt ihr Lust?«, fragte sie nach einer kurzen Pause noch mal.

»Ich muss noch ein Abitur machen. Aber wir melden uns«, sagte Hanno kühl und verließ mit unserem kleinen Koffer voller Utensilien die Kegelbahn.

»Erich, mach mal Piep!«, rief ich ihr noch lässig hinterher.

»*Wetten dass …?«,* sagte Hanno als wir draußen waren.

Die Frau kam uns hinterhergerannt und rief: »Hanno Günthersen – das ist eine riesige Chance!«, und Hanno drehte sich um und sagte: »Riesige Chancen sind auch Achtziger, wussten Sie das?«

»Nein, also das glaube ich nicht.«

»Das wäre jetzt eine politische Grundsatzdiskussion.«

»Du bist ja ganz schön aufgeweckt.«

»Ich bin in erster Linie ein übergewichtiger, Witze erzählender Breakdancer, der einen Vogel hat. Aber Sie dürfen es nennen, wie Sie wollen. Und vor allem bin ich erst dreizehn, auch wenn Sie das wahrscheinlich nicht gemerkt haben, weil ich reifer wirke. Ich muss erst meine Eltern fragen.«

»Soll ich mit ihnen sprechen?«

»Auf keinen Fall! Tschüssi.«

»Äh … Tschüssi.«

Wir bekamen meistens fünfundzwanzig Mark für unsere Auftritte in Sandelshausen. Meistens steckte Hanno das Geld ein und legte es in seinem Zimmer unter sein SC-Magdeburg-Trikot im Schrank. Doch heute beschloss er, es auszugeben. Wir gingen zu Elektro Puttke. Ich saß auf seiner Schulter und begaffte mit ihm die vielen kleinen bunten Pappkartons, in denen graue Kassetten steckten, die bei richtiger Anwendung ein Spiel auf den Fernsehbildschirm zauberten.

»Sega Mega Drive …«, murmelte Hanno sabbernd Richtung Regal. Er holte sein Geld raus, zählte es und steckte es fünf Sekunden später resigniert wieder ein.

»Ich denke, wir müssen den Job bei *Wetten dass …?* annehmen, Bördie. Keine Wahl. Wie soll man sich das sonst leisten können. Das ist doch Scheiße.«

»Große Scheiße!«, sagte ich und wackelte zustimmend mit dem Kopf. Ich wollte zocken! Jetzt sofort.

Wir verließen den Laden und liefen durch die Stadt zurück in die Kleine Aue 8. Auf dem Weg kamen wir an der Post vorbei, wo ein alter Bekannter auf den Stufen saß. Nico. Ein paar Stufen unter ihm saß der noch dickere und noch betrunkenere Ronny, der mir damals angeboten hatte, mich mit einem Bier aufzupeppeln. Die anderen hatte ich noch nie gesehen.

»Ey, Günthersen!«, rief Nico.

Hanno und ich blieben stehen. Nico hatte sich stark verändert, seit er mich gerettet hatte. Er war größer und kräftiger geworden und hatte nun auch einen tätowierten Vogel am Hals.

»Hallo, Nico!«, sagte Hanno.

»Du weißt, wie ich heiße?«

»Klar! Wir sind doch auf einer Schule. Und Bördie hat dich erwähnt, als wir ihn vom Tierarzt abgeholt haben an Ostern.«

»Bördie hat mich *erwähnt?*«

»Ja.«

»Drehst du durch oder was?«

»Wie meinst du das?«

»Ey, Nico, wir können dem auch die Fresse polieren«, sagte ein kleinerer Vogelfreund hinter Nico.

Ich sagte: »Nico, Nico, Nico!«, und alle waren still.

»Der Vogel weiß, wie ich heiße?«

»Klar! Was ist denn mit dir los?«

»Günthersen, du bist echt immer für 'ne Überraschung gut …«

»Kannst mich auch Hanno nennen. Und noch mal danke schön, dass du Bördie gerettet hast.«

Nico nahm einen großen Schluck von seinem Bier. »Okay, Hanno. Bitte schön …«

Es entstand eine merkwürdige Stille. Mir war gar nicht wohl, liebe Leserinnen und Leser, ich drehte meinen Kopf nervös von einem Vogelfreund zum anderen und hoffte, dass sie weiterhin vogelfreundlich blieben.

»Die Preise bei Elektro Puttke sind ja echt unglaublich, oder? Hast du das neue Sega Mega Drive gesehen?«, versuchte Hanno ein Gespräch.

»Mein Cousin im Westen hat einen neuen Gameboy. So unglaublich teuer. Und der hat nicht mal einen Job! So ein Arschloch!«, antwortete Nico mit erhobener Stimme.

Plötzlich packte Nico Hanno am Kragen seiner Jacke, ein Ruck ging durch Hanno, und mich katapultierte es fast geradewegs gegen die nackte Stirn des Vogelfreundes. Im letzten Moment krallte ich mich fest.

»Und was ist mit dir ... Hanno? Warum bildest du dir ein, in so einem Geschäft was kaufen zu können? Wohl kurzzeitig zu Westgeld gekommen, was? Kleine Geschäfte am Laufen, oder wie?«

»Nico, lass mich los«, sagte Hanno bemerkenswert ruhig.

»Nimm erst mal 'n Schluck Garley, Nico. Das beruhigt«, schaltete sich Ronny ein.

Nico wollte gerade zu einer Antwort ansetzen, da zuckte es in Hannos Schulter. Es fing direkt unter meinen Krallen an, und ich dachte für einen Moment, jetzt teilt Hanno Günthersen aus. Auch Nico dachte das und ging blitzschnell in Deckung, als wäre er das gewohnt. Doch Hanno teilte nicht aus, er hatte angesetzt zu einer gewaltigen Körperwelle, die ihn durchlief und aus der weitere flüssige Bewegungen entsprangen, so dass er vor den Stufen der Post mit den versammelten Vogelfreunden darauf hin und her groovte wie auf Schienen. Ich nutzte die Gelegenheit und moonwalkte gleichzeitig auf Hannos Schulter.

Um Nico herum fingen die anderen Vogelfreunde zaghaft an zu lachen und zu klatschen. Bis Nico brüllte: »Haltet alle die Fresse, ihr Wichser mit eurem scheiß Judenhumor!«

Daraufhin war erst mal Ruhe. Hanno atmete tief durch. Dann begann er sich an einer Scheibe entlangzutasten, die nicht da war. Der agressive Vogelfreund guckte verärgert.

»Was zur Hölle machst du da?«, fragte Nico.

»Akrobatischen Showtanz. Hilft saugut. Auch gegen Wut. Und macht süchtig wie Bier. Aber nicht so fett. Und manchmal wachsen davon auch die Haare wieder …«

Ich hatte kurz die Befürchtung, dafür würde Hanno jetzt richtig eine kassieren von diesem Nico. Doch er zog nur scharf die Luft ein und sagte dann: »Verzieh dich einfach, Günthersen. Bevor hier noch was passiert.«

»Mach's gut, Nico.« Und Hanno ging mit mir davon.

»Vogelfreund?«, tschilpte ich, nachdem wir ein paar Schritte zurückgelegt hatten.

Hanno nahm mich auf den Finger und sagte: »Nein, Bördie. Das ist ein blöder Nazi. Der hat was gegen andere. Und vor allem gegen bunte Vögel. Und weil das so wütend macht, verliert er seine Haare.«

Das klang aus Hannos Mund geradezu erschreckend logisch. Für mich machte es Sinn, und ich merkte, dass ich mich mit jedem Meter, den wir hinter uns ließen, entspannte. Ich ließ einen gewaltigen Schiss auf Hannos Schulter. Und hatte merkwürdigerweise das Gefühl, schon wieder etwas überlebt zu haben.

Am Abend kamen die Günthersens zur Voliere runter: Rainer, Hedda, Hanno und Jana.

Hedda wechselte unsere Wasserschalen aus, und Rainer stellte eine Art Kasten in die Voliere und stopfte einen Haufen Stroh hinein. »Es wird jetzt kälter, Bördie. Hier könnt ihr euch schützen.«

»Können Vögel einfrieren im Winter und dann wieder auftauen im Frühling?«, fragte Jana.

»Auf einen Versuch käme es an …«, sagte Hanno, und seine Augen blitzten auf.

Oh nein!

»Zur Not nehmen wir sie wieder hoch«, sagte Rainer und tätschelte *Dig, Dag* und *Digedag,* die mittlerweile aussahen wie kleines, rundes, plüschiges Katzenspielzeug.

»Das könnte dann aber wirklich eng werden, irgendwann …«, sagte Hedda.

»Wieso?«, fragte Rainer.

»Weil wir ein Kind erwarten.«

»Was?!«, sagte Rainer, und das war völlig unnötig, denn jeder hatte es verstanden und wusste, was es bedeutet. Sogar Coucou hatte es verstanden und tschilpte.

»Und mir Vorträge halten von wegen Beate Uhse!«, regte sich Hanno auf.

»Aber wir haben ja gar keinen Pfau-Hass-Pleee!«, sagte Jana sehr klug.

»Manchmal funktioniert es auch ohne, Jana«, antwortete Hedda.

Die Günthersens verzogen sich, und Soli tapste an der Voliere vorbei. Er schnurrte einen Gruß durch den Maschendraht: »Soso … hat wohl eine Vogelhochzeit gegeben.«

»Wir heiraten nicht. Wir paaren uns nur.«

»Schön, deine Kleinen, pass gut auf sie auf!«

»Danke, Soli, mach ich.«

»Das war kein Rat, das war eine Drohung!«

»Deine Drohungen sind ungefähr so bedrohlich wie das Fiepen von *Digedag.*«

»Du verspottest mich!«

»Ich rede mit dir, aber du kannst es natürlich nennen, wie du willst. Sonst alles klar bei dir? Mal wieder Frisches aus der Dose heute?«

»Ach, die Alte gibt mir jetzt Whiskas. Kennst du das?«

»Nö.«

»Ist für Westkatzen.«

»Und? Gut?«

»Ist dasselbe wie Goldi, nur dass sie auf der Verpackung behaupten, es würde meine Abwehrkräfte und meine Krallen stärken.«

»Verstehe, mit Wellness-Faktor!«

»Ja ... ich überlege rüberzumachen, weißt du. Einfach weg. Ich glaube, ich bin noch nicht zu alt, um mich zu paaren, ich würde mich gerne paaren, aber mit einer von drüben: mit guten Abwehrkräften und starken Krallen. So eine richtige Whiskas-Pracht-Mieze!«

»Dann mach das doch! Du bist ja frei!«

»Was ist mit dir und Moondarra?«

»Mein Moondarra ist jetzt hier, Soli«, sagte ich und deutete auf meine drei kleinen Schreihälse, die Coucou zärtlich fütterte.

»Ich kann erst wieder weiterdenken, wenn Coucou tot ist. Biologie und so.«

»Und was ist mit der Mordlust der beiden fetten Küken aus dem Haus?«

»Die ist nach wie vor da, aber man hat halt seine natürlichen Feinde, nicht wahr?«

»Verstehe. Tja, schade. Ich hätte einen Kumpel wie dich gebrauchen können auf Reisen. Oder zumindest jemanden, mit dem ich zusammen abheben kann«, sagte Soli und hob ab.

Ja, Sie lesen richtig.

Im Flug rief er mir zu: »Danke, Bördie!«

Und ich: »Wofür?«

»Dass du an mich geglaubt hast! Fliegen ist geil! Hahahahaha! Bis baaaaald!«, und mit diesem lauten kapitalistischen Katerlachen flog er über das Hausdach der Günthersens und war weg.

»Was war denn das für einer?«, fragte Coucou mich von ihrem Ast aus.

»Ein alter Freund«, sagte ich und blickte Soli etwas wehmütig hinterher.

»In Monaco hab ich noch nie eine fliegende Katze gesehen …«, sagte sie und ließ einen riesigen Schiss durch die Voliere plumpsen.

»… das heißt ja nicht, dass es sie nicht gibt!«, sagte ich und flog hoch zu Coucou, um sie zu schnäbeln.

Teutonengrill trifft Dolce Vita

Volker Klüpfel • Michael Kobr

IN DER ERSTEN REIHE SIEHT MAN MEER

Roman

Mensch, war das schön: Im Morgengrauen ging's los, eingepfercht auf der Rückbank der vollbeladenen Familienkutsche. Zehn Stunden Fahrt an die Adria, ohne Klimaanlage und Navi, dafür mit Modern Talking aus dem Kassettenradio. Am Strand ein Duftgemisch aus Tiroler Nussöl und Kläranlage, und statt Cappuccino gab's warme Limo. Willkommen zurück im Urlaubsparadies der 80er Jahre. Darin findet sich Familienvater Alexander Klein wieder, als er über einem Fotoalbum einnickt und als pickliger Fünfzehnjähriger erwacht – dazu verdammt, die Italien-Premiere seiner Jugend noch einmal zu erleben. Und zwischen Kohlrouladen und Coccobellomann die beste Zeit seines Lebens hat.

»Klüpfel und Kobr steigern sich von Buch zu Buch.«
Denis Scheck, Druckfrisch, ARD

KNAUR